Die Göttliche Lust

Baby Kattackal

Ukiyoto Publishing

Alle globalen Veröffentlichungsrechte werden von

Ukiyoto Publishing

Published in 2023

Content Copyright © **Baby Kattackal**

ISBN 9789367956342

Alle Rechte vorbehalten.
Kein Teil dieser Veröffentlichung darf in irgendeiner Form oder auf irgendeine Weise, sei es elektronisch, mechanisch, durch Fotokopieren, Aufzeichnen oder auf andere Weise, ohne die vorherige Genehmigung des Verlages reproduziert, übertragen oder in einem Informationssystem gespeichert werden.

Die moralischen Rechte des Autors sind gewahrt. Dies ist ein fiktives Werk. Namen, Charaktere, Unternehmen, Orte, Ereignisse, Schauplätze und Handlungen sind entweder das Ergebnis der Vorstellungskraft des Autors oder werden in fiktiver Weise verwendet. Jede Ähnlichkeit mit tatsächlichen Personen, lebenden oder verstorbenen, oder tatsächlichen Ereignissen ist rein zufällig.

Dieses Buch wird unter der Bedingung verkauft, dass es nicht im Wege des Handels oder auf andere Weise verliehen, weiterverkauft, vermietet oder anderweitig verbreitet wird, ohne die vorherige Zustimmung des Verlages, in einer anderen Form oder Bindung als der, in der es veröffentlicht wurde.

An meine Schwester mrschinnammapaulose, die mich in meine literarischen Aktivitäten eingeführt hat

Inhaltksverzeichnis

Kapitel 1	1
Kapitel 2	10
Kapitel 3	16
Kapitel 4	28
Kapitel 5	55
Kapitel 6	60
Kapitel 7	64
Kapitel 8	71
Kapitel 9	75
Kapitel 10	78
Kapitel 11	86
Kapitel 12	89
Kapitel 13	97
Kapitel 14	112
Kapitel 15	113
Kapitel 16	115
Kapitel 17	121
Kapitel 18	127
Kapitel 19	137
Kapitel 20	146
Kapitel 21	158
Kapitel 22	178
Kapitel 23	196

Kapitel 24	201
Kapitel 25	203
Kapitel 26	208
Kapitel 27	220
Kapitel 28	222
Kapitel 29	224
Kapitel 30	228
Kapitel 31	239

Kapitel 1

"Dann ist es eine andere Welt als die, in der wir leben?" fragte Julie, ein wenig aufgeregt und noch verwirrter. Nach den einführenden Belehrungen des Barden konnte sie nicht anders, als dies zu glauben.

Der Barde sondierte zunächst die unbekannten Pfade ihres Geistes und führte sie dann durch eine Art illusorischen Geisteszustand, bevor er den Kern ihrer Fragen berührte, auf die sie Antworten wollte. Er war zurückhaltend in seiner Haltung gegenüber ihren Zweifeln an einer anderen Welt. Das musste er auch sein, denn es war Teil seiner Strategie, Verwirrung in den Köpfen derer zu stiften, die ihn aufsuchten, um Erleuchtung zu finden. Er hatte das letzte Wort, wenn es darum ging, die ätherischen Fragen derer zu lösen, die ihn um eine Lösung baten. Aber seine Haltung bestand darin, ihre Fragen nicht zu beantworten. Da er in ihren illusorischen Geisteszustand eingeweiht war, wusste er, dass ihre Zweifel töricht waren. Aber für sie war seine Zurückhaltung sehr verwirrend. Es machte sie unsicher, was richtig und was falsch war. Illusionen lassen die Menschen manchmal glauben, dass sie wahr sind; oder sie halten falsche Dinge für richtig und richtige Dinge für falsch. Das war die Strategie des Barden: Verwirrung und Illusionen schaffen!

Ihr Geist schwankte zwischen den vom Barden geschaffenen Illusionen und der Realität. In Wirklichkeit schuf der Barde mit den metaphysischen und okkulten Kräften seines Geistes eine ätherische Illusion von einer Welt aus seiner Vorstellung, um ihren Geist ihm gefügig zu machen. Aus seiner Erfahrung wusste er, dass ein verwirrter Geist leicht zu bezwingen war. Es war diese Verwirrung, die sie glauben ließ, dass die Welt, in der sie lebte, und die Welt in der Phantasie des Barden verschieden waren. Das war seine anfängliche Strategie, die er bei denen anwandte, die zu ihm kamen, um Erleuchtung zu finden. Niemand wusste, dass er mit ihrem Verstand spielte, um ein ultimatives Ziel zu erreichen. Bislang hatte er sein Ziel noch nie verfehlt. Jeder seiner Erfolge ließ ihn insgeheim über seinen Sieg jubeln.

Der Barde war ein großer, hagerer Mann von fünfzig Jahren. Seine Augen waren hell, aber ihre Tiefe verriet seine Gelehrsamkeit. Seit er seine Stelle als Philosophieprofessor an einer deutschen Universität aufgegeben hatte, war er schon in seinem Äußeren heilig geworden. Er trug ein langes safranfarbenes Oberteil und einen gleichfarbigen Dhoti. Sein Haar war so lang, dass es ihm bis zu den Schultern reichte, und er trug einen Bart, der ihm bis zur Brust reichte.

Der Schauplatz ihres Treffens waren die Ausläufer des Himalaya, wo er so viele Gletscher gesehen hatte, die sich von den sonnenbeschienenen Berggipfeln schleichend nach unten schlängelten, um in die tiefen, leeren Schluchten darunter zu stürzen. Er wusste, dass diejenigen, die zu ihm kamen, einen so leeren Geist wie die Schlucht besaßen, während der seine mit seiner Gelehrsamkeit und Erleuchtung so erhaben war wie die Gipfel der schneebedeckten Berge. Er dachte immer, seine Worte kämen zu ihnen wie die funkelnden, kristallklaren Gletscher vom Berggipfel, um ihre leeren, gefräßigen Köpfe mit Gelehrsamkeit zu füllen.

Julies Reise von Lissabon, wo sie mit ihrer Mutter lebte, zu den Ausläufern des Himalaya war ein langer und gefährlicher Weg. Ihre Mutter war daran gewöhnt, dass ihre Tochter im Rahmen ihrer Forschungen lange von zu Hause abwesend war. Mit der Erlaubnis ihrer Mutter hatte sie sich auf die beschwerliche Reise zu den Ausläufern des Himalaya begeben, um den Barden zu treffen und Antworten auf ihre Fragen zu finden. Sie war bereit, jedes Risiko und jede Gefahr auf sich zu nehmen, wenn sie nur den Barden treffen könnte, um die ultimative Antwort zu erhalten: Was ist die Vollendung der göttlichen, ätherischen Liebe? Angetrieben von ihrem unbezähmbaren Verlangen, war ihr die Reise von Lissabon zum Himalaya nie anspruchsvoll erschienen. Sie würde bereitwillig die riesige Wüste Sahara durchqueren, über die riesigen Sanddünen und durch die weiten Ebenen, auf die Gefahr hin, sich zu verirren oder von den plötzlichen feindseligen Böen der sandigen Wirbelstürme begraben zu werden, die gelegentlich über die Gegend fegten und die Orientierungspunkte für die

Abenteurer, die die Wüste durchquerten, auslöschten. Sie würde die sieben Meere überqueren, uneinnehmbare Berge bezwingen, alle Länder und Kontinente durchqueren, wenn sie nur eine Antwort auf ihre Fragen bekäme. Als sie schließlich dem Barden begegnete, war es, als hätte sie die Welt erobert, ganz allein.

Julie wusste, dass der Barde ein Mann mit vielen Kräften war - metaphysische, schwarze Magie, okkulte Kräfte und Hypnose -, mit denen er Lösungen für die ätherischen menschlichen Probleme fand, die ihm gestellt wurden. Diejenigen, die zu ihm kamen, um Erleuchtung zu finden, mussten also ihren Geist darauf einstellen, seine Antworten auf ihre Fragen zu akzeptieren, indem sie seine mentalen Kräfte anzapften. Ihr Glaube an den Barden war ungetrübt und bewies, dass er das ultimative Wort oder die ultimative Antwort auf alle ihre Fragen war, und damit auch auf die Fragen all derer, die zu ihm kamen, um Erleuchtung zu finden.

Julies Vorstellung von der Welt, in der sie lebte, war ein und dieselbe wie die Welt der Konzepte des Barden, eine Welt, in der sie eine Antwort auf alle ihre Zweifel finden konnte. Und doch glaubte sie aufgrund ihrer illusorischen Gedanken oft, in der Welt, in der sie lebte, keine Antworten auf ihre Fragen zu finden, was in ihr den Gedanken an eine andere, ätherische Welt hervorrief. Doch der Barde deutete bei keiner Gelegenheit auf die Existenz einer anderen Welt als der, in der sie lebten, hin. Sie war verwirrt. Deshalb wiederholte sie ihre Frage, nicht wissend, dass die illusorische Welt nicht real war, sondern ein Fantasieprodukt des Barden.

"Ist es eine andere Welt als die, in der wir leben?" wiederholte sie.

"Scheinbar nicht", antwortete der Barde und freute sich insgeheim über seine Macht, Illusionen und Verwirrungen in ihrem Geist zu erzeugen.

Aber ihr starkes Verlangen, die Antwort auf ihre Fragen zu finden, und ihre Erkenntnis, dass die Welt, in der sie lebte, in ihrem Geist nur einige gewaltige Fragen über die ätherische, göttliche Liebe hervorrufen konnte, aber nichts über ihre Erfüllung, halfen dem Barden, sie leicht in einen vorübergehenden, illusorischen Geisteszustand einer anderen Welt zu versetzen. Er konnte dies erfolgreich vortäuschen, ohne eine klare Vorstellung von Julies Illusionen und Verwirrungen zu haben.

Hätte sie nicht unter einer Illusion gelitten, wäre die Arbeit des Barden immer noch schwierig gewesen. Ihr illusorischer Geisteszustand ließ sie natürlich, wenn auch nur vorübergehend, glauben, dass die Antworten in einer anderen Welt zu finden seien, und diese Welt war die, in der der Barde sie insgeheim haben wollte. Es war der Erfolg des Barden.

Der Barde wollte sie nicht lange in diesem Zustand halten. Sobald sie also wieder zu ihrem normalen Denken zurückgefunden hatte, begannen die Einführungslektionen. Ihre letzten Fragen wurden vorerst zurückgestellt, um bei anderer Gelegenheit fortgesetzt zu werden. Der Barde ließ sie allein, als wolle er ihr noch etwas Zeit geben, um selbst über die Antworten auf ihre Fragen nachzudenken, obwohl er wusste, dass sie das ohne seine Hilfe und Anleitung nicht konnte.

Am Ende der ersten Stunde warnte der Barde sie: "Wenn du nicht verstehst, was ich dich lehre, tust du trotzdem gut daran, es zu schätzen. Wenn du es gründlich verstehst, tust du gut daran, es zu kritisieren. Gründliches Verstehen gibt Anlass zu begründeten Zweifeln. Dann werden Ihre Fragen gewürdigt werden. Aber wenn Sie meine Lehren nicht verstehen, werden keine echten Zweifel aufkommen. Und wenn du Fragen stellst, wirst du ungeschickte Fragen stellen, die eine Offenbarung deiner eigenen Unwissenheit sind.

Der Barde bat Julie ausdrücklich, sich dies zu merken und sich daran zu halten. Dann warf er ihr einen lässigen Blick zu. Aber er achtete mit seinen Adleraugen auf ihre Antwort, und seine Warnung flößte ihr ein Gefühl der Vorsicht ein. "Hüte dich", mahnte ihr Verstand sie, nicht von der Warnung des Barden abzuweichen. Dann dachte sie, dass der Barde vielleicht die Tiefe ihres Verlangens, ihre Ausdauer und Beharrlichkeit testen wollte, mit der sie von ihm Erleuchtung erlangen wollte.

Julie musste die gemächliche und fast exzentrische Haltung des Barden im Umgang mit ihr ertragen. Sie hatte das Gefühl, dass das Verhalten des Barden nicht der Dringlichkeit entsprach, mit der sie den ganzen

Weg von Lissabon bis zu den Ausläufern des Himalaya gewandert war und sich dafür entschieden hatte, in einer nicht sehr komfortablen, behelfsmäßigen Hütte in der Nähe der Einsiedelei des Barden zu übernachten. Aber sie musste auf ihre nächsten Lektionen warten, die nach dem Willen und dem Wohlgefallen des Barden stattfinden würden.

Dann konnte sie, zurück in der Normalität, ihre Überlegungen über eine andere Welt einem spontanen Gedanken zuschreiben, der ihr aufgrund der merkwürdigen Situation, in der sie sich befand, in den Sinn gekommen war. Sie erkannte, dass ihre eigene Vorstellung von einer anderen Welt, einer neuen Welt, die von keiner erkennbaren Macht gestützt wurde, sie auf andere Weise weiter verwirrte, da ihr die Bestätigung fehlte und sie niemanden fand, an den sie sich für eine Bestätigung wenden konnte. Sie erinnerte sich daran, dass ihre Mutter sie nie auf die Idee einer anderen Welt gebracht hatte. Der Barde hatte sie allein gelassen, nachdem er in ihrem zweifelnden Geist eine Illusion erzeugt und auf ihre Frage mit zwei Worten geantwortet hatte: "Anscheinend nicht", und sich nicht getraut, ihr eine klare Antwort zu geben. So wurden ihre Zweifel an der Existenz einer anderen Welt bald zu einem unglaublichen, verwirrenden Vorschlag für sie; aber sie wusste nicht, dass ihre Verwirrung in gewisser Weise der Erfolg des Barden war. Der Barde wusste, was sie zu der Schlussfolgerung einer anderen Welt trieb, und was die andere Welt ihrer Vorstellung war. In der Tat war der Barde durch seine langen, strengen und strengen Meditationen und seine lange

Praxis der Wissenschaft der Metapsychik enorm begabt mit der Macht, die Gedanken anderer zu beeinflussen. Er konnte in ihren Köpfen Verwirrung über ihre Zweifel stiften und jeden Zweifel derer ausräumen, die zu ihm kamen, um Erleuchtung zu finden, und das alles mit der Kraft seines eigenen Geistes.

Der Barde hatte die unbegrenzte Macht seines eigenen Geistes erfahren, was ihn ermutigte, etwas zu entwickeln, das man die ultimative Macht nannte. Es dauerte länger, als er erwartet hatte, um sie zu erlangen, die gefährlicher und mächtiger war als die Macht der Hypnose, in der er sich ebenfalls gut auskannte. Es war diese Macht, die diejenigen, die zu ihm kamen, um Erleuchtung zu finden, völlig unter seine Kontrolle brachte. Ihr Geist war in einem so leicht aufnahmefähigen Zustand, dass ihm alle geistigen Türen offenzustehen schienen. Diese Situation unterstreicht seine Bedeutung in den Augen von Julie, ebenso wie für all jene, die sich an ihn wenden, um Erleuchtung zu ätherischen und subtilen Themen zu erhalten.

Nachdem er ihr die Zwei-Wort-Antwort "scheinbar nicht" gegeben hatte, schien der Barde in eine Träumerei verfallen zu sein. Aber er wusste, dass ihr Geist in einem Strudel der Verwirrung war. Obwohl die Frage für sie von Bedeutung war, schien der Barde sie nicht so ernst zu nehmen. Einen Moment lang war sie gezwungen zu denken, dass seine Zurückhaltung die Macht hatte, noch mehr Zweifel in ihrem Geist zu wecken und sie in Bezug auf ihre Vorstellungen von der ultimativen göttlichen Liebe zu verwirren, wie tief verwurzelt ihre eigenen Erkenntnisse bisher auch waren. Sie war sich nicht sicher, ob seine Zurückhaltung beabsichtigt war. Aber der Barde beobachtete sie, ohne dass sie es merkte. Diesmal maß er die Tiefe ihrer Verwirrung, die durch seine Zurückhaltung hervorgerufen wurde. Es war ihm ein Vergnügen, mit den zweifelnden Gemütern derer zu spielen, die ihn um Rat baten: Er wusste, dass ein verwirrter oder zweifelnder Geist von Anfang an schnell unruhig wurde und sein Selbsturteil verlor. Und er wusste auch, dass solche Gemüter (die Gemüter all derer, die sich an ihn wandten, um Erleuchtung zu erlangen) auf natürliche Weise gefügig werden und sich an ihn wenden würden, um sich von ihm leiten zu lassen, was seiner Vormachtstellung, die in ihren Augen wie Allwissenheit aussah, Auftrieb verlieh. So konnten sie nicht anders, als ihm ihr Vertrauen zu schenken, was es dem Barden leicht machte, ihren Geist so einzustellen, wie er es wollte. All diese Menschen wurden seine Jünger und verbreiteten das Evangelium seiner überirdischen Gelehrsamkeit in der ganzen Welt. Auf diese Weise erlangte er Berühmtheit als ein Mann der Weisheit, der das Konzept der Liebe, ihre Feinheiten und ätherischen Geheimnisse analysierte.

Kapitel 2

Der Barde war nicht leicht zu begeistern, egal wie ernst die Probleme derer waren, die sich an ihn wandten, um Aufklärung zu erhalten, denn er hatte das Leben erlebt, die ihm innewohnenden Unsicherheiten und Gewissheiten, die unvermeidlichen emotionalen Verwicklungen, wenn Liebe, Hass und Pathos untrennbar miteinander verwoben waren, die flüchtige Freude und der Überschwang, das Pathos, die aufeinanderprallenden Widersprüche und Kontroversen: so viel in der Vergangenheit, alles im Verlauf seines Lebens in dieser Welt. Anfänglich hatten diese verschiedenen Erfahrungen ihre unterschiedlichen Auswirkungen auf seinen verletzlichen Geist. Dann wurde sein Geist anfällig für wechselnde Stimmungen. Aber aus seinen Lebenserfahrungen lernte er, dass ein empfindlicher Geist nicht lange durchhalten kann. Er spürte, dass er eine Veränderung brauchte, und bemühte sich um eine solche. Seine Bemühungen zeigten bald Wirkung: Sie stumpften die scharfen Kanten der schrecklichen Lebenserfahrungen ab, so dass sie nicht mehr in seinem Geist stachen. Dies war eine Erleuchtung, die seinem Geist einen enormen positiven Schub verlieh und ihm die Klugheit und Weisheit verlieh, die Probleme des Lebens mit Gleichmut anzugehen.

Einst war er ein Familienvater gewesen. Im Grunde war er sehr temperamentvoll. Das war eine Art doppelte Persönlichkeit in ihm: klug in der Öffentlichkeit und temperamentvoll im Privaten! Er konnte nichts akzeptieren, was seinem Ruhm im Wege stand. Er war eher darauf bedacht, Antworten auf die verschiedenen feinstofflichen Konzepte, ihre Erklärungen und Lösungen zu finden. Die Mystik war sein Lieblingsthema, und die Philosophie musste gegenüber seinen mystischen Gedanken die zweite Geige spielen. Viele dieser mystischen Konzepte waren für den normalen Menschen abstrus, eine harte Nuss, und nur er konnte Antworten darauf finden. Es war seine unheimliche geistige Kraft, die ihn durch lange, strenge Übungen auf eine höhere geistige Ebene brachte, auf der er die harten, steinigen, ätherischen Probleme anderer Menschen durchdringen und analysieren konnte. Dann konnte er erfolgreich mit den begehrten Antworten auf diese Probleme herauskommen.

Aber seine hohe Stellung in feinstofflichen Angelegenheiten stand im Widerspruch zu seinem Eheleben. Seine Frau Camila war weltlich. Er hatte das Gefühl, dass ihr Horizont nicht weit genug war, um seine Lebensweise zu unterstützen. Sie kümmerte sich um eine Familie, um ihren Mann und ihre Kinder, und hatte darüber hinaus keine Interessen. Beide haben nicht verstanden, dass die Ehe eine Institution ist, die ein Geben und Nehmen erfordert. Als der Barde sich seinen Forschungen hingab, gefiel das seiner Frau überhaupt nicht. Sie drehte sich um und begann, ihn mit wütenden und beleidigenden Worten zu bedrängen. Das war so, als würde sie ihn mit einem Messer verletzen, und so musste er viele Qualen erleiden.

Einmal sagte er zu ihr: "Dieses Haus ist leer, und der Grund dafür ist deine Anwesenheit. Ich kann dich nicht als Gefährten sehen. Ich fühle kein Gefühl der Zugehörigkeit, wie es zwischen Eheleuten normal sein sollte. Ich fühle mich einsam." Die Worte des Barden waren mehr als genug, um seine zynische Frau zu provozieren.

"Ich dachte, ich hätte einen Mann geheiratet, einen Menschen mit Gefühlen, mit Sorgen um seine Frau. Wenn du das Gefühl hast, dass dieses Haus in meiner Gegenwart leer ist, dann ist das dein eigenes exzentrisches Gefühl, für das ich in keiner Weise verantwortlich bin. Warum hast du mich überhaupt geheiratet, wenn du dazu nicht bereit warst und nicht die geistigen Voraussetzungen für ein Leben mit deiner Frau hattest? Du bist immer bei deinen Büchern und in deiner Gedankenwelt, ohne Rücksicht auf meine Gefühle. Du hast mich betrogen. Du bist ein harter Mann. Eine Lesemaschine! Dein Verstand bohrt in etwas, das im Leben eines gewöhnlichen Menschen keinen Wert hat. Wenn ich dich beobachte, stelle ich fest, dass du denkst und denkst, und manchmal lächelst du vor dich hin. Aber du hast nicht die Höflichkeit, mich anzulächeln, Zeit mit mir zu verbringen. Du machst mich nicht glücklich. Die einzige Möglichkeit, dass du mich geheiratet hast, ist, dass du mir das

Lächeln genommen hast. Wir haben keine Kinder. Der Arzt hat diagnostiziert, dass das Problem bei mir liegt. Aber das ist Schicksal. Ich kann es nicht ändern. Du hättest dich mehr um mich bemühen und kümmern müssen. Aber das hast du nicht. Es gibt kinderlose Paare auf dieser Welt, die glücklich leben. Aber solche Vergnügungen sind in unserem Familienleben tabu!", rief sie verzweifelt.

"Diese Frau geht mir ständig auf die Nerven", murmelte der Barde vor sich hin. "Sie lenkt mich unendlich ab. Ich kann mich nicht zum Familienvater ihrer Träume machen."

Er war noch ein paar Tage lang nachdenklich. Er wollte nicht darüber nachdenken, wer die Schuld trug. Er dachte an eine Lösung, um das Problem zu lösen. Er war nie bereit, vor dem engen Horizont seiner Frau zurückzuschrecken. Das Eheleben scheiterte vor seinem Eifer für den Ruhm. So verließ er seine Frau, um sich auf Themen zu konzentrieren, die für ihn bedeutungsvoller waren als ein Leben mit einer unempfindlichen Frau. Aber solche Erfahrungen brachten ihm kein Glück. Sein Verstand sagte ihm, dass sie nicht das waren, was er wollte. Seinem Fach, der Philosophie, fehlte die Wärme des Lebens; der Nervenkitzel, die Freude, der Zauber des Lebens lag woanders.

Das war es also, was ihn zum Pilger machte, zum Wanderer auf der Suche nach dem, was ihm Befriedigung verschaffte, was ihm die Wärme und die Erregung der menschlichen Liebe brachte, was ihm die nötige Nahrung gab, um seinem Leben einen Sinn zu geben. Es ging um das starke Band, das die Menschen unwiederbringlich miteinander verband. Sein Verstand drängte ihn, mehr über dieses Band zu lernen, als die Grundzüge der Philosophie in einer hochtrabenden Sprache zu lehren, die für ihn abgedroschenes, nutzloses Geschwätz war.

Nach langen Jahren des Unterrichtens von Philosophie wurde ihm klar, dass es für ihn keine Herausforderung mehr darstellte, in diesem Beruf weiterzumachen. In den Jahren, in denen er Philosophie unterrichtete, war er mit verschiedenen Situationen konfrontiert worden, die ihn bekannt machten, aber sie waren keine Herausforderung mehr für ihn. Und keiner seiner Schüler war berühmt genug geworden, um von allen gekannt zu werden. Auch sie hatten nichts Herausforderndes zu bewältigen, das ihnen Ruhm einbringen könnte.

Er erkannte, dass die philosophische Herangehensweise zu einem Misserfolg wurde, wenn es darum ging, die Natur und den Sinn des Universums zu verstehen, ein Gedanke, der ihn frösteln ließ; die Herausforderung, die Wärme und der Nervenkitzel der Romantik schienen ihm zu fehlen. Also wollte er es gut sein lassen. Er würde alles aufgeben, was er sich erarbeitet hatte. Er war auf der Suche nach etwas, von dem er wusste, dass es woanders lag, und deshalb zog er zur Meditation in den Himalaya. Der Grund, warum er die Ausläufer des Himalaya auswählte, war, dass er spürte, dass diese neue Umgebung ihm mehr geistiges

Glück bescheren würde, weil die dichte Stille für seine Meditation förderlich sein würde. Er glaubte, dass Meditation die Antwort auf die Frage nach der Erleuchtung sei, die manchmal wie eine Fata Morgana erschien. Sie eröffnete ihm neue Wege des Denkens, und er entdeckte das Endgültige: das Band, das Mensch und Mensch verbindet, das das Individuum erobert, das es versklavt, aber auch befreit, bis schließlich jeder Mensch sich selbst erobert. Er wusste, dass hinter dem Begriff "Bindung" mehr steckte, als man auf den ersten Blick sieht. Er sprach von der langen Geschichte unsichtbarer Verbindungen, die jeden Menschen mit einem anderen verbanden; wie die Erde ihre Rolle bei der Verbindung spielte. Sie lehrte ihn die Lektion, dass Liebe die Verbindung der Seelen ist. Er erkannte, dass es ein lebendiger Gedanke war, der in seinen Geist eindrang und seine Seele mit Gedanken über die Liebe nährte. Er nährte seine Faszination für das Studium des menschlichen Geistes, der menschlichen Natur, für die Bedeutung des Wortes "Bindung" bei der Erklärung der menschlichen Natur: die Betonung des riesigen Potenzials der Liebe, das in den grenzenlosen Bereich des menschlichen Geistes eingebettet ist, die Rolle der Liebe bei der Verbindung von Menschen und wie sie die menschliche Persönlichkeit formt. Dieser Gedanke war für ihn in mehrfacher Hinsicht von Bedeutung, da er sich auf die Liebe konzentrierte.

Kapitel 3

Die Abkehr des Barden von der Philosophie war in der Tat eine wechselseitige Angelegenheit. Als er sich tiefer in die philosophischen Begriffe vertiefte, um eine warme Analyse zu erhalten, wurde das Thema für ihn eiskalt; und so wurde auch er selbst der Philosophie gegenüber kalt und verließ sie ein für alle Mal. Er wusste, dass die Freuden und Reize für seinen Geist woanders lagen, nicht in der kalten Philosophie; was sich als richtig erwies, als seine Suche ihn später auf die Gebiete der Psychologie, der Lyrik und der Verse führte. Er erkannte, dass sie alle miteinander verbunden waren, da sie alle verschiedene Facetten des menschlichen Geistes darstellten.

So kam er zur Psychologie. Was ihn daran reizte, dieses Fach zu erlernen, war die Tatsache, dass sein Umfang unbegrenzt war, so wie der menschliche Geist ein grenzenloses Wesen mit faszinierenden Möglichkeiten ist. Das Fach sprach von menschlicher Liebe und befasste sich mit der Befähigung des menschlichen Geistes. Er hatte die Hypnose bei dem Professor erlernt, der ihm Psychologie als Nebenfach für seinen Abschluss an der Universität beibrachte. Er kannte sich also mit Hypnose aus, noch bevor er später Psychologie als Hauptfach belegte. Dadurch wurde er mit der Psychologie und ihren Grundzügen vertraut. Als er die Philosophie verließ, stellte er einen Vergleich zwischen Philosophie und Psychologie an, den er nie zuvor angestellt hatte - denn er hatte in Philosophie promoviert und sie zu seinem Brotberuf gemacht. Als er dieses Fach verließ, hatte er das Gefühl, an einem Scheideweg angelangt zu sein; als er dann feststellte, dass die Psychologie gewisse zusätzliche Vorteile von praktischem Nutzen hatte, musste er nicht auf dem Scheideweg stehen bleiben und nicht wissen, welchen Weg er einschlagen sollte. Seine Richtung war klar und geradeaus.

Als er begann, sich eingehend mit der Psychologie zu befassen, eröffneten sich ihm so viele Richtungen. Er könnte klinischer Psychologe werden, aber dann dachte er an die Monotonie der Behandlung von Patienten: endlose Gespräche mit Patienten in einer Reihe von Sitzungen! Wo war da der Reiz? Er musste die Verfahren der Psychoanalyse, Traumwerke, Traumdeutungen und dergleichen lesen. Dann erinnerte er sich an das Freud'sche Konzept, dass Widerstand in der Analyse unvermeidlich ist. Wenn ein Patient sich mit seinen Problemen an den klinischen Psychologen wandte, war es die Aufgabe des Psychoanalytikers, den Patienten von der Ursache seines Leidens zu überzeugen, um ihm die Wurzel der Ursache aus dem Kopf zu schlagen und ihm zu versichern, dass er geheilt werden würde. Doch das war leichter gesagt als getan. Der Patient blieb mit einer falschen Denkweise über die Ursache seiner Beschwerden zurück. Dann musste der

Psychoanalytiker ihn davon überzeugen, dass sein Problem durch diese und jene Schuld und den daraus resultierenden Komplex verursacht wurde - die schwierige Rolle der Psychoanalyse! Die Aufgabe, den Patienten zu überzeugen, war nicht so einfach. Der Psychoanalytiker musste ihm eintrichtern, was richtig war, und aufzeigen, dass die falschen Vorstellungen des Patienten der Grund für sein Problem waren. Aber wenn der Psychoanalytiker dies sagte, entwickelte der Patient etwas, das Freud als Widerstand bezeichnete. Das Problem des Patienten war das Vergnügen seines Unterbewusstseins. Für seinen zivilisierten Verstand war dies jedoch schmerzhaft, denn die Freuden des Unterbewusstseins waren immer asozial, was sein zivilisierter Verstand nicht akzeptieren konnte. Die Aufgabe des Psychologen bestand darin, dem zivilisierten Verstand des Patienten die Schuld zu nehmen. Dieser Prozess war nicht so einfach. Wenn der Widerstand des Verstandes provoziert wurde, wurde der Zustand des Patienten noch miserabler, und viele brachen dann die Behandlung ab. Diese Situation war für den Barden inakzeptabel. Von den beiden Teilen der Wissenschaft der Psychologie war die abnorme Psychologie mehr nach dem Geschmack des Barden. Sie stärkte die Kraft des Geistes durch Meditation. Er wusste, dass die Kraft des menschlichen Geistes unbegrenzt und unermesslich ist. Sie musste nur entwickelt werden, indem man den Geist auf die richtige Weise trainierte.

Der Barde fühlte, dass er von der eiskalten Philosophie in die Wärme der Psychologie und das faszinierende

Reich der romantischen Lyrik und Verse gewechselt war. Dann erkannte er, dass sein neues Gebiet über die Philosophie hinausging, und er bedauerte seine Dummheit, so lange in seinem Leben Philosophie zu lehren. Er stellte fest, dass Psychologie, Lyrik und Verse untrennbar miteinander verbunden waren, und seine spätere Gelehrsamkeit in diesen Fächern bot ihm reichlich Gelegenheit, seine facettenreiche Persönlichkeit und sein geistiges Kaliber erfolgreich zur Schau zu stellen. Er erkannte, dass er für das Studium von Themen, die den menschlichen Geist betreffen, wie geschaffen war. So wurde er bald als Psychologe berühmt, der Antworten auf die ätherischen Fragen des einfachen Menschen geben konnte. Er konnte seine Vielseitigkeit als unkonventioneller romantischer Dichter erfolgreich zur Schau stellen, indem er die konventionellen, traditionellen Konzepte der Romantik über Bord warf. Er erprobte sein eigenes Konzept der Romantik auf seine unnachahmliche Art und Weise, was sich in seinem ersten Gedicht "The Moments" zeigte, das sofort Schlagzeilen machte.

"The Moments" wurde von berühmten Zeitschriften wie The Misty Mist und The Due Point gewürdigt. Seine Gedichte waren Ausdruck von Naturphänomenen. Das war ein scheinbar paradoxer Charakterzug von ihm, zumindest schien es anderen so, denn er las eifrig Bücher über Phänomenologie, die in Wirklichkeit ein Zweig der ihm verhassten Philosophie war, dem alten Fach, das er aufgegeben hatte. Aber er wusste, dass die Phänomenologie ein

Fach war, das ihm bei seinen romantischen Ansichten über die Natur helfen würde. Sie befasste sich mit dem, was man sah, hörte und fühlte, im Gegensatz zu dem, was an der Welt tatsächlich real oder wahr sein konnte. Dies war auch die Grundlage der Romantik, und das machte das Thema für ihn interessant. Er erkannte, dass sein Erfolg auf dem Gebiet der Lyrik und der Verse von seinem grenzenlosen Geist und seiner Energie abhing, und von seiner Fähigkeit, sich vom kalten Philosophen zum warmen romantischen Dichter von Rang zu wandeln, ebenso wie von einem stumpfen Philosophen zu einem gelehrten Psychologen. Er konnte in all diesen Themen das Element der Romantik finden, das seine aktuelle Leidenschaft war. Es gelang ihm, die Feinheiten der Psychologie aus einer romantischen Perspektive zu betrachten. Sein forschender Geist konnte sich immer ein Band der Harmonie vorstellen, ein amourös-erotisches Band der ewigen Liebe zwischen den verschiedenen menschlichen Emotionen wie Freude, Trauer, Wut usw., wenn sie in Ruhe waren und nicht durch äußere Reize geweckt wurden. Obwohl es sich um verschiedene Typen handelte, waren sie überraschenderweise nie verfeindet. Sie waren unter einem Dach untergebracht: dem des menschlichen Geistes. Sie zeigten der Welt, dass unter ihnen ein kompliziertes, delikates Konzept der Harmonie herrschte - die Harmonie der bunten menschlichen Gefühle. Sie offenbarten ihr die erhabene Idee der universellen Harmonie und Liebe. Sie lehrten die Welt die delikate Idee, wie gegenseitige Liebe aufrechterhalten werden kann, ungehindert durch dummes Gezänk. All diese Konzepte und Ansichten fanden ihren Niederschlag in seinem Gedicht "Die Augenblicke", das beim bloßen Lesen als scheinbar symbolischer Ausdruck für die Kürze des menschlichen Lebens auf der Erde verstanden wurde. Als ob das menschliche Leben wie ein Blitz eines Augenblicks wäre. Aber wie schön und mühelos verwandelte er diese negative Idee, die in den Köpfen aller nur Frustration hervorrufen konnte, in eine positive Abstraktion, die Hoffnung gab. Er schien das menschliche Leben mit einem kurzen Augenblick zu vergleichen, der in diese Welt einbricht und dann in der Ewigkeit vergeht. Aber wenn man zwischen den Zeilen liest, beweist er, dass dem nicht so ist. Durch sein Gedicht stellte er das Phänomen des Aufbrechens und Vergehens auf eine andere Weise dar. Es war niemals eine einmalige Angelegenheit. Es handelte sich um ein natürliches Phänomen, das eine ununterbrochene Kette darstellte, einen kontinuierlichen Prozess vom Beginn der Welt über die Vergangenheit bis in die Gegenwart und in die Zukunft, der die Botschaft von der natürlichen Erhaltung des Lebens auf der Erde vermittelte, wie das ununterbrochene Schlagen des menschlichen Herzens. Es war eine Aufforderung an die Menschheit, sich das menschliche Leben nicht als einen einzelnen Blitz, sondern als ein kontinuierliches Phänomen in seiner Gesamtheit vorzustellen. Hier sind die Worte:

Momente tauchen aus dem Nichts auf,
Einer nach dem anderen,
wie die wogende Brandung,
Mit unbekannten Wurzeln.
Sie platzen und verwelken,
halten nie für jemanden an
Für einen gemütlichen Plausch
Oder für eine geflüsterte Zärtlichkeit.
In diese Welt blitzen sie
Um im Handumdrehen unser zu sein,
Dann verschwinden sie in den pulsierenden
Schoß der Ewigkeit.

Was zeigten die Zeilen "Einer nach dem anderen" und "Wie die wogenden Brecher" noch? Hatten diese Zeilen nicht die wahre Vorstellung des Aufblitzens von Momenten oder des Überschwappens von Brechern als ein kontinuierliches Phänomen erfasst, wie der menschliche Herzschlag? Schlägt ein menschliches Herz nur einmal und hört dann für immer auf? Ist der Augenblick nur einmal in diese Welt geblitzt worden und hat dann für immer aufgehört? Haben die Wellen nur einmal geschlagen und dann für immer aufgehört?

Dieses Gedicht sorgte in den Kreisen der neuen Generation romantischer Dichter für Aufregung, da die Zeitschriften das romantische Element des Gedichts prüften und bewerteten. Die renommierte

Zeitschrift The Misty Mist mit ihrer großen Leserschaft griff die Zeilen auf: "Never stop for anyone For a cosy chat Or for some whispered endearment". Ihr Rezensent Gladson war voll des Lobes über diese Zeilen. Er schrieb: "Wenn diese Zeilen nicht die Idee der Romantik darstellen, die das komplizierte Konzept der ätherischen Liebe zwischen Mensch und Natur in seiner zarten, subtilen Art aufnimmt und hervorhebt, was bringen sie dann noch für die beglückende Lektüre unserer aufgeklärten Leser hervor? Worauf sonst könnte man die Worte "gemütliches Plaudern und geflüsterte Zärtlichkeit" zurückführen, wenn nicht auf seine raffinierte Personifizierung der vergehenden Augenblicke, ein Naturphänomen, das keine Zeit für ein gemütliches Plaudern oder eine geflüsterte Zärtlichkeit mit allen Schöpfungen Gottes in der Natur hat? Wie erhaben ist die Phantasie des Dichters! Es versteht sich von selbst, dass es dem Dichter gelungen ist, den verlockenden Begriff der Romantik in seiner zartesten Form zur Geltung zu bringen. Diese Worte bezeichnen die wechselseitige Beziehung zwischen Mensch und Natur: die untrennbare romantische Beziehung und die gegenseitige Abhängigkeit von Mensch und Natur werden durch diese pulsierenden Zeilen anschaulich gezeichnet. Dem Dichter ist es gelungen, diese Zeilen buchstäblich und metaphorisch perfekt zu gestalten. Sie sprechen beredt von der gegenseitigen Liebe von Mensch und Natur und demonstrieren die edle Idee der Romantik, die sich an der Natur selbst orientiert."

Hier war das Vergehen der Zeit ein natürliches Phänomen. Der Dichter hatte die tickenden Momente geschickt mit dem Pulsieren eines verliebten menschlichen Herzens verglichen, dem Pochen eines liebenden menschlichen Herzens für die Natur in all ihrer Pracht, um seine Leser sagen zu lassen: "Die Personifizierung ist treffend, anschaulich und eindrucksvoll. Nur jemand vom Kaliber des Dichters konnte aus dem dünnen Netz poetischer Abstraktionen eines unendlichen Naturphänomens eine so mühelose, bewundernswerte, lebendige Personifikation machen." Eine andere berühmte Zeitschrift über die Romantik, The Due Point, war ebenso beredt, als sie eine andere bedeutende Zeile des Gedichts zitierte: "Der vibrierende Schoß der Ewigkeit". Der Rezensent der Zeitschrift, Samson, bezeichnete die romantische Vorstellung des Dichters von der Ewigkeit als besonders lebendig. Er stellte fest, dass das Ewigkeitskonzept des Dichters ein eigenwilliges, pulsierendes und lebendiges sei. Es stellte erfolgreich den vitalen Aspekt zur Schau, der das Leben aufrechterhält, der das Leben vorantreibt, und das ihm innewohnende romantische Element, das in den Köpfen der klugen und intelligenten Leser der Zeitschrift mit ihrem lebhaften und aufnahmefähigen Geist Hoffnungen weckte. Das machte die alte Abstraktion von der Ewigkeit, dass alles endlich in der kalten Ewigkeit aufgeht oder endet, zu einem nutzlosen, feuchten Fetzen. Der Dichter stellte sich die Ewigkeit nicht als das kalte Ende von allem vor, wie es der Volksmund als leblose Endphase des diesseitigen

Lebens vorstellte, sondern er belebte sein Ewigkeitskonzept geschickt neu, indem er das Konzept der kalten Ewigkeit ersetzte und es warm und lebendig machte.

Diesem Dichter gelang es, das Konzept der Ewigkeit aus seiner kalten Lage zu befreien und gleichzeitig die frustrierten Gemüter der Leser auf eine höhere Ebene der Ekstase zu retten, von der aus sie das Ewigkeitskonzept des Dichters in einer verjüngten, romantischen Perspektive voller endlosem, pulsierendem Leben neu interpretieren konnten. Dies war sein erstes Gedicht, nachdem er sich mit Lyrik, Versen und Psychologie befasst hatte. Sein Gedicht machte sofort Schlagzeilen und wurde von allen und jedem geschätzt. Seine romantische Vorstellung vom Leben war, dass der Mensch in der Natur und die Natur im Menschen lebt. Damit suggerierte er die gegenseitige, unlösbare Verbindung von Mensch und Natur. Dies war eine Art mystische Beziehung zwischen Mensch und Natur, die er durch seine umfangreichen romantischen Erfahrungen begründete. Oft freute er sich insgeheim über seinen Erfolg als romantischer Dichter und genoss die Wärme, wenn er sich in die Welt der Lyrik und Verse begab. Obwohl er als romantischer Dichter bekannt war, baute er seine Kenntnisse in Psychologie weiter aus, da er erkannte, dass die Psychologie ein Thema ist, das der Romantik nahe steht. Ein romantischer Dichter kann sich in der Psychologie auszeichnen, und er hat es in seinem eigenen Leben bewiesen. In der Romantik geht es um die ätherische Liebe, in der sowohl der Mensch als auch die Natur eine wichtige Rolle spielen.

Die Psychologie beschäftigt sich mit Liebe, Sex und verwandten Dingen. Beides sind Facetten des menschlichen Geistes. Und damit war sein Richtungswechsel ein Trumpf geworden. Seine Begeisterung für Poesie, Verse und Psychologie machte ihn zu einem veränderten Menschen. Er erkannte die Bedeutung des menschlichen Geistes. Dann spürte er, dass die weitere Befähigung seines eigenen Geistes eine Notwendigkeit war.

Dies war eine neue Vision für seinen Geist. Er verließ sein weltliches Zuhause auf der Suche nach den ätherischen Erfahrungen des Lebens und ließ sich in den Ausläufern des Himalaya nieder, um zu meditieren. Es reizte ihn ungemein, an Orte zu gehen und Menschen verschiedener Kasten und Glaubensrichtungen zu beobachten und etwas über ihr Leben, ihre Verzweiflung, ihr Leid, ihre Hoffnungen und ähnliche Dinge zu erfahren. Inmitten all dessen spürte er, dass ihre unbezähmbaren Wünsche und Hoffnungen auf ein besseres Leben sicherlich in Erfüllung gehen würden. Er erkannte, dass diese Hoffnung die treibende Kraft in ihrem Leben war. Die widrigen Umstände, denen sie auf ihrem langen Lebensweg begegneten, waren nichts im Vergleich zu ihren Hoffnungen für das Leben. Widrige Umstände verjüngten sie sogar und ließen ihre Hoffnungen wieder aufleben. Es war, als ob sie mit ihrem eigenen Leben verkehrten, trotz all seiner schlechten

Erfahrungen. Und so verlief ihr Leben. Der Barde war ein Sucher nach ätherischer Kraft. Auf der Suche nach einem geeigneten Ort für seine Meditationen begab er sich an die Ausläufer des Himalaya und reiste von dort aus an viele andere Orte, um Predigten zu halten, meist über seine eigenen Erkenntnisse. Seine Liebe zum Ätherischen, zu unkörperlichen Ideen, brachte ihn zum Konzept der Mystik. Er wusste, dass Mystik das Wissen um Gott und die wahre Wahrheit war. Sie war der Sinn für das Ätherische. Sie war das Tor zur unkörperlichen Welt, das Wissen um abstrakte Ideen. Aber er wusste auch, dass die Mystik der Fluchtpunkt der Vernunft war.

Kapitel 4

Als der Barde sich in den Ausläufern des Himalaya niederließ, bekam er die Gelegenheit, seine hypnotischen Kräfte zu etwas zu entwickeln, das man die ultimative Macht nennt, indem er okkulte Wissenschaft, schwarze Magie und ihre verbündeten Kräfte erlernte. Dies machte ihn zu einem Mann mit unbegrenzten Kräften. Zu diesem Zeitpunkt wurde er fähig, die ätherischen Fragen anderer Menschen zu beantworten. Sie begannen zu ihm zu kommen, um Erleuchtung zu finden. Sie schrieben ihm inbrünstig Göttlichkeit zu.

Als Julie von ihm hörte, wollte sie ihn treffen, um Antworten auf ihre übersinnlichen Fragen zu erhalten. Sein Wissen über Hypnose, schwarze Magie und okkulte Kräfte hatte er von einem Mann namens Gogramme erhalten, der ebenfalls in den Ausläufern des Himalaya lebte. Das Gebiet war von Stammesangehörigen bewohnt, die an Aberglauben glaubten. Sie verließen sich auf schwarze Magie, um das Böse abzuwehren und ihr Leben in Ordnung zu halten. Sie waren Vegetarier. Sie begrüßten den Barden von ganzem Herzen, als sie hörten, dass er diesen Ort für seine Meditationen gewählt hatte und dass er die geistigen Kräfte besaß, die Probleme der Menschen zu lösen. Die Stammesangehörigen gingen in die Wälder, um Nahrung zu sammeln, die aus essbaren Früchten und Wurzeln bestand. Dies war eine große Hilfe für den Barden, denn nur die Stammesangehörigen konnten essbare von ungenießbaren Lebensmitteln unterscheiden. Sie brachten ihm sorgfältig gekochte, verzehrfertige Speisen.

Er legte eine Zeit für seine regelmäßigen Meditationen fest. Die Stammesangehörigen wussten davon und störten ihn nie. Dann legte der Barde eine Zeit für Essen und Wandern fest. Er zog umher, um sich mit der Gegend vertraut zu machen. Wenn er unterwegs war, versammelten sich die Stammesangehörigen um ihn und gingen mit ihm, damit er sich nicht im Wald verirrte. Sie erzählten ihm von den legendären Geschichten, die sie von ihren Vorfahren geerbt hatten. Einmal erzählte einer von ihnen dem Barden, dass er nicht der einzige war, der sich im Wald niedergelassen hatte. Im tiefen Wald lebte noch ein anderer namens Gogramme, der ebenfalls vor einigen Jahren aus Irland gekommen war, um okkulte Kräfte, schwarze Magie und ähnliche Tricks zu erlernen.

"Wo hat er denn seine schwarze Magie und seine okkulten Kräfte gelernt?" fragte der Barde und sein Interesse erreichte seinen Höhepunkt.

Es war die Entfaltung einer weiteren Geschichte über eine Frau, Muerra, aus Indien, die magische Kräfte hatte. Ihre Vorfahren waren traditionelle Praktiker der schwarzen Magie. Was sie in die Gegend brachte, war der Gedanke, dass die abergläubischen

Stammesangehörigen an ihren übernatürlichen Kräften interessiert sein und sie schätzen würden. Sie behauptete, dass sie mit ihren okkulten Kräften traditionelle schwarze Magie praktizierte.

Gogramme war jemand, der solche esoterischen Kräfte erlernen und erwerben wollte. Er hörte, dass Muerra schwarze Magie lehrte, und beschloss, zu ihr zu gehen. Sie wiederum lehrte ihn okkulte Kräfte, und nun war er bei den Stammesangehörigen als jemand bekannt, der ihre Probleme lösen konnte.

"Aber was ist mit Muerra geschehen? Ist sie noch hier?" fragte der Barde, der sich insgeheim wünschte, sie zu treffen.

"Nein, sie ist nicht mehr da", sagte ein bestimmter Stammesangehöriger.

"Starb sie an Altersschwäche, wie es üblich ist?" fragte der Barde. "Nein, es war kein natürlicher Tod", kam die Antwort.

"Dann sag mir, wie es passiert ist!", fragte der Barde neugierig. "Niemand weiß bis jetzt, was passiert ist", lautete die Antwort.

"Aber gab es nicht einen Fall für die Polizei?" fragte der Barde mit gesteigerter Neugierde.

"Der Vorfall ist bis heute nicht an die Öffentlichkeit gedrungen. Es gab also keinen Fall für die Polizei. Wir haben sie sogar zusammen mit dem Kind begraben", sagten sie.

Die Antwort machte den Barden noch wissbegieriger. Er wurde von so vielen Fragen verzehrt. "Wer ist das Kind, das ihr mit ihrer Leiche begraben habt?" fragte er.

"Es war ihr eigenes", sagten sie.

"Wie kommt das? War sie verheiratet?" fragte der Barde erstaunt.

"Nein, sie war nicht verheiratet, aber es war eine schöne Geschichte", sagte der erste Stammesangehörige. "Dann erzähl mir die Einzelheiten", schlug der Barde vor.

Der Stammesangehörige wurde zurückhaltend. Er war hin- und hergerissen. Er mochte es nicht, die blutige Vergangenheit aufzuarbeiten. Aber unter Zwang gab er die Geschichte preis:

"Muerra kannte sich in ihrem Handwerk aus - in der Ausübung okkulter Kräfte. Gogramme schloss sich ihr als Lehrling an und machte seine Sache sehr gut. Damals verliebte sich Muerra in Gogramme. Er konnte ihre amourösen Annäherungsversuche nicht ignorieren und verliebte sich in sie. Ihre Beziehung ging weiter. Schließlich stellte sie fest, dass ihre regelmäßige Periode ausblieb. Sie verlangte von ihm, sie zu heiraten, was er jedoch rundweg ablehnte.

"In der Zwischenzeit brachte sie einen kleinen Jungen zur Welt. Daraufhin begann sie, ihn zu bedrängen und ihn zu drängen, sie zu heiraten. Aber Gogramme wusste, dass es für ihn tabu war, im Sex zu leben, denn er wusste, dass er die hart erlernten okkulten Kräfte, die sie ihn gelehrt hatte, verlieren würde. Er war ihr dankbar für das wertvolle Erbe, das sie ihm hinterlassen hatte. Er wusste, dass es eine seltene Großzügigkeit war, die sie ihm erwiesen hatte, denn die okkulten Kräfte wurden traditionell im Geheimen weitergegeben, nur von den Vorvätern an ihre geradlinigen Nachkommen. Aber Muerra war in zweierlei Hinsicht von der üblichen Praxis abgewichen: Erstens hatte sie ihm ihre Keuschheit geschenkt, und zweitens hatte sie mit dem traditionellen Brauch gebrochen, indem sie ihre Geheimnisse an einen Mann außerhalb ihrer Familienlinie weitergab.

"Der Gedanke an diese beiden Faktoren beunruhigte ihn zutiefst. Er wusste, dass sie kein zwielichtiges Sexualleben geführt hatte, denn sonst hätte sie ihre okkulten Kräfte nicht erlangt. Das war für ihn ein ausreichender Grund, an ihre Keuschheit zu glauben. Sie hatte ein makelloses, blitzsauberes Leben geführt, bis sie sich auf den Sex mit ihm eingelassen hatte. Auch für ihn war das Zölibat eine Lebensform, seit er das Familienleben aufgegeben hatte; diese Regel musste strikt eingehalten werden, solange man ein Okkultist war. Aber sie ließ ihn im Stich. Es war ein beispielloser, plötzlicher Akt in einem flüchtigen Moment ihres Lebens, in dem auch er sein Zölibatsgelübde brechen musste. Sie waren weiterhin sexuell aktiv.

"Als sie erfuhr, dass sie ein Kind erwartete, dachte sie nicht mehr an ihr Leben als Zölibatärin und ihre okkulten Praktiken. Obwohl die flüchtigen Momente sie verbanden und sie das Gebäude des Zölibats, das sie ihr ganzes Leben lang aufgebaut hatten, vergessen ließen, war die Folge ihrer Handlungen anders. Es war, als hätten sich ihre Wege getrennt. Sie wollte ihr zölibatäres Leben ablegen und ein Familienleben führen, aber Gogramme hatte andere Absichten. Er wollte das Leben als Zölibatär weiterführen, trotz seiner momentanen Abweichungen. So konnten sie sich nicht einigen.

"Für sie war es das erste Mal, dass sie von ihrem strengen Leben abwich. Als sie erfuhr, dass sie schwanger war, änderte sie ihre Meinung und wollte eine einfache Hausfrau sein. Gogramme bereute, dass er von seinem Zölibatsgelübde abgewichen war, und war wütend auf Muerra, weil sie ihn in Versuchung geführt hatte. Er wurde unnachgiebig: Er wollte nichts mit ihr zu tun haben, denn inzwischen hatte er alle okkulten Kräfte gelernt, die sie ihm beibringen konnte. Er wusste, dass sie ihm alles in ihrer Waffenkammer beigebracht hatte. Die weiche Ecke, die er in seinem Kopf für sie hatte, war nicht mehr da.

"Aber Muerra hatte die aufrichtige Erwartung, dass er von seiner unnachgiebigen Haltung ablassen und zu ihr zurückkehren würde, um mit ihr als Mann und Frau zu leben. Der Grund für ihren Wunsch war ihr untrügliches Wissen, dass der Fötus in ihrem Schoß der von Gogramme war. War dies nur die Fantasie einer schwangeren Frau, und würde sie jemals in Erfüllung gehen? Da Gogramme der einzige Mensch war, der sie berührt, mit ihr geschlafen und sie geschwängert hatte, sollte er sich zu seiner Verantwortung bekennen und sich als Vater des Kindes zu erkennen geben. Sie hatte alle Gründe für ihre Ansicht, aber er teilte sie nicht.

"Gogramme hatte allen Grund, sie zu verstoßen. Dabei ging es darum, wer sich zuerst geirrt hatte. Er hatte sich ihr genähert, nicht um ihr auf irgendeine Weise näher zu kommen, sondern einfach um okkulte Kräfte und schwarze Magie zu erlernen. Und um dieses Ziel zu erreichen, musste er zölibatär leben, was er auch tat, bis er sie traf. Auch nachdem er sie kennengelernt und begonnen hatte, das Handwerk zu erlernen, war er auf sein einziges Ziel fixiert: die Geheimnisse der okkulten Kräfte und der schwarzen Magie zu erlernen. Sein einziges Ziel war es also, eine Supermacht zu werden, indem er die Willenskraft, die er durch seine Entbehrungen und seine strenge Praxis über einen langen Zeitraum hinweg erworben hatte, noch verstärkte. Etwas anderes konnte er sich nicht vorstellen. Und nun hatte diese Dame mit ihren amourösen Annäherungsversuchen, die völlig aus dem Zusammenhang gerissen waren, nicht nur sich selbst, sondern auch ihn in die Irre geführt! Sie war schuld, in jeder Hinsicht. Dies waren die Gründe für Gogramme, sie zu tadeln."

Eines Tages entdeckten die Stammesangehörigen die Leichen von Muerra und dem Kind an den Ufern eines Baches im Wald. Aber sie hatten Angst, Gogramme zu befragen, da er bei ihnen in hohem Ansehen stand. Nun war die Geschichte ein für alle Mal vergessen. Aber die Gerüchteküche sagte, dass Gogramme der Schuldige sei.

"Wer wohnt nun in dem Haus, in dem sie wohnte?" fragte der Barde. "Es ist nicht mehr bewohnt", sagte der Stammesangehörige.

"Und lehrt er auf Wunsch noch okkulte Kräfte?" fragte der Barde hoffnungsvoll und brachte damit seine ungebrochene Begeisterung für esoterische Kräfte zum Ausdruck. Das war der Grund, warum er okkulte Kräfte, schwarze Magie und die damit verbundenen Tricks erlernen wollte. Er wollte als ein Mann mit ultimativer Macht bekannt werden, der sowohl die Willenskraft als auch die okkulten Kräfte, die schwarze Magie und ihre Tricks beherrsche.

"Gogramme ist ein Veteran in seinen okkulten Kräften und in der schwarzen Magie", dachte der Barde. "Aber ich habe meine Willenskraft entwickelt und kann sie praktizieren. Wenn ich auch die okkulten Kräfte erlernen würde, dann wäre ich hoch über all diesen Männern mit ihren Superkräften. Dann läge mir die ganze Welt zu Füßen, so wie ich mich fühle, wenn ich von der Bergkuppe, auf der ich stehe, hinunterschaue!"

Die Faszination des Barden für okkulte Macht und schwarze Magie verwandelte sich in einen Wahn. "Ich werde niemandem die Tricks beibringen, die ich von Gogramme lernen werde", sagte er zu sich selbst. Dann meldete sich seine eigene Vernunft zu Wort, als wolle sie seine einseitigen Gedanken herausfordern. Sein Verstand konnte erkennen, dass sein Ehrgeiz, neue Tricks zu lernen und eine Supermacht zu werden, die die ultimative Macht ausübt, die normalen, vernünftigen Gedanken eines ruhigen Verstandes erstickte.

Sein Verstand begann ihn zu hinterfragen. "Wie könntest du neue Tricks von Gogramme lernen? Bis jetzt bist du ihm nicht ein einziges Mal begegnet. Und woher willst du wissen, dass er jemandem die Tricks beibringen würde, die du noch lernen musst? Und wenn Gogramme sich weigert, dich zu unterrichten ...? All diese Dinge müssen geschehen, bevor du deine Entscheidung triffst, anderen die Tricks, die du gelernt hast, nicht beizubringen. Zuerst musst du die Zustimmung von Gogramme bekommen, dich zu unterrichten. Dann musst du alles lernen, was keine leichte Aufgabe ist. Und du kannst erst dann mit dem Üben beginnen, wenn diese Dinge geschehen sind. Dein Problem ist, dass du vorschnell denkst und deshalb zu schnell Entscheidungen triffst." Es war seine Fantasie, die ihn dazu brachte, vorschnell zu denken.

Der Rat seines Verstandes öffnete ihm die Augen für die Realität, und er beeilte sich, Gogramme zu treffen, um seine Zustimmung einzuholen. Er fragte den Stammesangehörigen Palan, der ihm gewöhnlich die wilden Wurzeln und Früchte brachte, ob er ihn zu Gogramme bringen könne. Palan tat dies gerne. Da Gogramme und der Barde ätherische Kräfte besaßen, wurden sie von den Stammesangehörigen, die primitive, unwissende Menschen waren, die von abergläubischen Vorstellungen lebten, mit Ehrfurcht und Verehrung betrachtet. Sie ließen sich leicht von den Geschichten über übernatürliche Kräfte mitreißen. Sie glaubten, dass Hexerei und bösartige Geister, wie z. B. Geister und ihre bösen Kräfte, die Menschen zerstören könnten. Sie konnten bestimmte Vögel mit bösen Geistern beschreiben, deren Anwesenheit die Menschen in ihren Bann ziehen konnte; aber sie hatten Heilmittel, um das durch ihre Anwesenheit verursachte Übel abzuwehren.

Einmal erzählte Palan, wie ein Vogel namens Pullu auf einem Jackfruitbaum in der Nähe seines Hauses erschien. Sein neugeborenes Baby schlief auf einem Bettchen neben dem Fenster. Palan saß vor dem Fenster und bewachte das Baby, für den Fall, dass bösartige Vögel durch das Fenster in das Haus eindringen und Unheil über das Kind bringen würden. Er war wachsam. Da hörte er das furchterregende Heulen des Vogels. In Windeseile sprang der Vogel von dem Ast, auf dem er gehockt hatte, stieg durch das Fenster ins Haus und flog auf das Kind zu. Doch er konnte dem wachsamen Auge von Palan nicht entgehen, der den Vogel in einem plötzlichen Reflex ergriff, ihn totdrückte und hinauswarf. Doch er konnte nicht verhindern, dass die böse Kraft des Vogels das Kind ansteckte. Das Kind bekam schweres Fieber, und am nächsten Tag starb es.

Ein weiterer abergläubischer Glaube betraf das Fieber, das durch den Tod eines Familienmitglieds verursacht wurde. Es war Painkilee, der diese Erfahrung gemacht hatte. Seine Frau, Nellakkili, starb an den Pocken. Während sie die letzte Ölung vollzog, wurde sein Sohn

Chathan bewusstlos und verstarb ebenfalls. Das Gerücht, das unter diesen Stammesangehörigen verbreitet war, lautete: "Der Tod bringt einen weiteren Tod!", und sie hatten zahllose Geschichten zu zitieren. Obwohl solche Geschichten für die Außenwelt unglaubwürdig waren, hingen sie selbst an diesem Glauben. Sie erzählten dem Barden, dass sie Menschen wie ihn und Gogramme liebten, da sie glaubten, dass sie übernatürliche Kräfte besäßen, um die bösen Elemente, die sie umgaben und ihnen Böses wünschten, abzuwehren. Sie waren also bereit, den Barden zu Gogramme zu bringen.

So machte sich der Barde eines Tages auf den Weg, um Gogramme an seinem Wohnsitz zu treffen, der sich weit im Inneren des Waldes befand. Die Stammesangehörigen boten ihm an, ihn auf ihren Schultern zu tragen, wie sie es immer taten, wenn sie jemanden mitnehmen mussten, der nicht an die Höhen und Tiefen der Bergregionen gewöhnt war. Der Barde lehnte das Angebot ab. So gingen sie alle und unterhielten sich den ganzen Weg über. Die Geschichten über die bösen Geister und die Verwüstungen, die sie bei den Stammesangehörigen anrichteten, bildeten das Thema ihres Gesprächs.

Entgegen den Erwartungen des Barden war Gogramme ein angenehmer Mann. Das Gesicht eines Mannes, der über okkulte Kräfte verfügt und schwarze Magie praktiziert, könnte einen schaurigen Ausdruck haben, wie auch der Eindruck des Barden war. Doch als das Team den Wohnsitz von Gogramme erreichte, versammelte sich die Gruppe von Stammesangehörigen voller Freude, um das große Treffen zu beobachten: das Treffen zweier Männer mit Superkräften - einer mit okkulten Kräften und der andere mit Willenskraft. Für die Stammesangehörigen waren diese beiden Männer ihre Retter vor den bösen Geistern in ihrem Leben.

Nachdem sie sich eine Weile unterhalten hatten, bat der Barde Gogramme, ihm seine okkulten Kräfte zu zeigen. Gogramme kam dieser Bitte gerne nach, denn er war sehr stolz darauf, seine okkulten Kräfte und seine schwarze Magie bei jeder sich bietenden Gelegenheit zur Schau zu stellen. Die Anwesenheit des Barden schien ihm eine goldene Gelegenheit zu sein, sie zu zeigen, besonders als der Barde ihn aufforderte, sie zu zeigen.

Gogramme demonstrierte einige Gesten. Die Stammesangehörigen, die sich dort versammelt hatten, bildeten einen Kreis. Ein Windstoß begann zu wehen und brachte die melodiösen Klänge eines Liedes mit sich. Eine Trommel begann in einem langsamen Rhythmus zu schlagen. Keiner wusste, woher die Klänge kamen oder wer der Trommler war, also fragte der Barde Gogramme. Doch dieser lächelte nur und blieb ruhig. Die Stammesangehörigen bildeten einen Kreis und begannen mit langsamen Schritten. Dann wurde die Musik lauter, immer noch in einem langsamen Rhythmus. Dann wurde sie schneller und schneller. Auch die Stammesangehörigen tanzten schneller, bis die Musik einen recht rhapsodischen

Rhythmus erreichte. Dann hörte man das Zwitschern der Vögel. Sie kamen näher und näher, und bald tauchten Vögel in den verschiedensten Farben und Formen auf. Sie alle setzten sich auf die Äste der nahen Bäume, bevor sie abhoben und über den Stammesangehörigen schwebten, als ob sie einen Baldachin für sie bildeten. Plötzlich verschwanden sie und an ihre Stelle traten Fledermäuse. Das Geräusch, das sie erzeugten, war furchterregend. Sie flatterten erst langsam, dann immer schneller umher, bis auch sie verschwanden. Dann erschienen zehn Männer mit Skalps um den Hals, die sie stolz zur Schau stellten, bis auch sie verschwanden. Schließlich traten die tanzenden Stammesangehörigen zur Seite und sahen zu, wie das Feuer vor ihnen erlosch, das Ende des Schauspiels.

Das ganze Schauspiel dauerte eine Stunde, wie von Gogramme choreographiert, bevor es abebbte. Es gab nicht einmal eine Spur von Feuer auf dem Boden, kein verwelktes oder trockenes Gras vom Feuer. Alle umstehenden Stammesangehörigen waren erstaunt. Der Trick war, dass sie nie das Gefühl hatten, getanzt zu haben. Der Barde fragte sich, wo die Vögel, das Feuer, der Trommelschlag und die Windböen, die die Töne des Liedes brachten, geblieben waren. Er behielt seine Zweifel im Hinterkopf, um Gogramme zu fragen, wann der Okkultismusunterricht begann. Die Heldentat des Tages war vorbei. Gogramme wusste, dass der Barde von seiner Darbietung sehr beeindruckt gewesen war.

Es wurde ein Tag festgelegt, an dem der Unterricht beginnen sollte, zwei Tage später. Sie trafen sich und hockten sich auf den Boden, von Angesicht zu Angesicht. Bevor der Unterricht begann, wollte der Barde die Grundlagen und die Unterschiede zwischen Willenskraft, okkulter Macht und schwarzer Magie kennen lernen. Ohne zu wissen, was der Barde dachte, begann Gogramme: "Die Art und Weise, wie ich euch unterrichte, besteht nicht darin, euch direkt mit den praktischen Aspekten des Unterrichts zu beschäftigen. Dieser Kurs ist ein Einführungskurs. Er lehrt dich, was okkulte Kräfte sind und woher sie kommen. Auch welche Rolle Ihr Geist dabei spielen muss. Du musst mir deine anfänglichen Zweifel stellen, einen nach dem anderen." Dann wartete Gogramme, und der Barde begann...

"Sind okkulte Macht und schwarze Magie göttlich?" fragte der Barde als Eröffnungsfrage, um Gogramme zu signalisieren, dass noch mehr kommen würde.

"Nein, okkulte Macht und schwarze Magie sind weltlich", antwortete Gogramme und tat so, als ob er mehr wüsste als der Barde.

"Welche ist die Quelle, aus der du deine Kraft schöpfst?" fragte der Barde.

"Sie kommt aus den vier Richtungen der Welt: aus dem Osten, dem Westen, dem Süden und dem Norden", antwortete Gogramme.

"Arbeitet jede Richtung für sich, um die Kraft zu erzeugen?" fragte der Barde. "Nein, es ist eine konzertierte Aktion der vier Richtungen mit dem gemeinsamen Ziel, die Kraft zu erzeugen", antwortete Gogramme.

"Was hat die Kraft mit dem menschlichen Geist zu tun?" fragte der Barde.

"Im Fall der Willenskraft wirkt der Geist als Kraftquelle. Es ist also eine Kraft, die von innen kommt. Aber im Falle der okkulten Kraft und der schwarzen Magie spielt der Verstand die Rolle einer Batterie", sagte Gogramme.

"Würden Sie das bitte näher erläutern?" fragte der Barde.

"Die okkulte Kraft und die schwarze Magie werden außerhalb des menschlichen Geistes erzeugt, aber im menschlichen Geist gespeichert. So wie die Batterie keinen Strom erzeugt, aber Strom in ihr gespeichert werden kann, so erzeugt der Geist keine okkulte Kraft und schwarze Magie, aber die von außen erzeugte Kraft wird im Geist gespeichert. Aber im Falle der Willenskraft erzeugt der Verstand sie von innen, durch strenge und systematische Meditation", erklärte Gogramme zur Zufriedenheit des Barden. "Sind okkulte Macht und schwarze Magie der durch Meditation erlangten Willenskraft überlegen?" fragte der Barde.

"Okkulte Macht und schwarze Magie sind Teil eines höheren Bewusstseins. Sie können Illusionen erzeugen, wenn der Okkultist dies wünscht. Auf diese Weise bringt er die Menschen dazu, sich über seine übernatürlichen Kräfte zu wundern. Sie grenzen an den sechsten Sinn. Anatomisch gesehen wird gesagt, dass die Zirbeldrüse im Gehirn den sechsten Sinn und andere paranormale Fähigkeiten fördert. Gedankenlesen ist durch etwas möglich, das man okkulte Telepathie nennt. Der Vision eines Okkultisten kann sich also nichts entziehen", erklärt Gogramme.

"Was können Sie aus der Sicht eines Moralisten über okkulte Macht, schwarze Magie und Willenskraft sagen?" fragte der Barde.

"Es versteht sich von selbst, dass okkulte Macht und schwarze Magie aus der Sicht eines Moralisten etwas unter dem Status der Willenskraft liegen. Aber sie kann mehr Wunder bewirken als Willenskraft", gab Gogramme zu.

Dann begannen die Schulungen ernsthaft. Gogramme richtete einige einführende Worte an den Barden, um ihn mit dem vertraut zu machen, was er lernen würde. "Wenn ich die Kunststücke der schwarzen Magie usw. vorführe, geht für die Zuschauer die physische Realität in der mystischen Erfahrung verloren. Es ist eine außerkörperliche Erfahrung. Sie befinden sich in einer Art Trance", erklärt Gogramme.

Um ihm die Tricks beizubringen, nahm Gogramme den Barden mit auf einen Spaziergang in das Innere des Waldes. Seine erste Lektion bestand darin, das Zwitschern der Vögel zu erkennen. Doch für den Barden klang das Zwitschern wie eine völlige

Kakophonie von ununterscheidbarem Vogelgezwitscher.

"Du musst deine Aufmerksamkeit auf den Klang konzentrieren, den jeder Vogel erzeugt. Das ist deine erste Lektion", sagte Gogramme.

"Aber ich kann mich nicht nur auf den Klang eines bestimmten Vogels konzentrieren", beschwerte sich der Barde frustriert.

"Ich gebe dir eine Compact Disc", antwortete sein Lehrer, "auf der die verschiedenen Vogelschreie, die zwitschern, trällern, schmettern und trommeln, mit den entsprechenden Namen aufgenommen sind. Du musst den jeweiligen Klang identifizieren und dabei die entsprechenden Vogelnamen im Kopf behalten. Das ist gar nicht so einfach. Du musst die CD zigmal abspielen. Du musst jeden Vogel mit dem entsprechenden Geräusch in Verbindung bringen. Wenn du diese Übung gründlich machst, wirst du sie genießen; deine Konzentration wird einwandfrei sein. Danach kannst du zum nächsten Schritt übergehen", sagte Gogramme.

Dann fuhr er wie nebenbei fort. "Das ist deine erste Lektion. Und es scheint, als wolltest du heute die Kraft der Konzentration selbst erlangen. Das erfordert ständiges Üben. Es ist keine eintägige Angelegenheit, wie du denkst. Es erfordert äußersten Fleiß und Einsatz deinerseits, um deine Fokussierungskraft zu erlangen. Sie ist in Ihnen, und das ist bei jedem Menschen der Fall. Sie müssen sie nur wecken. Aber Sie müssen auch eine Art Ausscheidungsprozess durchlaufen. Wenn du dich im Fokussieren übst, musst du dich auf den Klang eines bestimmten Vogels konzentrieren. In ähnlicher Weise wird dies in der okkulten und schwarzen Magie ein Signal genannt. Das Wort "Signal" wird hier nicht in einer verallgemeinerten Weise verwendet. Ein Signal bedeutet den Klang, auf den man sich konzentriert. Wenn Sie sich auf den Klang eines bestimmten Vogels konzentrieren, ist das ein Signal für Sie, und Sie müssen sich auf die Klangfarbe dieses Vogels konzentrieren. Die übrigen Geräusche sind unerwünscht und werden daher als Geräusche bezeichnet. Was nicht Gegenstand Ihrer Konzentration ist, wird als Lärm bezeichnet. Was Gegenstand deiner Aufmerksamkeit ist, ist ein Signal für dich", wiederholte Gogramme zur Bestätigung.

Seine Aussage weckte die Neugier des Barden. Dann hörte er ein Summen und ein Brummen, die beide deutlich in seinen Ohren zu hören waren. Er hatte das Gefühl, dass beides Signale für ihn waren. Er war verwirrt. Er wollte seine Verwirrung loswerden. So konnte er nicht widerstehen, Gogramme zu fragen: "Nun sag mir, welches Geräusch ist ein Signal für mich? Ich bin verwirrt."

"Von den beiden Geräuschen ist das, auf das du dich konzentrieren wolltest, das Signal für dich, und das andere ist ein Geräusch", wiederholte Gogramme.

Die folgenden Tage wurden dem Barden zum Üben gegeben, bis eine Woche später die zweite Lektion kam. Gogramme und der Barde waren bereit, als das Summen eines ersten Vogels zu hören war.

"Bestimme den Vogel", fragte Gogramme.

"Es ist ein blauer Vogel", sagte der Barde. Gogramme nickte zum Zeichen, dass der Barde recht hatte. Die Übung dauerte einen Monat lang an, bis die Ausbildung ihren Abschluss fand. Es war an der Zeit, dass Gogramme die Fähigkeit des Barden prüfte, die unzähligen Vogelstimmen und die entsprechenden Vögel zu identifizieren. Gogramme nahm den Barden früh am Morgen mit in den Wald. Er wollte seine Fortschritte überprüfen. Der Grund, warum Gogramme den frühen Morgen gewählt hatte, hatte eine gewisse Bedeutung. Es war die schwierigste Zeit, um Vögel anhand ihrer Rufe zu identifizieren. Die Atmosphäre des Waldes war laut von verschiedenen Vogelstimmen. Einem Anfänger mit wenig Erfahrung würde es schwerfallen, die Laute richtig zu identifizieren. Als sie sich dem Wald näherten und ihn gerade betreten wollten, war die Kakophonie der frühen Vögel zu hören. Sie positionierten sich an einem Ort, an dem sie vor dem stoßweisen Schauer der Vogeltröpfchen sicher waren.

Der Barde konzentrierte sich auf ein lachendes Geräusch. "Oh! Das ist eine lachende Ente!" Der Barde identifizierte es. Gogramme stimmte ihr zu und war glücklich.

Als sie weitergingen, hörten sie erneut ein Brummen. "Der Barde identifizierte es und schaute Gogramme an, der zustimmend nickte.

Dann hörten sie ein trommelndes Geräusch, das der Barde als das eines Spechts identifizierte, was wiederum von Gogramme bestätigt wurde. Dann hörten sie ein Trompeten, das als das eines Hornvogels identifiziert wurde. Das nächste Geräusch war ein schnappendes Geräusch, das der Barde als das einer Eule identifizierte und damit richtig lag. Er identifizierte alle Geräusche, die die verschiedenen Vögel von sich gaben, richtig. Gogramme war glücklich!

Dann zeigte er dem Barden nacheinander bestimmte seltsame Gesten, wie das Drehen seiner Handfläche, um eine seltsame Form zu bilden. "Sag mir, was die entsprechende Wirkung dieser Geste ist?" fragte Gogramme. Sein Gesicht nahm einen seltsam furchterregenden Ausdruck an. "Es ist ein plötzlicher Feuerschein aus dem Nichts", antwortete der Barde. Gogramme war glücklich.

Dann machte er eine weitere Geste und bewegte seinen Arm in Form einer Welle. "Was ist die Wirkung davon?" fragte Gogramme. "Es soll die Illusion eines Blitzes erzeugen", antwortete der Barde. "Was bedeutet das?" Gogramme kreuzte seine Finger und machte ein schnappendes Geräusch.

"Es ist das Zeichen der tanzenden Skelette", antwortete der Barde.

Gogramme wedelte mit seinen Händen auf eine bestimmte Art und Weise in der Luft und fragte: "Was bedeutet das? "Es soll die Illusion einer Flut hervorrufen." Der Barde erkannte die Geste richtig.

"Wenn die Illusion einer Überschwemmung erzeugt wird, was würdest du dann als ihr Zeichen hören?" fragte Gogramme als weitere Frage. "Das Rauschen des fallenden Wassers und das schwere Grollen der rauschenden Flut!", antwortete der Barde. Die ganze Zeit über war Gogramme bei dem Barden.

"Nun, nach dem, was du erfahren hast, was ist mein nächstes Kunststück?" fragte Gogramme. "Es sind immaterielle Illusionen." Die Antwort des Barden zeigte, dass er die Reihenfolge der Tricks, die er gelernt hatte, genau kannte.

Bald war Gogramme nicht mehr zu sehen. Er machte sich rar, so dass nur seine Stimme zu hören war, die magische Beschwörungsformeln rezitierte. Der Barde musste im Voraus sagen, welchen Gegenstand Gogramme vorführen würde. Die Ausbildung des Barden in okkulten Kräften und schwarzer Magie war streng, und die Prüfungen waren hart. Aber er erfüllte seine Aufgabe gut, und Gogramme war mit seinem Schüler zufrieden.

Insgesamt dauerte es sechs Monate, bis der Kurs abgeschlossen war. Dann erzählte Gogramme ihm, dass ein Fest zum Abschluss der Ausbildung des Barden veranstaltet wurde. Alle Stammesangehörigen waren dazu eingeladen. Das Essen bestand aus wilden Wurzeln und Früchten, die auf besonders schmackhafte Weise gekocht wurden. Alle ließen sich das Essen schmecken.

Dann kam die letzte Prüfung, bei der der Barde die erlernten Kunststücke nacheinander vorführen musste. "Zeige deine Kunststücke in der Reihenfolge, die ich dir beigebracht habe!" sagte Gogramme.

Der Barde war bereit. Er erzeugte die Illusion von Feuer und von herabstürzendem Wasser. Er ließ Skelette tanzen. Skalps erschienen und lösten sich dann in Luft auf. Eine Eule materialisierte sich und fiel auf den Boden; sie hatte nur ein Auge. Das nächste war ein bizarrer Trick: die geisterhafte Rückkehr eines Ghuls. Dann versetzte der Barde alle Anwesenden in Trance; sie wachten auf, als sie seinen entsprechenden Befehl hörten. Dann ließ er sich selbst verschwinden, und nur sein Befehl konnte von den anderen gehört werden. Am Ende hatte der Barde alle seine Kunststücke zur vollsten Zufriedenheit von Gogramme vollbracht. Als sich der Sonnenuntergang näherte, lösten sich alle für die Nacht auf.

Am nächsten Tag lehrte Gogramme den Barden die Omen der Vogelzeichen. "Ein blauer Vogel bedeutet Armut, und eine Krähe, die um oder über deinen Kopf fliegt, bedeutet Gefahr. Ein Albatros trägt die Seelen der Toten. Eulen, die nachts um das Haus fliegen, bedeuten den Tod, ebenso wie Raben; sie sind die Träger böser Geister, die den Menschen Böses wünschen." All diese Erklärungen sollten den Barden mit schädlichen übernatürlichen Erfahrungen und deren bösartigen Folgen für die Menschen vertraut machen.

"Weißt du, wie böse Geister den Menschen Unglück bringen?" fragte Gogramme. "Ich weiß es nicht", antwortete der Barde unschuldig.

"Diese bösen Geister sind die Träger der negativen Energie", antwortete Gogramme. "Sie senden negative Energie aus, die sich negativ auf die Menschen auswirkt. Dadurch wird der normale Lebensrhythmus der Menschen gestört, die legitimen Berechnungen der Menschen im Leben werden durcheinander gebracht, und sie erleiden Qualen und Kummer im Leben. Unheil bricht über sie herein!"

"Warum müssen sie den Menschen Böses wünschen?" fragte der Barde sehr ungläubig. "Es ist eine Art Geben und Nehmen", antwortete Gogramme.

"Wie das?" fragte der Barde.

"Sie geben etwas ab und nehmen etwas zurück. Das ist es, was ich meine", antwortete Gogramme. Er überlegte, wie er dem Barden erklären sollte, was er ihm sagen wollte.

"Es scheint, dass du das, was du mir sagen willst, hinauszögerst. Das ist eine Art um den heißen Brei herumreden", sagte der Barde. Sein Tonfall verriet ein leichtes Gefühl des Unmuts über Gogrammes Rede. Dann kam Gogramme mit der Antwort. "Die bösen Geister sind mit negativer Energie aufgeladen. Sie befinden sich immer in einer Art Agonie, die durch ihre negative Energie verursacht wird. Sie wollen diese negative Energie auf die Menschen ausüben", sagte er.

"Warum müssen sie es auf Menschen abgesehen haben?" fragte der Barde neugierig.

"Die Menschen sind in unterschiedlichem Maße von positiver Energie besessen. Also zielen sie auf sie", antwortete Gogramme. "Sie wollen ihre negative Energie dort ausstoßen, wo sie positive Energie wieder aufnehmen können. Sie haben es also auf die Menschen abgesehen, denn sie sind ein frischer Nährboden, aus dem die bösen Geister positive Energie schöpfen können."

"Aber warum müssen die bösen Geister ihre negative Energie verbrauchen, die ihnen von Natur aus gegeben ist? Ist es, weil sie gegen die Natur vorgehen wollen?" fragte der Barde.

"Nein, solange sie negative Energie in sich tragen, erleiden sie Qualen. Aber wenn sie sie an Menschen abgeben, können sie ihnen die positive Energie in gleichem Maße wieder entziehen. Und je mehr positive Energie die bösen Geister den Menschen entziehen, desto geringer sind ihre Qualen. Es macht sie bequem. Je mehr positive Energie die bösen Geister den Menschen entziehen, desto mehr Qualen werden sie im Verhältnis zu ihrem Verlust an positiver Energie erleiden", sagte Gogramme.

"Gibt es denn kein Mittel gegen diese Krankheit?" fragte der Barde.

"Ja, das werde ich dir sagen", sagte Gogramme. "Pflanzt Hibiskus um euer Haus herum. Die Blüten sind voll von positiver Energie. Dein Haus wird durch den Heiligenschein aus positiver Energie in Hülle und Fülle geschützt sein. Dann brauchen die bösen Geister sie nicht mehr von den Menschen abzuziehen, wo immer es Hibiskuspflanzen gibt."

"Aber würde mein Haus nicht von bösartigen Geistern umzingelt werden, die die positive Energie, die mein Haus umgibt, aufsaugen wollen?" fragte der Barde.

"Dazu komme ich gleich. Ich werde dir einige magische Beschwörungsformeln beibringen. Du musst eine Feuerstelle in der nordwestlichen Ecke deines Hauses errichten. Dann musst du Hibiskusblüten in das Feuer legen. Bald werden sie in der Hitze verwelken und anfangen zu brennen. Währenddessen musst du ununterbrochen die magischen Beschwörungsformeln rezitieren, die ich dir beigebracht habe. Als Nächstes musst du die Feuerstelle den Jahreszeiten entsprechend verändern. Dies sollte entsprechend den jahreszeitlichen Windrichtungen geschehen. Dann werden die Winde die Dämpfe von Ihrem Haus wegtragen und einen äußeren Kreis um den Heiligenschein der positiven Energie um Ihr Haus bilden. Übrigens, die Dämpfe der verbrannten Hibiskusblüten verströmen negative Energie und helfen Ihnen, die bösen Geister auch aus der Umgebung Ihres Hauses fernzuhalten. Klingt unglaublich? Aber man muss daran glauben.

"Und wohlgemerkt, die okkulten Mächte und die schwarze Magie wirken in beide Richtungen: Sie bringen auch den Menschen Unglück, und es gibt Mittel, um das Unglück abzuwehren. Gogramme offenbarte dem Barden, wie sich die bösen Geister auf das Wohlbefinden der Menschen auswirkten.

Eine Woche lang wurde der Barde gelehrt, wie er die bösen Auswirkungen dieser Vögel überwinden konnte.

Es war eine Lektion für ihn, aufzupassen. Einen Monat lang wanderten Gogramme und der Barde im tiefen Wald umher, wobei Gogramme ihn die verschiedenen Aspekte der schwarzen Magie lehrte: Sortilege, Verzauberung, Teufelei, Hexerei, Zauberei, Theurgie oder Magie-Supernaturalismus und wie man einen Menschen verzaubert, wie man einen Feind für sich gewinnt, wie man sein Leben elend macht, wie man ihn zu einer Nichtigkeit vernichtet und wie man ihm Unglück bringt. All dies sind zerstörerische Aspekte der schwarzen Magie und Zauberei.

Dann der Trick, furchterregende Dinge erscheinen oder verschwinden zu lassen, wie menschliche Skalps, gruselig geformte Vögel mit dem Kopf eines Ghouls, Skelette, die zu schrecklichen, bizarren, lärmenden Melodien tanzen, teuflisches, satanisches Gebrüll, ununterbrochenes, verbissenes Bellen, lautes Geschrei, Gekicher und Geheul aus der Umgebung, das jedem das Herz vor Angst höher schlagen lassen würde. Dann kam aus einer unbekannten Quelle ein Feuer, das alles zu zerstören schien, das aber mit verblüffender Plötzlichkeit endete. Auf eine seltsame, mystische Art und Weise, ohne eine Spur zu hinterlassen, würde das Feuer enden.

Während der Ausbildung gab Gogramme dem Barden ein Buch mit magischen Beschwörungsformeln und bat ihn, diese auswendig zu lernen. Dies war der letzte Schritt der Ausbildung des Barden in okkulten Kräften und der Ausübung der schwarzen Magie. Als Auszubildender hatte der Barde seine Ausbildung erfolgreich abgeschlossen und beherrschte alle diese Kunststücke mit professioneller Finesse. Er konnte jeden in Trance versetzen, wann immer er Lust dazu hatte. Auch Gogramme war glücklich.

Kapitel 5

Julie war das wertvolle Kind ihrer Mutter Romula. Sie lebten in Lissabon. Romula, eine geschiedene Frau, war Lehrerin an einer nahe gelegenen Schule, und ihr Gehalt reichte aus, um Mutter und Kind ein angenehmes Leben zu ermöglichen. Sie und ihr Mann Robin hatten sich nur einen Monat nach ihrer Heirat vor einem Gericht in Lissabon wegen Unvereinbarkeit der Temperamente scheiden lassen. Obwohl Romula in diesem einen Monat schwanger geworden war, erfolgte die Trennung, bevor die Schwangerschaft festgestellt wurde. Julie kannte das genaue Datum der Trennung ihrer Eltern nicht, nur dass es vor ihrer Geburt war. Julie hatte ihren Vater also nie gesehen; auch ihre Mutter hatte keine Ahnung, wo er sich aufhielt. Erstaunlicherweise beunruhigten sie solche Gedanken nie, als wäre sie von ihm reingewaschen worden. Und sie hatte ganz besondere Gründe dafür.

Julie führte ein zufriedenes Leben mit ihrer Mutter, die ihre Fragen beantwortete und ihre Bedürfnisse ausgiebig erfüllte. Als Kind waren Julies Gedanken begrenzt, ihr Wissen war begrenzt und auch ihr Verständnis war begrenzt. Damals drehten sich ihre Tage um schelmische Streiche, die Romula oft zum Lachen brachten, und für Julie waren all diese Tage fröhliche Tage. Romula wollte ihre vergangenen blutigen Eheerfahrungen vergessen und war auch jetzt glücklich, denn es gab niemanden, der schlechte Gedanken in ihr weckte, und niemanden, dem sie Rechenschaft schuldig war. Aber gelegentlich fürchtete sie, dass eine ähnliche Situation ihr zukünftiges Glück wieder trüben könnte, vor allem, wenn ihre Tochter heranwuchs...

Obwohl Julie eine glückliche Kindheit hatte, litt sie an einer Reihe von Krankheiten, die die besondere Aufmerksamkeit ihrer Mutter erforderten. Das bedeutete, dass Romula keine Zeit hatte, über ihre Vergangenheit zu grübeln, was ein wahrer Segen war. Julie litt an Erkältungen und Fieber, dann an Mumps und Gelbsucht. Sie überlebte diese Krankheiten, aber ihre Mutter war immer noch überbesorgt um sie, selbst nachdem sie ihre Kindheitsphase hinter sich gelassen hatte. Aber sie mochte die übermäßige Sorge ihrer Mutter um sie nicht. Wenn der Winter kam, trug Julie zum Beispiel gerne einen dunklen Wollpullover über einer zerschlissenen hellblauen Jeans und Slippern, aber ihre Mutter bestand darauf, dass sie eine Kunstfaserjacke mit Kapuze trug, um ihren zerbrechlichen Körper vor Kälte zu schützen. Sie musste gehorchen, ohne zu murren.

Seit ihrer Kindheit nahm ihre Mutter sie mit zum nahegelegenen Bach, der Dee genannt wurde, um ihr die Schönheit des unaufhörlichen Plätscherns des Baches unter den Hügeln und Bäumen als Schöpfung Gottes zu zeigen. Julie beobachtete und hörte zu, was ihre Mutter ihr über diese erhabenen Merkmale der

Natur ringsum erzählte. Sie genoss solche Anblicke mit den schelmischen Augen eines Kindes.

Als Julie ins Teenageralter kam, änderte sich natürlich die Einstellung ihrer Mutter. Jetzt war es noch inspirierender, ihren jugendlichen Geist mit göttlichen Gedanken zu pflegen! Julie war nun nicht mehr ihr kostbares Kind, sondern eine erwachsene Tochter. Romula hielt es für den richtigen Zeitpunkt, ihrer Tochter die Bedeutung Gottes im menschlichen Leben zu vermitteln: sein Vermächtnis an Tugenden und spiritueller Liebe, damit sie ein tugendhaftes Leben führen konnte.

Aber Julies Gedanken kehrten oft zum Bach zurück. Sie war der Meinung, dass sie ihm viel zu verdanken hatte, denn es war der Bach, der sie gelehrt hatte, was die Natur allen Lebewesen der Welt geben konnte. Sie war sich sicher, dass es nichts anderes war als das Vermächtnis der sinnlichen Liebe. Sie stellte sich die sinnliche Liebe oft als etwas ganz Umfassendes vor, das viel realer war als die dunkel-geheimnisvolle spirituelle Liebe, die auf Glaubensvorstellungen beruht. Immer wenn sie an seinem Ufer war, sprach er durch das Rascheln der Blätter und das Rauschen des Wassers liebevoll zu ihr. Sie erkannte, dass dies die Sprache der Liebe war. Mit seiner Sprache schmeichelte der Bach ihr, als ob er ihre Liebe erwidern wollte. Julie betrachtete die Natur immer als ein riesiges Reservoir, das vor Liebe zu seinen Bewohnern strotzt, und es war ihre Pflicht, diese Liebe zu erwidern.

Ihre Mutter wollte, dass sie ihren gottgefälligen Wegen folgte. Sie inspirierte sie mit vielen spirituellen Geschichten über Gottes Liebe und wollte, dass sie die Braut Gottes wird. Einmal erzählte sie Julie von einem Traum, den sie gehabt hatte. Es war das Bild einer unbefleckten Blume in himmlischer Umgebung, in der die Engel die Herrlichkeit der Blume besangen. Die Blume blickte zum Glanz der Sonne auf, der sich in die Mitte des Himmels zu bewegen schien. Dann bewegte sich der Schein nach Westen und nahm für einige Zeit eine orange Farbe an, bis er außer Sichtweite war. Sie erkannte, dass dieses Phänomen ein Symbol für den Sonnenuntergang war. Aber überraschenderweise wurde es nicht dunkel. Die Blume leuchtete immer noch, und die Engel sangen weiter, bis sie in einiger Entfernung einen Heiligenschein sah, der ebenfalls aus dem Blickfeld verschwand. Sie erkannte, dass alles nur ein Traum war. Aber sie konnte es nicht so stehen lassen. Einige Fragen blieben bestehen und gaben ihr Stoff zum Nachdenken. Warum leuchtete die Blume auch nach Sonnenuntergang? Warum erschien das andere Leuchten nach Sonnenuntergang? Was war der Heiligenschein, der auftauchte und dann wieder verschwand? Warum besangen die Engel die Herrlichkeit der Blume? Sie erkannte, dass es sich nicht um einen bloßen Traum handelte. Es war auch keine sinnlose Illusion. Sie konnte es auf eine für sie bedeutsame Botschaft von Gott zurückführen. Der Sonnenuntergang, das Phänomen der leuchtenden Blume, der Gesang der Engel, der Anblick des leuchtenden Heiligenscheins und sein Verschwinden aus dem Blickfeld waren unnatürliche Phänomene. Romula dachte, dass sie sich in einer Art Trance befand. Plötzlich wich ihr Verstand der Intuition und sie konnte sich das Geschehen erklären. Für sie war der Sonnenuntergang ein Symbol für den Tod im menschlichen Leben; das Leuchten der Blume war ein Symbol für ihre eigene Enthaltsamkeit und Reinheit; der Gesang der Engel und der Anblick des strahlenden Heiligenscheins, selbst nach Sonnenuntergang, waren ein Symbol für ihr Leben in Gott nach dem Tod. Es war eine neue Erfahrung für Romula, dass sie die Botschaft ihres Traums deuten konnte. Zum ersten Mal in ihrem Leben bewies sie die intuitiven Kräfte ihres Geistes. Bald konnte sie erkennen, dass Gottes stille Botschaften durch solche intuitiven Gefühle des Geistes erklärt werden. Sie fühlte sich glücklich und zufrieden, als sie feststellte, dass sie Seine Botschaft erklären konnte. Sie erkannte, dass ihre strengen Praktiken ihren Geist endlich auf die Ebene der Intuition gebracht hatten, die der einzige Weg für einen Gläubigen war, Gott und Seine Wünsche und Botschaften zu verstehen. Diese Erkenntnis brachte Romula ein seltenes Gefühl der Verbundenheit mit Gott. Sie spürte, dass sie reichlich belohnt wurde!

Kapitel 6

Eines Tages ging Julie aus. In ihrem einfachen Kleid sah sie wunderschön aus. Romula beobachtete sie aufmerksam und dachte, dass ihre Tochter ein schöneres Mädchen war, als sie selbst in ihrem Alter gewesen war. Sie hielt das Lächeln ihrer Tochter für schön und bezaubernd, das jeden Jugendlichen in ihrem Alter in seinen Bann ziehen konnte. Sie befürchtete, dass junge Männer sie mit Heiratsanträgen überhäufen würden. Aber sie wusste, dass die Schönheit ihrer Tochter nichts anderes als gottgegeben war.

Nach der Einschätzung ihrer Mutter war die Tochter ein diszipliniertes Mädchen, und ihr Geist war ebenso diszipliniert. Sie war ernsthaft, mit positiven Gedanken, wie es zu ihrem Studium gehörte. Sie hatte ein ernsthaftes Ziel, ein ernsthaftes Vorhaben, ein ernsthaftes Ziel, das sie erreichen wollte! Es gab also keinen Platz für dumme Gedanken, die sich in ihren Kopf verirren konnten. Und so verbrachte Julie, anders als die meisten Teenager, ihre Zeit nicht damit, in den Spiegel zu schauen, um herauszufinden, welche Art von Lächeln man als betörend bezeichnen könnte, um junge Männer zu verführen.

Aber ihre Mutter war besessen von diesem Risiko. Sie glaubte an das alte Sprichwort "Schönheit liegt im Auge des Betrachters" und war daher besorgt, dass Julies Lächeln von den Zuschauern als betörend interpretiert werden könnte, auch wenn dies nicht von ihr beabsichtigt war. Julie hatte nicht vor dem Spiegel geübt, dazu war sie viel zu ernsthaft im Kopf. Ihr Lächeln war ein natürliches, gottgegebenes und angeborenes. Wenn die Betrachter es also als betörend empfanden, war das ihre eigene Meinung über ihr Lächeln. Aber die Schönheit von Julies Lächeln beunruhigte ihre Mutter mehr als das alltägliche Verhalten ihrer Tochter. Romula wollte sicherstellen, dass ihr eigenes Schicksal, zu heiraten und sich von ihrem Mann scheiden zu lassen, nicht das Leben ihrer einzigen Tochter betraf.

Romula erinnerte sich an ihre quälend schmerzhaften Tage. Sie konnte sich nicht vorstellen, dass ihre Tochter auf diese Weise leiden würde. Deshalb hielt sie es für ihre Pflicht, ihre Tochter vor solchem Unheil zu bewahren. Romula erinnerte sich daran, wie sie, als sie erwachsen war, so sehr unter Druck gesetzt wurde, zu heiraten. Der Mann musste in jeder Hinsicht ein geeigneter Junggeselle sein. Aber sie zog ein Leben in Gott vor und war daher nicht bereit für die Ehe. Aber sie hatte den Rat ihrer Mutter befolgen müssen. Zumindest war es ein Trost, dass Julie nicht in eine solche Situation geraten würde, denn die einzige Person, die Druck auf sie ausüben könnte, wenn überhaupt, war sie selbst. Sie schwor sich sofort, dass sie ihre Tochter niemals unter Druck setzen würde, jemanden zu heiraten.

Romula erinnerte sich an den Rat ihrer Mutter, als sie sich weigerte, den Mann zu heiraten: "Es ist der Wunsch Gottes, dass du ihn heiratest, und eine Weigerung deinerseits ist ein Akt gegen den Willen Gottes", hatte ihre Mutter betont. Romula setzte ihre Träumerei fort. "Wenn Gott will, dass Julie einen bestimmten Menschen heiratet, was soll ich dann tun? Wie kann ich meiner Tochter raten, einen solchen Menschen nicht zu heiraten?" Dieser Gedanke beunruhigte Romula: Sie steckte in einem unausweichlichen Dilemma, da sie fest an Gott glaubte.

Während Romula ein Opfer solcher Obsessionen und finsterer Gedanken war, Julie wusste, dass die Haltung ihrer Mutter gegenüber dem Göttlichen und der Spiritualität in gewisser Weise ihre eigene Selbstverleugnung war; Romula weigerte sich, den Weg des unabhängigen Denkens und seiner natürlichen Erkenntnisse zu wählen, der der Wahrheit näher stand als der beweislose Glaube.

Trotz der unterschiedlichen Ansichten von Mutter und Tochter machte Romulas mütterliche Liebe und Nachsicht für ihre einzige Tochter ihr klar, dass sie das Opfer einer seltsamen Art von Sturheit war: Sie war stur und doch nachgiebig. (Ihrer Meinung nach konnte sie nicht so stur sein wie ihre Tochter.) Dennoch konnte Romula nicht völlig aufgeben und wollte immer noch an ihren blinden Überzeugungen festhalten. Es war, als ob sie mit zwei Booten gleichzeitig fahren würde.

Kapitel 7

Als Julie heranwuchs, veränderten sich ihre Ansichten auf unabhängige Weise zu einer Art romantischer Verliebtheit in die Schönheit der Natur um sie herum. Sie wusste, dass dies für einen Teenager ganz normal war. Die Hügel, die üppige grüne Vegetation, die großen Bäume mit ihrem Geflecht aus Ästen, die kleineren mit ihrem schlanken Geflecht aus Blättern und Zweigen, all das hatte einen zusätzlichen Reiz für sie. Wenn sie durch die Äste der Bäume hindurchschaute, sah sie den Himmel im Hintergrund und stellte sich vor, dass es wunderschöne Gemälde waren, die ein unbekannter Maler, ein eigenwilliger Liebhaber der Natur, auf die große Leinwand des Himmels gemalt hatte. Sie bemerkte, dass die Äste der Bäume schwankten und das Wasser des Baches sich in der sanften Brise kräuselte. Diese Bewegungen brachten sie auf den Gedanken, dass der Maler immer noch an seinem Werk war und die Landschaft immer lebendiger und schöner machte. Dann dachte sie, dass das alles nur ihre Fantasie war. Eine andere Bedeutung konnte sie ihren Gedanken nicht beimessen. Ihre Mutter spürte, dass Julie sich einen Maler hinter all dem vorstellte, und wollte dem Maler Göttlichkeit zuschreiben, als sie ihr sagte, dass

Gott, der göttliche Liebhaber aller seiner Schöpfungen, der Maler hinter ihnen sei.

Als Julie am Ufer des Baches aufwuchs und dort spielte, wurde sie sehr an ihn gebunden. Sie versäumte es nie, den Bach zu besuchen, wann immer sie Zeit hatte, selbst als sie ihre Teenagerjahre hinter sich gelassen hatte und höhere Verantwortung übernehmen musste. Abgesehen von der Schönheit des Anblicks beobachtete sie dann die ewige Harmonie, die ihr Zusammenleben auf der Erde sicherte. Sie spürte eine uneingeschränkte Liebe, die diese Harmonie aufrechterhielt. Sie beobachtete die Spiegelungen der Sonne, der flauschigen Kumuluswolken und der Hügel, die im plätschernden, rauschenden Wasser des Baches unterschiedliche Formen annahmen, und erkannte, dass dies die äußere Manifestation ihrer gegenseitigen Liebe war. Auch in der Nacht beobachtete sie die Spiegelungen des Mondes, der Sterne und der dunklen, geisterhaften Hügel im Wasser des Baches. Sie hatte das Gefühl, dass der Bach, der Himmel, die Hügel und Täler um sie herum wie füreinander geschaffen waren und der Bach ihnen fast einen Spiegel vorhielt. Diese visuelle Pracht ließ sie glauben, dass sie auf ewig untrennbar miteinander verbunden waren. Als sie den Bach beobachtete, dachte sie, dass diese unbelebten Kräfte auch einen Geist hatten, der mit einer Art inniger Liebe füreinander pulsierte, die sie als untrennbares Band empfand, das sie alle auf ewig zusammenhielt.

Als Julie erwachsen wurde, bestätigten ihre Visionen des Baches ihre Ansichten noch mehr. Dann erkannte sie, dass der Bach sich ruhig in das Leben der Generationen auf der Erde eingefügt hatte und Teil ihrer Hoffnungen und Enttäuschungen geworden war, indem er ihnen den Weg wies, wie sie mit den Schwierigkeiten des Lebens fertig werden oder sie überleben konnten, so wie der Bach selbst die Prüfungen der Zeit überstanden hatte. Sie dachte daran, wie der Bach eine starke Bindung zu den menschlichen Generationen entwickelt hatte: zu den vergangenen, zu den gegenwärtigen und sicher auch zu den zukünftigen! Wie er die Freude und den Kummer der scheidenden Generation vorbehaltlos und gleichmütig teilen konnte! Hinter der Koexistenz all dieser Elemente konnte sie sich die ineinandergreifende Harmonie und gegenseitige Akzeptanz vorstellen, die aus der angeborenen Liebe, dem Mitgefühl und den Wechselbeziehungen zwischen ihnen erwachsen.

Julie dachte oft, dass sie dem Bach so viel verdankte, als ob der Bach sie gelehrt hätte, was die Natur den Menschen geben kann und was die Menschen ihr im Gegenzug geben können. Sie war sich sicher, dass es nichts anderes war als das gegenseitige Erbe der Liebe. Wann immer sie sich an seinem Ufer aufhielt, sprach er durch das Rascheln der Blätter und das Rauschen des Wassers liebevoll zu ihr. Er umschmeichelte sie, als würde er sich nach ihrer Liebe sehnen. Sie erkannte, dass dies alles die Geschichte des ewigen Teilens war, erzählt in der Sprache der Liebe!

Für ihre Mutter Romula war es auch Liebe, aber eine spirituelle, göttliche, ätherische. Der Lauf der Zeit konnte daran nichts ändern. Aber Julies geistige Reaktion auf diese Landschaften war sinnlich mit ihrer körperlichen Vollendung. Dann erinnerte sie sich an das, was ihre Mutter ihr einmal über diese Elemente gesagt hatte, als Ausdruck der göttlichen Liebe des Schöpfers zu seinen Schöpfungen. Julie spürte, dass ihr eigener Geist etwas anderes empfand. Sie war skeptisch, ob man die körperlose oder göttliche Liebe als Liebe bezeichnen konnte, wenn sie nicht ihre Vollendung hatte? Die Manifestation der Liebe Gottes war jedenfalls nicht ihre Vollendung. Aber durch die Aussage ihrer Mutter, "die göttliche Liebe des Schöpfers zu seinen Geschöpfen", kam Julie auf etwas. Es war ein Wort, das in ihrem Kopf auftauchte. Julie erkannte, dass es einen entscheidenden Hinweis auf die Antwort auf die letzten Fragen ihrer Forschung gab. So begann sie, das Wort "Lust" in ihrem Kopf zu verwöhnen, bis sie das Endstadium ihrer Forschung erreichte. Das Auftauchen des Wortes war kontextabhängig, obwohl es spontan aussah, wie bei den freien Assoziationen in der Psychologie. Es war der Druck des kongenialen Kontextes, der durch die unbedachte Äußerung ihrer Mutter und Julies wachen und empfänglichen Verstand verursacht wurde, der ihr half, auf das Leitwort zu stoßen. Julie fand das Wort an sich schon beredt, denn es enthielt die Antwort, die ihr helfen würde, eine erste Antwort auf ihre Forschungsfragen zu finden. Es brachte sie dazu, Gottes göttliche Liebe und sein schöpferisches Wirken aus einer anderen Perspektive zu betrachten. Aber sie machte mit weiteren Untersuchungen und Bestätigungen weiter, bevor sie es als ihr endgültiges Ergebnis bekannt gab. So behielt sie es bis zum Schluss für sich, als sie seine Bedeutung bekannt geben wollte.

Sie war der Meinung, dass die Version ihrer Mutter von der göttlichen Liebe nichts darüber aussagte. Wann immer ihre Mutter von Gott sprach, sagte sie vage, dass Gott der Schöpfer der ganzen Welt sei, dass Gott seine Geschöpfe liebe usw. Die Vorstellung ihrer Mutter von der Vollendung der göttlichen Liebe als endgültige Verschmelzung mit Gott war nur begrifflich. Dies war der Punkt, an dem sich die Vorstellung der Mutter von der Liebe von der ihrer Tochter unterschied. Denn sie hielt die Vorstellung, dass die göttliche Liebe schließlich mit Gott verschmilzt, für eine belanglose Vorstellung. Wenn überhaupt, dann war es eine Art unkörperlicher, begrifflicher Übergang der Liebe, wenn sie schließlich mit Gott verschmolz, der nicht ausreichte oder der die letztendliche Kreativität Gottes leugnete. Diese Gedanken von Julie waren wahr und intensiv.

Dies war ein Wendepunkt in ihrem Leben. Die Aussage ihrer Mutter über die unkörperliche Liebe des Schöpfers und ihre eigene Überzeugung von der Liebe hatten in ihr eine entscheidende Frage geweckt: "Ist die Liebe körperlich oder unkörperlich? Und wie könnte sie verwirklicht werden? Und gilt dieses Konzept nicht für Gott und Menschen gleichermaßen?" Dies löste in ihr einen Denkprozess aus: "Die Liebe als edles Gefühl sollte normalerweise einen Anfang, einen Verlauf und ein Ende haben, was ihre Vollendung oder Endgültigkeit bedeutet, unabhängig davon, woher sie kommt." Aber um eine Antwort auf diese faszinierenden Fragen zu finden, war eine psychologische Erkenntnis notwendig. Dann dachte sie an den Menschen und daran, dass die Liebe in jeder Form, wie jede andere menschliche Emotion, im menschlichen Geist geboren wird und ihre Vollendung in dieser Welt selbst finden muss, wenn das Leben dieses Menschen auf der Erde zu Ende geht. Und es war dieser Gedanke, der in ihr den Keim für eine gründliche Untersuchung legte: eine Forschung, um überzeugende Antworten auf diese Fragen zu finden.

Julie befand sich tatsächlich in einem Dilemma. Sie war ein Opfer ihrer eigenen starken Überzeugungen und ihres dringenden Wunsches, Antworten auf ihre Fragen zu finden, und zwar auf realistische Art und Weise. Ihre Mutter war das Opfer ihrer eigenen blinden, vernunftlosen Überzeugungen, in deren Kopf solche Fragen nicht vorkamen. Ihr Verstand war gegen die Logik isoliert, die die Existenz Gottes, des Himmels und der Segnungen Gottes für die Gläubigen leugnete. Für ihre Mutter überdauerte die göttliche Liebe den Tod und verschmolz mit Gott.

Daraufhin beschloss Julie, sich mit ihrer Mutter darüber zu unterhalten. Nachdem sie sich entschlossen hatte, ihre Nachforschungen aufzunehmen, wollte sie auch den wichtigen Fragen zur Vergangenheit ihrer Mutter nachgehen, um herauszufinden, wie sie als

Teenager so besessen von Gott geworden war, welche Art von Liebe ihr religiöses Gemüt zu Gott erfüllte und welche Gefühle sie für Gott und die Liebe hatte. Warum ist ihre Ehe gescheitert? Sie hoffte aufrichtig, dass eine solche Untersuchung ihr wichtiges Material für ihre Nachforschungen liefern würde. Dann kam ihr der Gedanke, herauszufinden, wer die Schuld an der Trennung ihrer Eltern trug. Dazu müsste sie auch die Version ihres Vaters kennen, aber sie hatte ihn nie gesehen, sie wusste nicht, wo er sich aufhielt oder ob er überhaupt existierte.

Kapitel 8

Einmal durchstöberte Julie eine Kiste mit alten, zerlumpten Sachen und vielen weggeworfenen Fotos. Von den vielen Fotos erregte eines ihre Aufmerksamkeit: das Hochzeitsfoto ihrer Mutter. Sie war sich sicher, dass der Mann auf dem Foto ihr unsichtbarer Vater war. Julie starrte es an und starrte es an. Dann überkam sie ein seltsam trügerisches Gefühl. Das Bild ihres eigenen Vaters schien ihr immer fremder zu werden und sich immer weiter von ihr zu entfernen.

"Warum ist mir das Bild meines Vaters fremd geworden, anstatt die Wärme nostalgischer Gedanken in mir zu wecken? Und warum schien es sich von mir zu entfernen", dachte sie. Ihr wissbegieriger Geist erlaubte ihr nicht, es dabei zu belassen: Sie begann, über Illusionen und Bilder nachzudenken, über ihre Eigenschaften, über die Spontaneität, mit der sie auftauchten und verschwanden. Warum tauchen sie auf, und woher kommen sie? Hatten sie irgendeinen Bezug zu menschlichen Überzeugungen, Gefühlen und Emotionen? Sie wollte eine Antwort auf diese Fragen. Sie hielt diese Fragen für bedeutsam, denn die Antworten darauf würden das Rätsel lösen, das ihren Glauben und ihre Skepsis umgab. Vielleicht könnten

Illusionen die Projektion intensiver mentaler Gefühle oder Überzeugungen sein, und dann nahmen sie sichtbare Gestalt an. Dann verfiel sie für einen Moment in eine Träumerei.

Plötzlich kam ihr der Gedanke, dass sie vielleicht die Möglichkeit haben könnte, mit ihrem Vater zusammenzuleben, wenn auch nur für kurze Zeit. Es könnte sein, dass das Anstarren des Fotos ihr Gemüt warmherziger und aufnahmefähiger gemacht hatte und die Glut vergangener, intimer Begebenheiten, die mit ihm zu tun hatten, wieder entfachte, auch wenn es nur kleine waren. Sie spürte, wie das Bild ihres Vaters ihr immer näher kam, ihr immer vertrauter und liebenswerter wurde. Eine solche Erfahrung hatte eine anhaltende Wirkung auf ihr Gemüt: dass ihr Vater in der Nähe war, obwohl er weit weg oder gar nicht existent war. Dann spürte sie die Wärme seiner unsichtbaren Gegenwart. Es vertrieb das Gefühl, dass ihr Vater ein kalter, unbedeutender Fremder für sie war. Es wurde ihr klar, dass hinter diesen Gefühlen die fehlende Vaterliebe steckte, die durch die völlige Entfremdung von ihrem Vater verursacht wurde. Wenn sie die Gelegenheit hätte, ihn auch nur ein einziges Mal in ihrem Leben in dieser Welt zu sehen, würde das tiefe Vakuum, das durch die Abwesenheit ihrer unsichtbaren Vaterfigur in ihrem Geist entstanden war, mit ihrer überwältigenden, überschwänglichen Vaterliebe reichlich gefüllt werden.

Für sie war das eine tragische Erfahrung. Der Mann, der ihre Existenz verursacht hatte, der Mann, der ihr sein eigenes Lebensblut für ihre Existenz und ihren Unterhalt als Mensch aus Fleisch und Blut gegeben hatte, und der Mann, der für sie als Vaterschaft stand - sie waren dazu bestimmt, sich völlig fremd zu sein. Und vor allem, wenn dieser Mann noch lebte, aber er und seine Tochter in ihren verschiedenen entlegenen Winkeln dieser Welt nichts von der Existenz des jeweils anderen wussten.

Julie brachte das Hochzeitsfoto zu ihrer Mutter. Sie erwartete, dass ihre Mutter emotional werden würde, aber Romula fühlte stattdessen einen Schock. Sie wusste sofort, dass es keine Kleinigkeit war, dass ihre Tochter in Unwissenheit gelassen wurde. Sie ahnte, dass die Zeit gekommen war, in der sich ihre Befürchtungen bewahrheiteten. Nun musste sie die vielen bohrenden Fragen ihrer Tochter über ihre Vergangenheit beantworten, obwohl sie sich selbst davor scheute, alte, unglückliche Erfahrungen wieder aufzugreifen.

Plötzlich erinnerte sich Romula an einen vergangenen Vorfall, der ihre Befürchtungen bestätigte. Es war, als Julie noch ein junges Mädchen war. Eines Tages kam sie von der Schule nach Hause und stellte ihrer Mutter eine Frage. "Wer ist das Oberhaupt unserer Familie?"

"Es ist Gott", hatte ihre Mutter geantwortet. Aber sie spürte, dass ihre Antwort bei dem Mädchen nicht gut ankam. "Was veranlasst dich zu dieser Frage?" fragte Romula ein wenig zaghaft. Sie wusste, dass der Moment gekommen war, an dem sie nicht mehr ausweichen konnte.

"In der Schule haben alle meine Freunde ihre Väter als Familienoberhaupt, und ihre Mütter kümmern sich um den Haushalt. In unserem Fall bist du derjenige, der sowohl arbeiten geht als auch die Familie leitet. Aber du scheinst die Abwesenheit deines Vaters nie gespürt zu haben. Manchmal fühle ich mich traurig und sehr schlecht dabei", hatte Julie unschuldig geantwortet.

Kapitel 9

Julie ging schließlich als Forschungsstipendiatin für Psychologie an die Universität von Lissabon. Sie kannte die Gründe, warum sie sich diesem Thema zuwandte: Es war ihre intensive Erkenntnis, dass Liebe in jeder Form eine Vollendung haben sollte - eine Endgültigkeit, wenn nur die Liebe vollendet sein konnte. Sie erinnerte sich an die Antwort ihrer Mutter auf ihre Frage, was das Höchste der göttlichen Liebe sei: "Es ist die endgültige Verschmelzung mit Gott." Julie erinnerte sich, dass diese Vorstellung für sie inakzeptabel war. Sie hatte Grund zu der Annahme, dass die Vorstellung ihrer Mutter von der göttlichen Liebe und ihrer endgültigen Verschmelzung mit Gott einfach das Ergebnis ihrer perversen Fantasien war, die jeglicher Grundlage entbehrten. Erneut bekräftigte sie ihre Meinung, dass das Konzept der Liebe in jeder Form eine körperliche Endgültigkeit haben sollte. Wenn die Liebe aufgrund von Unverträglichkeit scheiterte oder durch den Tod endete, konnte man das nicht als Ende der Liebe bezeichnen. Wenn überhaupt, dann war es wie etwas Halbfertiges, etwas, das nicht vollendet wurde. "Die Vorstellung meiner Mutter ist nicht die einzige; es ist die sinnlose Idee der Gläubigen im Allgemeinen, die Gott als die einzige ultimative

Instanz ansehen, in der schließlich alles aufgeht", argumentierte Julie vor sich hin.

Julies Forschungsidee hatte ihr auch den Gedanken an ihren Vater Robin wieder in den Sinn gebracht. "Er müsste inzwischen 52 Jahre alt sein, wenn er noch lebt, wenn man das Alter meiner Mutter von 47 Jahren zugrunde legt", dachte sie. Julie spürte also die Dringlichkeit, mit ihrem Vater in Kontakt zu treten, um ihre Forschung voranzutreiben, die in diesem Zusammenhang von Bedeutung sein würde. Ihre Mutter hatte keine Ahnung, wo er sich seit der Scheidung aufhielt. Aber Julie war fest entschlossen, ihren Vater, wenn er noch lebte, um jeden Preis zu treffen.

Also beschloss Julie, von ihrer Mutter so viele Informationen wie möglich über ihren Vater zu bekommen. "Sag mir, was für ein Mann war mein Vater?" fragte Julie ihre Mutter einmal und erwartete eine Flut von Vorwürfen über ihn.

"Er war ganz in Ordnung", antwortete Romula, was ihre Tochter überraschte.

Julie war mit dieser Antwort nicht zufrieden. Sie dachte, dass ihre Mutter ihr etwas verheimlichte. Also sagte sie ihr, sie solle ehrlich und aufrichtig antworten.

"Ich bin immer ehrlich und aufrichtig. Ich habe nichts vor dir zu verbergen", antwortete Romula leicht beleidigt.

"Woran ist Ihre Ehe dann gescheitert?" fragte Julie.

"Damit eine Ehe scheitert, muss keiner der beiden Partner schlecht sein", antwortete Romula.

"Ihre Ehe ist also gescheitert, weil Sie beide nicht schlecht, sondern ... ähm zu gut waren?" fragte Julie, ein wenig scherzhaft.

"Das muss nicht so sein. Die Menschen sprechen von anderen als guten Seelen, was nur bedeutet, dass jeder von ihnen auf seine eigene Art gut ist. Aber wenn sich zwei gute Seelen für ein gemeinsames Leben zusammentun, können die Wechselwirkungen zu Unverträglichkeiten führen. Das liegt daran, dass jeder, so gut er auch sein mag, das Recht hat, an seinen eigenen Überzeugungen festzuhalten. Dann kann die große Idee des Gebens und Nehmens wenig Raum für einen Kompromiss finden", antwortete Romula mit philosophischem Unterton.

Kapitel 10

Um wichtige Daten für ihre Forschung zu sammeln, hatte Julie viele Pläne, die sie in die Vergangenheit ihrer Eltern zurückführen würden.

"Sag mir, wie bist du zum Glauben an Gott gekommen?" fragte Julie ihre Mutter einmal.

"Von Kindheit an war ich gottesfürchtig. Das Umfeld, in dem ich aufgewachsen bin, war geprägt von einem tiefen Glauben an Gott, und meine Eltern haben mich in diesem Sinne erzogen. Gebete, das Singen von Kirchenliedern, das Loben des Herrn für seine Segnungen, der sonntägliche Kirchgang und die Einhaltung der Fastenzeit waren Routine. Ich wuchs in einer Umgebung auf, die mich auch über den Zorn Gottes im Falle der Nichtbeachtung seiner Lehren und die daraus resultierenden schweren Strafen belehrte, die den Übeltäter überdauerten, so dass seine unschuldigen Nachkommen die Hauptlast zu tragen hatten. All dies hatte eine doppelte Wirkung auf meinen Geist. Es machte mich gottesfürchtig, und ich wollte Gottes Liebling sein. Es war ein Opfer der Enthaltsamkeit, um Gott zu besänftigen. Aber ich war nicht zufrieden. Für mich war Gott immer noch ein schwer fassbares, unverständliches Wesen. Ich wusste, dass das Erreichen des Allmächtigen bedeutete, ihn zu verwirklichen, indem ich das Einssein mit ihm erreichte. Ich wusste, dass ich einen langen Weg zurücklegen musste, um dies zu erreichen. Ich erkannte, dass für die Verwirklichung Gottes ein enthaltsames Leben notwendig war, und ich übte mich darin, so gut es ging. Dann, als ich Fortschritte machte, hatte mein Geist das seltsame Gefühl, einen zusätzlichen Schwung zu bekommen, der mich näher zu Gott brachte, und es entwickelte sich eine intensive spirituelle Identifikation zwischen Gott und mir: Es war eine unverkennbare Gotteserkenntnis. Ich begann, Gott zu erfahren. Und das Vergnügen, Gott zu erfahren, war etwas Einzigartiges, Intensives und Unerhörtes. Dies konnte ich durch die Fähigkeiten erreichen, die ich durch Gebete und Enthaltsamkeitsübungen erlangt hatte und die meine Gedanken und Handlungen im Sinne Gottes beeinflussten. Die ultimative Auswirkung der Gotteserfahrung auf meinen Geist bestand darin, die Ebene der Intuition zu erreichen. Die seltsame Freude, die man auf diese Weise gewinnt, ist ein unbeschreibliches Gefühl des Geistes. Wann immer ich diese Gotteserfahrung hatte, fühlte ich mich als edles, seelenvolles, einzelnes Wesen, das seinen Körper vorübergehend durch eine seltsame Kraft ablegte. Ja, wann immer ich dieses Gefühl hatte, erlebte ich Gott.

Es war eine Art seelischer Zustand, in dem ich mich befand, ohne dass mein Körper dabei eine Rolle spielte. Ich empfand dies als eine bedeutsame, seltene Erfahrung in meinem Dasein als Mensch in dieser

Welt. Ich erkannte, dass es sich um das Werk des Allmächtigen handelte. Dann schien die Intensität meiner Liebe zu Gott und die Liebe Gottes zu mir eine seltene Art von untrennbarer Verschmelzung erfahren zu haben, die an Schärfe und Eindringlichkeit zunahm. Dann konnte ich dies als einen himmlischen, lebendigen Einklang unserer gegenseitigen ätherischen Liebe erleben und erkennen. Es war eine Art seelische Erhebung aus meinem irdischen Dasein. Und so waren die Ehe und das irdische Leben für mich nur noch zweitrangig", beendete Romula, deren Gesicht einen unheimlichen Glanz der Frömmigkeit ausstrahlte.

Julie hatte die Rolle der geduldigen Zuhörerin übernommen. Sie wirkte ruhig, aber ihr wissbegieriger Verstand war damit beschäftigt, aus den Ausführungen ihrer Mutter wichtige Hinweise herauszufiltern und zu sammeln.

Romula fuhr fort: "Dann hatte ich Gelegenheit, Gott von Angesicht zu Angesicht zu begegnen. Ich hatte Gelegenheiten, mit ihm zu kommunizieren", gestand Romula.

"Wie hast du mit Gott kommuniziert?" fragte Julie ungeduldig.

"Gott redet nie. Er hört nur unsere Gebete mit gespannter Aufmerksamkeit. Dann erhört er sie durch Zeichen und unsere Träume. Aber seine Zeichen haben Stimmen: Stimmen seines Schweigens! Sie hallen durch die dünne Luft, überwinden die uneinnehmbaren Berge, durchschneiden die plätschernden Wasser und die wogende Brandung der sieben Meere und dringen schließlich in unser inneres Ohr. Aber sie verklingen nie wie die abklingende Kadenz eines Liedes; sie verjüngen unseren Geist von neuem, um immer aufnahmefähiger zu werden. Aber all das können wir nur erfahren, wenn unser inneres Ohr bereit ist, sie zu empfangen", erklärte Julies Mutter.

"Hast du denn eine solche Erfahrung gemacht?" fragte Julie. "Ja", antwortete Romula stolz.

"Erzähl mir mehr", forderte Julie sie auf.

"Ich war im Schlaf. Plötzlich sah ich ein Leuchten in der Ferne. Es kam näher und näher. Dann entwickelte sich der Schein zu vielen Feuerzungen. Ich dachte, es würde mich zu Tode verbrennen. Aber als es näher kam, spürte ich eine beruhigende Wirkung. Schließlich berührte es mich und streichelte dann meinen Körper. Ein ungewohntes Kribbeln überkam mich, gefolgt von einer Ruhe. Ich wusste nicht, dass der Traum ein Vorbote für etwas Zukünftiges war. Es war vor meiner Trennung von deinem Vater. Dann sah ich das Bild eines nackten Babys, das mit Händen und Beinen in der Luft fuchtelte, während es am Feuer gewiegt wurde. Ich bin aufgewacht. Erst nach unserer Trennung wurde meine Schwangerschaft festgestellt, und das Kind, das mir geboren wurde, warst niemand anderes als du. Zur Erinnerung an diesen Vorfall wurdest du auf den Namen Immaculate getauft, obwohl du eigentlich Julie heißt", erzählte Romula.

"Hast du bei anderen Gelegenheiten ähnliche Erfahrungen gemacht?" fragte Julie neugierig.

"Ja, es gibt noch ein weiteres", antwortete Romula und fuhr fort. "Als ich jünger war, hatte ich oft Visionen, in denen ich von einem Lichtschein geleitet wurde, und ich wusste, dass es ein Polarstern war, der mir den Weg zu Gott zeigte. Bei einer anderen Gelegenheit träumte ich von einem ähnlichen Leuchten, das vor mir verschiedene Formen annahm. Jede Form war eine einzigartige Erfahrung. Sie erschienen nacheinander vor mir, bevor sie zu einem einzigen Leuchten verschmolzen, das schließlich wieder verschwand. Ich glaubte, dieses seltsame Phänomen sei nichts anderes als der symbolische Ausdruck von Gottes Einheit in der Vielfalt oder seiner Dreifaltigkeit: Vater, Sohn und Heiliger Geist. Dann spürte ich ein kleines Feuer in mir. Ich wusste, dass diese Erfahrung das Werk eines Traums war, der die Glut meiner Liebe zu Gott wieder entfachte", erzählte Romula.

Julie konnte sehen, dass ihre Mutter in der Stimmung war, von ihren Erfahrungen und Erkenntnissen über Gott zu erzählen, also schwieg sie und gab ihrer Mutter ein Zeichen, fortzufahren.

Romula fuhr fort. "Oft hatte ich das Gefühl, dass mein Wissen über Gott dürftig war. Dann hatte ich Anfälle von traurigen Gefühlen; ich wollte Ihm näher sein, Ihn aus der Nähe kennenlernen. Ich wusste, dass das strenge Praktizieren religiöser Riten zu spiritueller Gelehrsamkeit führte, das heißt

dass man, wenn man diese Stufe erreicht hat, Gott näher sein und Ihn aus der Nähe kennen kann. Je mehr ich all das befolgte, desto leichter wurde mein Weg zu Gott."

"Wie konntest du dann die Zeichen und Symbole Gottes deuten?" fragte Julie.

"Wenn man Gott näher ist, erreicht der Geist eine seltene sensible Ebene, die etwas verleiht, das man Intuition nennt. Es ist ein geistiger Zustand, der an den sechsten Sinn grenzt.

Dies wird als das intuitive Stadium des Geistes bezeichnet, in dem nur Intuitionen und kontextuelle Interpretationen funktionieren. Intensive Gebete, Meditationen und Enthaltsamkeit erwecken den inneren Geist zum spirituellen Verständnis. Wenn der innere Geist aktiviert ist, wird er erleuchtet. Es ist wie ein Leuchten in der Dunkelheit. Das Leuchten ist die Erleuchtung und die Dunkelheit ist die Unwissenheit des Menschen. Wenn man sich an die Deutung von Gottes Zeichen und Symbolen wagt, ist es das Leuchten, das dein Geist aufnimmt und das dich befähigt, Gottes Wünsche und Absichten richtig zu deuten. Wenn dein Geist dieses Stadium erreicht hat, erfährst du Gott", erklärte ihre Mutter.

Aber Julie war nicht überzeugt von der abstrusen, begrifflichen Version der Gotteserfahrung ihrer Mutter. Sie wusste, dass es sich dabei nur um die engstirnigen, einseitigen Gefühle ihrer Mutter handelte, die aus ihrem Mangel an Scharfsinn und psychologischer Gelehrsamkeit resultierten. Wenn der Geist spirituell war, wurden die Gedanken von unbegründeten Überzeugungen bestimmt. Aber sie hatte ihrer Mutter gegenüber nie erwähnt, dass sie selbst eine andere Meinung hatte. Aber Julies Verstand fing einige wichtige Punkte aus den Ausführungen ihrer Mutter auf, wie z. B.: "Von Kindheit an war ich gottesfürchtig", "In meinem Haus herrschte eine Atmosphäre tiefsten Glaubens an Gott", "Ich wurde immer mehr zu Gott hingezogen", "Die Verschmelzung meiner eigenen Liebe mit der Liebe Gottes wurde immer schärfer" usw.

Julie war der Meinung, dass dies in allen gottesfürchtigen Familien der Fall sein muss, und dass dies sie darin bestärkt, gottesfürchtig zu bleiben; alle Familien erziehen ihre Kinder zu Gottesfürchtigkeit. Die Atmosphäre des Glaubens an Gott war all diesen Familien gemeinsam. Aber die folgenden Aussagen ihrer Mutter wie "Es entwickelte sich eine intensive Beziehung zwischen Gott und mir", "Die Freude, Gott zu erleben

Das Vergnügen, Gott zu erleben, war etwas Einzigartiges, Intensives und Unerhörtes", "Die Liebe schien an Schärfe und Schärfe zuzunehmen", wurden von Julie besonders unter die Lupe genommen. Sie empfand die Reaktion ihrer Mutter auf die religiöse Atmosphäre in ihrer Familie als seltsam und abnormal. Dies war der Punkt, an dem das eigentliche Problem mit ihrer Mutter begann. So kam Julie zu dem Schluss, dass die religiöse Atmosphäre in der Familie ihrer Mutter alles andere als normal und vernünftig war. Aber nicht nur das. Die empfindliche psychische Verfassung ihrer Mutter und die daraus resultierende empfindliche Reaktion auf sie verschlimmerten das Problem. Julie konnte den Grund für das Gefühl ihrer Mutter, mit Gott in Verbindung zu stehen, leicht zurückverfolgen; und ihr letztendliches Wohlbefinden war eine Schöpfung ihres eigenen Verstandes, als Flucht vor der Schuld, die sich in ihrem sensiblen Verstand durch die besondere Atmosphäre, die in ihrer Familie herrschte, gebildet hatte und die oft Sünde, Schuld und göttliche Vergeltung hervorhob. Religionen und ihre Gläubigen haben eine besondere Tendenz, bestimmte instinktive menschliche Gefühle als tabu und damit gottfeindlich zu geißeln. Und ihre Mutter war ein trauriges Opfer dieser Tendenz. Julie glaubte daher, dass dies der wahre Grund für die oft wiederholte Aussage ihrer Mutter war: "Ich wollte in Gott leben und sterben", was für sie ein Leben ohne Schuld bedeutete, meinte Julie.

Kapitel 11

Julie erforschte langsam die Gedanken ihrer Mutter von allen Seiten, obwohl sie glaubte, dass ihre eigenen Schlussfolgerungen bisher richtig waren. Als ihre Mutter ihr mitteilte, dass sie sich nicht für das Thema ihrer Heirat interessierte, tauchte eine weitere Frage in Julies Kopf auf.

"Warum hast du der Heirat dann überhaupt zugestimmt?" fragte sie.

"Lass mich dir die Geschichte erzählen. Als ich das heiratsfähige Alter erreicht hatte, kamen so viele Anträge auf mich zu. Aber ich wusste, dass ich noch nicht reif für die Ehe war. Einer der Anträge war der von Robin. Nun, er war in jeder Hinsicht ein geeigneter Junggeselle: ein Ingenieur, gut situiert, gesund und gut aussehend und von gutem Charakter, er erfüllte alle Voraussetzungen für einen geeigneten Bräutigam. Unnötig zu sagen, dass mein Vater und meine Mutter sich in ihn als potenziellen Schwiegersohn verguckt haben. Dann wurde es für sie zur Prestigefrage, mich um jeden Preis mit ihm zu verheiraten. So wurde ich unter starken Druck gesetzt. Meine Ablehnungen blieben ungehört. Ich hatte schlaflose Nächte. Je mehr Druck auf mich ausgeübt wurde, desto mehr hatte ich das Gefühl, dass ich mit Gott verheiratet war; dass ich für Gott leben und sterben wollte. Meine Haltung mag sich für Sie seltsam und unnatürlich anhören, aber für mich war sie es nicht. Je mehr ich mich mit meiner eigenen Vernunft wehrte, desto mehr wurde ich von der überlegenen Vernunft meiner Eltern unterdrückt. Ich hatte das Gefühl, einen aussichtslosen Kampf zu führen, mit dem Rücken zur Wand.

"Und dann geschah es. Meine Mutter, die klüger war, nahm mich beiseite und sagte mir: "Wenn du gegen die Ehe bist, dann lass es so sein. Aber du musst verstehen, dass du mit deiner Weigerung gegen den Willen Gottes handelst, denn Ehen werden im Himmel geschlossen. Die Rolle des Menschen ist es, einfach zu gehorchen." Ihr Rat schlug ein. Ich fühlte mich durch die Worte meiner Mutter völlig gebändigt. Ich befand mich in einem Dilemma: sein oder nicht sein. Ich dachte, wenn ich mich über Gottes Diktat hinwegsetzte und mich weigerte, zu heiraten, würde ich in eine Situation geraten, in der ich das "verlorene Paradies" wäre, und dann wäre meine Existenz in dieser Welt sinnlos.

Wenn ich der Heirat zustimmte, könnte ich mein Ziel, "in Gott zu leben und zu sterben", nicht erreichen. Aber ich wusste nicht, welch weitreichende Folgen meine Zustimmung zur Heirat mit ihm hatte. Meine ätherische Liebe zu Gott kam von meiner Seele, an der mein Körper keinen Anteil hatte. Aber was ich eingewilligt habe, war eine seelenlose Ehe, in der mein Körper eine wichtige Rolle spielen musste. Meine Zustimmung zu dieser seelenlosen Ehe führte dazu, dass ich meinen Körper hasste, als wäre er zu meinem

Erzfeind geworden." So offenbarte Romula ihr Dilemma.

Aber ihre Enthüllungen ließen Julie mit vielen Fragen an ihre Mutter zurück, die in der Tat Offenbarungen ihres eigenen inneren Herzens waren. Julie fiel besonders die Aussage ihrer Mutter auf: "Wenn ich der Heirat zustimmte, könnte ich meine Ambitionen, in Gott zu leben und zu sterben, nicht erfüllen." Dann eine weitere Aussage: "Ich habe in eine seelenlose Ehe eingewilligt, in der nur mein Körper eine Rolle spielte. Meine Zustimmung zu einer seelenlosen Ehe hat mich dazu gebracht, meinen Körper zu hassen." Für Julie war das alles so, als würde ihre Mutter ihr sagen, dass sie, wenn sie heiratete, nicht in der Lage sein würde, ein schuldfreies Leben in Gott zu führen. Julie vergewisserte sich noch einmal, dass die Aussage ihrer Mutter "Ich könnte nicht in Gott leben und sterben" bedeutete, dass ihre Ehe mit Robin nach ihrer Überzeugung eine Sünde war.

Kapitel 12

Julie führte viele Gespräche mit ihrer Mutter und sammelte wichtiges Material für ihre Nachforschungen. Sie freute sich, dass das, was sie hörte, sie in ihren Überlegungen bestärkte. Dies war eine Ermutigung, die ihren Geist verjüngte und ihre Hoffnungen neu entfachte. Julie wollte weitere Gespräche mit ihrer Mutter führen, um mehr über die geistige Verfassung ihrer Mutter zu erfahren. Julie wünschte sich von ihren Nachforschungen, dass sie durch beharrliches Nachfragen und ehrliches Hinterfragen der Antworten, die sie von ihrer Mutter in Abwesenheit ihres Vaters erhielt, zu echten Erkenntnissen gelangte. Ihn ausfindig zu machen, blieb eine Ungewissheit, und diese Situation veranlasste sie, ihre Mutter noch intensiver zu befragen.

Es war nichts Schlimmes, wenn die Liebe zu Gott normal oder übertrieben oder seltsam oder wie auch immer intensiv war. Aber wie konnte sie das Scheitern einer Ehe verursachen? Ihre bisherigen Gespräche mit ihrer Mutter hatten ihr geholfen, Antworten zu finden, die mit ihren Vermutungen übereinstimmten. Die Antworten ihrer Mutter auf ihre Fragen waren bisher Hinweise, die den Kern des Problems berührten. Und sie war zufrieden. Aber um zu einer endgültigen Schlussfolgerung zu gelangen, und zwar einer wahrheitsgemäßen, musste Julie noch weiter gehen. Sie ermutigte ihre Mutter, offen zu sein, um ihre Arbeit zu vereinfachen. Aber sie stellte ihre Fragen strategisch, um sie nicht durch direkte Fragen in Verlegenheit zu bringen. So kam sie gelegentlich vom Thema ab, indem sie scheinbar zusammenhanglose Fragen stellte und dann die Antworten ihrer Mutter, die scheinbar nichts mit dem Thema zu tun hatten, ertrug. Es war, als würde sie ihre Mutter auf eine Art Gleichmut vorbereiten. Das war Julies Taktik als Forscherin: ihrer Mutter zu helfen, offenherzig zu sein, ihrer Mutter das zu entlocken, was sie aus ihren zufälligen Antworten herausfinden wollte. Sie war vorsichtig, damit ihre Fragen nicht suggestiv wirkten. So war das Gespräch anfangs umständlich, fast wie ein Reden um den heißen Brei.

"Wie warst du in deinen Salattagen?" fragte Julie.

"Ich war glücklich und zufrieden, dass ich den Segen Gottes hatte", antwortete ihre Mutter, und ihr Gesicht verriet ihre Zufriedenheit.

"Wie kommst du darauf, dass du Gottes Segen hattest?" fragte Julie.

"Gott liebt die einfachen Dinge. Einfachheit ist seine Devise. Und Gott hat mich dazu gebracht, einfache Dinge im Leben zu lieben. Ich bin seiner Berufung treu geblieben. Ich habe kein Leben im Luxus bevorzugt. Es hat mich nicht im Geringsten glücklich gemacht. Meine Liebe zu den einfachen Dingen ließ mich spüren, dass Gott in mir lebte. Ich folgte den Wegen Gottes, die nichts anderes als Einfachheit waren. Ich hatte keine irdischen Ambitionen. Mein Leben war Gott gewidmet. Wenn man mit dieser Geisteshaltung ausgestattet war, konnte der Geist ruhig sein. Luxus war nicht mehr verlockend. Gedanken an Luxus in meinem Geist machten mich unruhig und frustriert; sie vertrieben die Ruhe, die ich gerne in meinem Leben herrschen ließ. Denn wenn man seine lüsternen Begierden nicht befriedigen konnte, wandten sie sich gegen den eigenen Geist und verursachten Frustration und den Verlust des geistigen Friedens. Du weißt, dass Gott die Armen und ihr einfaches Leben bevorzugt." Romula wurde sentimental.

"Wie kommst du darauf, dass Gott die Einfachheit liebt?" fragte Julie.

"Man muss nicht weit gehen, um das herauszufinden. Was sagt denn das biblische Gleichnis von Adam und Eva aus? Gott erlaubte Adam und Eva, die Früchte von allen Bäumen im Garten Eden zu essen, außer von einem. Warum hatte Gott ihnen verboten, die Früchte dieses einen Baumes zu essen? Diese Frage ist in mehr als einer Hinsicht von Bedeutung", sagte Romula.

"Bedeutsam in mehrfacher Hinsicht? Wie kommt das?" fragte Julie erstaunt.

"Weil es für die gesamte Menschheit in vielerlei Hinsicht von Bedeutung war", erklärte ihre Mutter.

"Sag mir, welche Bedeutung es hatte?" fragte Julie neugierig.

" Erstens hat es der Menschheit etwas Unheilvolles vorausgesagt, und außerdem hat es der Menschheit eine wichtige Botschaft gegeben, wie wir uns verhalten sollen", antwortete ihre Mutter.

"War es nicht ein Test, inwieweit Adam und Eva Gott treu waren?" fragte Julie, die immer noch Zweifel daran hegte, was mit der lebenswichtigen Botschaft an die Menschheit gemeint war.

"Ja, das war ein weiterer Grund. Und wie wir alle wissen, haben Adam und Eva die Prüfung nicht bestanden. Und was war die Folge davon? Sie haben die gesamte Menschheit in den Bann der Erbsünde gezogen", antwortete ihre Mutter.

"Das stimmt. Machen Sie weiter", forderte Julie.

"Als Gott sagte, man solle nicht von der verbotenen Frucht essen, weckte das Gebot in Adam und Eva die Versuchung, es zu missachten", sagte ihre Mutter.

"Ja, ich verstehe, dass der menschliche Geist dazu neigt, sich nach dem Unerreichbaren zu sehnen. Es ist die menschliche Neigung zum Irrtum. Und Adam und Eva fielen wegen ihrer Versuchungen, wegen etwas Verbotenem", schaltete sich Julie ein und schloss sich ihrer Mutter an, um die Situation in psychologischer Hinsicht zu erklären.

"Denn Gott hat Luxus nie gemocht", fuhr ihre Mutter fort.

"Was meinst du mit dem Wort "Luxus" hier? Wurde der Garten Eden nicht für Adam und Eva geschaffen, damit sie im Luxus leben konnten? Aber du hast doch gesagt, dass Gott den Luxus nicht liebt. Wie konnte Gott ihnen dann erlauben, im Luxus zu leben? Widersprichst du dir nicht selbst?" fragte Julie zweifelnd.

"Ich widerspreche überhaupt nicht. Du musst verstehen, dass Luxus in diesem Zusammenhang eine andere Bedeutung hat", antwortete ihre Mutter.

"Dann sag mir, was die besondere Bedeutung ist", bat Julie zur Klärung.

"Luxus bedeutet in diesem Zusammenhang den hemmungslosen Genuss von allem Materiellen. Es muss nichts Teures sein, das dem menschlichen Komfort dient. Es ist einfach der grenzenlose Genuss von irgendetwas", erklärte ihre Mutter.

"Deine Erklärung bedarf einer weiteren Erläuterung", forderte Julie.

"Ich meine, dass Gott Adam und Eva verboten hat, die Früchte eines bestimmten Baumes zu genießen. Was bedeutet das?" stellte ihre Mutter die Frage an Julie.

"Nach deiner Version meinst du, dass in dem Moment, in dem Gott Adam und Eva den Befehl gab, die Früchte dieses bestimmten Baumes nicht zu essen, sie für sie zum Luxus wurden. Ist es das, was du meinst?" fragte Julie.

"Ja, das ist es", stimmte ihre Mutter zu. Die Tatsache, dass Julie den Punkt erkannt hatte, machte sie glücklich. "Was ist dann mit den sogenannten biblischen satanischen Versuchungen?" fragte Julie.

"Die Versuchung, von der verbotenen Frucht zu essen, war satanisch. Als Gott Adam und Eva verbot, von den Früchten eines bestimmten Baumes zu essen, wurde die satanische Kraft in ihren Köpfen aktiv. Das Bedürfnis nach dem Notwendigen kann als unser nackter Bedarf an den wesentlichen Dingen des Lebens bezeichnet werden. Aber das Verlangen nach allem, was über das Notwendige hinausgeht, oder nach etwas Verbotenem, ist Versuchung, und das ist auch Luxus. Wenn es Beschränkungen für den Gebrauch von etwas gibt, dann ist das Überschreiten der Grenzen ein Luxus. Als Luxus könnte man also den ungehemmten Gebrauch von etwas bezeichnen", klärte ihre Mutter auf.

"Versuchungen sind also satanisch?" fragte Julie.

"Ja, ich habe den Unterschied zwischen Wünschen und Begierden erklärt", sagte ihre Mutter. "Manchmal kann es auf Kosten anderer gehen, was ebenfalls gottfeindlich und satanisch ist", erklärte ihre Mutter weiter.

"Warum konnte Gott dann nicht die satanischen Kräfte oder Versuchungen besiegen und Adam und Eva vor der Sünde bewahren und die ganze Menschheit vor dem Fluch der Erbsünde retten?" fragte Julie. "Ist Gott nicht allwissend? Hätte er Adam und Eva nicht im Voraus daran hindern können, die Sünde zu begehen?" "Gott wollte, dass die Menschen nicht sündigen", antwortete ihre Mutter. "Aber er gab ihnen die Möglichkeit, zwischen einem sündigen und einem sündlosen Leben zu wählen. Das ist die Politik Gottes. Deshalb wird er sich niemals einmischen, wenn die Menschen ihre Wahl treffen. Es geht darum, herauszufinden, wer Gott treu ist und wer nicht."

"Was war dann der andere Grund für Gottes Verbot?" fragte Julie.

"Wie ich Ihnen bereits sagte, liebte Gott nicht nur die Einfachheit, sondern wollte den Menschen auch beibringen, dass man seine Wünsche einschränken sollte. Und Einschränkungen im Leben machen einen opferbereit. Für Adam und Eva wäre der Verzicht auf die verbotene Frucht also in gewisser Weise ein Opfer gewesen. Ein Gesetz, das die Menschen am ungehinderten Genuss hindert, verlangt von ihnen ein Opfer. Alles, was über die eigenen Mittel hinausgeht, alles, was unerreichbar ist, alles, was über die eigenen Bedürfnisse hinausgeht, kann als Luxus bezeichnet werden. Hier wurde ihnen das Vergnügen oder der Luxus, die verbotene Frucht zu essen, durch Gottes Verbote verwehrt. So wurde die verbotene Frucht zu einem unerreichbaren Luxus für Adam und Eva. Es war Gottes Plan, Adam und Eva die Lektionen der Einfachheit zu lehren: dass ein einfaches Leben Opfer im Leben erfordert; dass man nicht alles genießen kann, was einem im Leben zur Verfügung steht; dass, wenn man sich alles, was man will, frei und reichlich nehmen könnte, ein solches Leben zu einem Luxus wird, den man um jeden Preis vermeiden sollte; dass ein Leben der Zurückhaltung ein Leben des Opfers bedeutet, und dass dieser Weg zur Einfachheit führen kann. Gottes Verbot sollte die Menschen lehren, was Aufopferung bedeutet und was sie durch Aufopferung erreichen können. Das ist die Botschaft Gottes an die Menschheit", erklärte die Mutter.

"Mutter, deine letzten Theorien sind neu für mich. Du hast mir noch nie von ihnen erzählt. Warum ist das so?" fragte Julie ein wenig verwirrt.

"Du musst verstehen, dass meine Interpretationen kontextabhängig sind, je nachdem, wie es die Situation erfordert. Es könnte sein, dass die jetzige Situation noch nicht eingetreten ist. Wie ich dir schon einmal gesagt habe, musst du verstehen, dass Gott nie spricht. Alle seine Wünsche und Absichten werden durch Zeichen, Symbole und Träume übermittelt. Es gibt so viele Zeichen, Symbole und Träume, die euch auch jetzt noch nicht gesagt werden, weil der Kontext dafür noch nicht entstanden ist", erklärte Romula.

"Wie kannst du dann die Absichten Gottes deuten?" fragte Julie.

Ich habe es dir schon einmal gesagt, aber lass es mich wiederholen: Nur durch ausdauernde, strenge Meditationspraktiken erreicht der Geist die Ebene der Intuition. Wenn die Intuition funktioniert, wird man erleuchtet; und es ist diese geistige Stufe, die einen die Wünsche und Absichten Gottes richtig und unmissverständlich interpretieren lässt", sagte Romula.

Kapitel 13

"Als deine Tochter könnten deine und meine Gefühle also ein und dasselbe sein, als du jünger warst. Das ist es, was ich fühle..." sagte Julie in ihrem Versuch, die Gedanken ihrer Mutter zu verstehen.

Jetzt wollte sie, dass ihre Mutter sich ganz öffnete. Um ihre Mutter dazu zu bringen, auf die entscheidende Frage zu antworten, die sie aus offensichtlichen Gründen für sich behalten hatte, so dass ihr Gespräch eine Zeit lang vom Thema abschweifte, wiederholte Julie die Frage.

"Was waren also die emotionalen Regungen deines Geistes, als du in deinen Salattagen warst?" fragte Julie.

Sie ahnte schon, dass der Grund für das Scheitern der Ehe ihrer Eltern höchstwahrscheinlich in bestimmten Freudschen Theorien über das Sexualleben der Menschen lag.

"Mein Verstand hat damals versucht, der Lieblingsjünger Gottes zu sein", sagte ihre Mutter. Diese Antwort war ein sicheres Indiz dafür, dass Julies Schlussfolgerungen zutreffen würden. Aber sie schien nicht besonders glücklich darüber zu sein.

"Ist das nicht der Wunsch eines jeden Liebhabers Gottes? Ich glaube nicht, dass deine Ambitionen etwas Besonderes waren", meinte Julie offen.

"Aber meine Gefühle für Gott waren nicht so, wie man sie bei anderen sieht. Meine waren anders. Meine intensiven Gebete und Meditationen hoben mich in einen ätherischen Bereich, in dem ich an Gottes Göttlichkeit teilhaben konnte", sagte ihre Mutter.

"Auf welche Weise?" fragte Julie.

"Ich betete inbrünstig und mit solcher Strenge zum Allmächtigen, dass er mir erlaubte, in ihm zu leben und zu sterben", sagte ihre Mutter.

Als Psychologin hatte Julie ihre eigenen wissenschaftlichen Gründe gegen die Ansichten ihrer Mutter. Dies veranlasste sie, die Ansicht ihrer Mutter in Frage zu stellen.

"War das nicht der Grund für das Scheitern deiner Ehe mit meinem Vater? Vielleicht hat Gott deine Gebete erhört", entgegnete Julie.

"Ich weiß es nicht", antwortete ihre Mutter, die ihren Scherz gar nicht zu genießen schien.

"Dann erzähl mir mehr über deine Jugendzeit und dann ausführlich über dein eheliches Liebesleben mit meinem Vater. Ich möchte etwas Wertvolles für mein Studium erfahren. Oder gab es da gar keine Liebe? Hattest du irgendwelche jugendlichen Regungen im Kopf, irgendeine Art von Verliebtheit für das andere Geschlecht?" fragte Julie.

Julie wollte sicher sein, bevor sie die endgültigen Schlüsse aus ihrer Untersuchung zog. "Wenn du fest an Gott geglaubt hast, musst du mir sagen, woran du damals noch geglaubt hast", fragte Julie strategisch, um ihre Mutter auf den Punkt zu bringen, den sie wissen wollte, und wartete auf ihre interessante Antwort.

Ihre Aufforderung: "Wenn du fest an Gott glaubst, musst du mir die Wahrheit sagen", war wohlüberlegt, um ein wahrheitsgemäßes Geständnis von ihr zu erhalten. Aber sie rechnete damit, dass Romola dem Thema ausweichen würde, indem sie sagte: "Meine Teenagerphase war zu einer Zeit, als es dich noch gar nicht gab." Sie würde versuchen, nicht über das vergangene Erlebnis zu sprechen, das sie vergessen wollte. Aber Julie wusste, dass nicht nur sie nicht mehr lebte, als ihre Mutter im Teenageralter war, sondern dass auch Freud schon lange vor der Geburt ihrer Mutter tot war und nicht mehr lebte. Aber seine Theorie überlebte trotzdem. Das bedeutete also nicht, dass ihre Mutter seine Lehren oder ihre eigenen Freudschen Studien als irgendwie diskreditiert ablehnen konnte.

Julie sagte zu sich selbst: "Ich habe im Rahmen meines Studiums die gesamte Freudsche Theorie kennengelernt, ihre Vor- und Nachteile; aber meine Schlussfolgerungen waren wahrheitsgemäßer und wissenschaftlicher, nicht durch individuelle Vorurteile oder Unwissenheit aufgrund mangelnder Gelehrsamkeit getrübt. Aber meine Mutter könnte in Verlegenheit geraten, wenn sie ihre eigenen

Erfahrungen als Teenager offen offenlegen würde. Das könnte sie dazu bringen, einen Teil der Wahrheit zu unterdrücken." Sie dachte eine Weile nach und überlegte, wie sie ihre Mutter dazu bringen könnte, sich zu öffnen. Auch ihre Mutter war in einer nachdenklichen Stimmung. Julie ließ ihr genügend Zeit zum Nachdenken, aber sie wollte unbedingt, dass ihre Mutter nur die Wahrheit erzählte.

Sie dachte weiter nach: "Würde meine Mutter ihre Erfahrungen als Teenager nicht verdrängen? Jeder Mensch ist ein Geschöpf Gottes und sollte diese Phase durchlaufen. Hat Gott nicht den Menschen und seine verschiedenen emotionalen Phasen geschaffen? Gott hat bestimmte instinktive Eigenschaften und Emotionen für jede Phase unseres Lebens festgelegt. Als ich ein Teenager war, hatte auch ich romantische Regungen in meinem Kopf, die typisch für diese Phase in meinem Leben waren. Wie konnte meine Mutter also so tun, als hätte sie keine solchen Gefühle? Meine natürlichste und vernünftigste Schlussfolgerung aus den Geständnissen meiner Mutter ist, dass sie mir etwas verheimlicht. Außerdem haben Gläubige eine angeborene Tendenz, von der Wahrheit abzuweichen, wenn es Zweifel an der Richtigkeit ihres Glaubens gibt. Hat Gott nicht instinktive Gefühle in uns geschaffen, dann aber einige von ihnen als Sünde verboten? Als Gläubige könnte meine Mutter also dazu neigen, ihre wahren Erfahrungen vor mir zu verbergen, wenn sie von Gott verboten sind. Diese Möglichkeit ist wahrscheinlicher, besonders wenn man blind an Gott glaubt und gottesfürchtig ist. Nur weil man fest an

Gott glaubt, kann man nicht sagen, dass keine jugendlichen Gefühle in einem auftauchen werden. Wie würde meine Mutter also auf die verbotenen jugendlichen Regungen ihres Geistes reagieren, die für einen Gläubigen tabu sind? In einem solchen Fall werden Gläubige wahrscheinlich so tun, als hätten sie in der Teenagerphase ihres Lebens keine solchen Gefühle gehabt. Im Gegensatz zu Nichtgläubigen schämen sich Gläubige, offen zuzugeben, dass sie während ihrer Teenagerzeit solche verbotenen Gefühle hatten. Sie verdrängen in solchen Fällen die Wahrheit. In einem anderen Fall, wenn es darum geht, zu beweisen, dass das, woran sie geglaubt haben, nichts anderes als die Wahrheit ist, würden sie zu Beschönigungen oder verzerrten Darstellungen greifen, um es glaubhaft zu machen. Meine Mutter verhält sich wahrscheinlich auch so. Aber das sind nur meine Gefühle!" Julie dachte zu Ende und wartete auf die Antwort ihrer Mutter.

"In meiner Teenagerphase", antwortete Romula, "erlebte mein aufgewühlter Geist eine seltene Art von Eifer und Leidenschaft für etwas: etwas zu erreichen, das mich zu einem vollständigen Lebewesen machen könnte. Ich hatte einen Strudel von dynamischen göttlichen Visionen, die mir oft erschienen. Sie waren bunt und schillernd. Es war eine himmlische Zeit, und ich hatte das Gefühl, dass ich durch sie hindurchschwebte. Mein Geist war aktiver als zuvor und hatte eine klare Vorstellung davon, wonach ich mich in meinem Leben sehnte: das Einssein mit Gott zu erlangen. Diese Haltung meines Geistes war göttlich und seelenvoll. Ich hatte oft wiederkehrende Träume: In einem leuchtete eine Blume, während die Engel sangen; dann bewegte sich das Leuchten nach Westen, bis es verschwand und einen Sonnenuntergang nachahmte. Und das seltsame Phänomen des verbleibenden Sonnenlichts nach dem momentanen Sonnenuntergang bedeutete mein Leben in Gott nach dem Tod. Ich hatte keine romantischen Gedanken in meinem Kopf, nur meine tiefe Leidenschaft für den Allmächtigen", sagte ihre Mutter.

Als ihre Mutter dies sagte, musste Julie glauben, dass es wahr war. Sie hatte eine Antwort auf die Aussage ihrer Mutter. Der Ausdruck ihrer Mutter war auf ihre seltsame Art des Lebens auf der Erde zurückzuführen, in der sie über Gottes Liebe brütete und hoffte, in Gott zu leben und zu sterben. Ihre Mutter glaubte, dass nur eine solche Mission ihr ein schuldfreies Leben sichern könne. Nach der Antwort ihrer Mutter zu urteilen, fiel es Julie nicht schwer, eine wahrheitsgemäße Schlussfolgerung darüber zu ziehen, wie ihre Mutter in ihrer Teenagerphase dachte. Sie stellte fest, dass im Gegensatz zu anderen Menschen, die die verschiedenen Phasen ihres Lebens auf normale und natürliche Weise durchlaufen, die instinktiven Gefühle ihrer Mutter keinen natürlichen Ausdruck finden konnten, weil sie als Sünde und damit als gottfeindlich unterdrückt wurden. Auch hier erwiesen sich Julies Schlussfolgerungen über die geistige Verfassung ihrer Mutter als richtig. Ihre Mutter hatte dieses Schuldgefühl der Sünde durch das streng religiöse Familienklima in ihrer Jugendzeit entwickelt, das ihre natürlichen, instinktiven Gefühle unterdrückt hatte, so dass sie nicht auf natürliche Weise zum Ausdruck kommen konnten. Als Julie zu dieser Schlussfolgerung gelangte, waren ihre Zweifel daran, dass ihre Mutter die Wahrheit unterdrücken könnte, verschwunden. Und auch die Tatsache, dass ihre Mutter ihre instinktiven Emotionen unterdrückt hatte, kam ans Licht. Julie erkannte, wie die Unterdrückung der eigenen Gefühle mit doppelter Wucht in Form von psychischen Störungen zurückkehren konnte. Und es fiel Julie nicht schwer, ihre Mutter als trauriges Opfer einzuschätzen.

"Du hast deine missliche Lage beschrieben, als du der Heirat mit meinem Vater zustimmen musstest, Robin. Bitte erzähle jetzt weiter", sagte Julie ermutigend.

"Nun, es war schmerzhaft für mich. Ich hatte das Gefühl, dass ich dazu bestimmt war, Flitterwochen in der Hölle zu verbringen. Aber ich dachte, es sei Gottes Entscheidung, der ich ohne zu murren gehorchen musste. Plötzlich wurde mir klar, dass Liebe nicht nur Freude, sondern auch Schmerz bedeutet. Das war Gottes Offenbarung an mich", erklärte Romula.

"Und dann ...?" Julie wollte, dass ihre Mutter weitersprach.

Plötzlich erinnerte sich Romula an die Situation, an die sie sich nie wieder erinnern wollte. "Nachdem ich geheiratet hatte und dann geschieden wurde, betrachtete ich meine Ehe als eine Sünde meinerseits. Mir wurde klar, dass eine kirchlich geschlossene Ehe keine Garantie für Glück ist. Ich hoffte inständig, dass Gott mich aus meiner misslichen Lage und von Robin befreien würde. Das nächtliche Teilen meines Bettes mit Robin war wie ein seltsamer Traum. Die Erfahrung war seltsam... Es war eine sündige Handlung meinerseits, auch wenn sie nur von kurzer Dauer war. Ich fühlte mich unwohl. Robin kam mir wie ein Usurpator vor, der zwangsweise mein Bett teilte. Doch immer, wenn mein Geist von solch quälenden Gedanken erfüllt war, wandte sich mein Geist göttlichen Gedanken zu und ich fühlte mich wohl. Die Veränderung war augenblicklich. In einem flüchtigen Moment stellte ich mir sogar vor, dass Gott mein Bett teilte. Das brachte mir eine seltsame Freude, die mir Robin niemals bereiten konnte. Obwohl die Ehe mit Robin auf Gottes Art und Weise geschlossen wurde, war sie für meinen unwilligen Geist nur eine Fassade. Die Ehe konnte mein Unbehagen nie auslöschen.

Und nach der Trennung gab es niemanden, der mit mir das Bett teilte. Aber ich glaubte an die unsichtbare Gegenwart Gottes, und auf diese Weise teilte ich mein Bett mit ihm. Als ich von Robin getrennt wurde, hatte ich das Gefühl, dass meine kalten Tage vorbei waren: kalte Tage, an denen ich mich oberflächlich verhalten hatte, an denen meine Seele weit weg war! Ich verglich meine Nächte mit Robin und meine neuen Nächte in seiner Abwesenheit. Der Teil meines Bettes, der von ihm besetzt war, blieb frei. Ich stellte fest, dass die kalte Stimmung, die ich erlebt hatte, als ich mein Bett mit ihm geteilt hatte, verschwunden war. In der Tat waren diese Tage für mich ein Alptraum gewesen. Jetzt brachte mir der leere Teil meines Bettes überraschenderweise Wärme, eine Art ätherische

Wärme, die meinen Geist anregte, die meinem Geist eine seltene Art von Erregung gab. Dann konnte ich mit Gott durch meine besondere, seltene Art von intuitiver Erfahrung kommunizieren, was jede Nacht geschah. Wenn die Nacht hereinbrach, bekam mein Geist seine Erregung, die mir süße, hohe Hoffnungen brachte."

"Ich habe aus deinen Offenbarungen so viel wertvolles Material für meine Forschungen gewonnen", sagte Julie glücklich. "Und es bestätigt, dass meine Hypothese richtig ist. Als Psychologin kann ich die wahren Gründe für Ihr Leiden so genau und überzeugend erkennen. Ich glaube, ich kann Ihnen jetzt den genauen Grund für Ihr Leiden erklären", sagte Julie zuversichtlich.

"Sagen Sie mir, was Sie noch können, abgesehen von dem, was der andere Psychologe mir gesagt hat", fragte ihre Mutter. Sie bezog sich dabei auf die Sitzung, die sie in den ersten Tagen ihrer Ehe mit einem Psychologen und Robin wegen des Problems, unter dem sie litt, hatte. "Nach ein paar Sitzungen erklärte der Arzt, ich sei frigide", sagte Romula.

"Der Psychologe hätte Ihr Problem als Frigidität diagnostizieren können", antwortete Julie mit Sicherheit. "Das ist klar und kann in ein oder zwei Sätzen gesagt werden. Aber wie die Frigidität zustande kommt und was der Grund dafür ist, darüber muss man schon etwas mehr nachdenken, wie du siehst."

"Dann lassen Sie es. Ich habe dir meine Probleme offen dargelegt, und ich erwarte von dir, dass du deine Gründe offen darlegst", sagte ihre Mutter.

"Mutter, dein Problem ist ein psychosomatisches", schlug Julie vor.

"Psychosomatisch? Was meinst du damit?" fragte ihre Mutter, die nicht sehr neugierig auf die psychologischen Theorien ihrer Tochter war.

"Deine Überlegungen sind geistig, aber sie verursachen dein körperliches Leiden. Ein solcher Zustand wird psychosomatische Störung genannt", sagte Julie.

"Wie kommt das?" fragte ihre Mutter.

"Du warst schon vor deiner Heirat auf der Erde verheiratet", erklärte Julie ihrer Mutter.

"Aber woher willst du wissen, was mit mir passiert ist, noch bevor du geboren wurdest? Ich kann dein sinnloses Geplapper nicht glauben. Deine Aussage hört sich an, als hättest du etwas erlebt, noch bevor du auf die Welt gekommen bist. Wie kann das möglich sein?" fragte ihre Mutter, die die Version ihrer Tochter für eine falsche Interpretation hielt.

Julie brach bei der Antwort ihrer Mutter plötzlich in Gelächter aus. Sie hatte gedacht, dass ihre Mutter genau das sagen würde. "Mutter, bitte hör mir zu. Ich erzähle dir von einigen wissenschaftlichen Theorien der Psychologie, die nicht falsch sein können. Wissenschaftliche Gesetze haben übrigens schon immer in dieser Welt gewirkt, aber das bedeutet nicht, dass ein Mensch, der sie lernt und praktisch anwendet, schon gelebt haben muss, als die Theorien entstanden sind", sagte Julie geduldig.

"Dann schieß los", sagte ihre Mutter.

"Ich spreche von der Ehe, die du ohne dein Wissen geschlossen hast", sagte Julie.

"Was meinst du mit meiner Ehe ohne mein Wissen? Das hört sich verrückt an", erwiderte ihre Mutter eher spöttisch und zeigte damit einmal mehr ihre Ungläubigkeit.

"Diese Ehe, von der ich sprach, war rein mental", erwiderte Julie.

"Was meinst du mit mentaler Ehe?" fragte ihre Mutter in völliger Unkenntnis.

"Nach psychologischen Theorien kann eine Ehe sowohl mental als auch physisch sein", erklärte Julie.

"Du meinst, ein Mensch kann zwei Ehen eingehen: eine mentale Ehe ohne sein Wissen und eine physische Ehe mit vollem Wissen und dem Segen seiner Angehörigen?" fragte ihre Mutter zur Klärung.

"Ja, genau! So war es auch in deinem Fall", sagte Julie.

Julies Aussagen waren für ihre Mutter unglaublich. "Ich versteh' dich nicht. Sag mir etwas Vernünftiges", sagte ihre Mutter.

"Deine Liebe war an Gott gebunden, lange bevor du das heiratsfähige Alter erreicht hast. Deshalb weigerte sich dein Geist, die normale sexuelle Entwicklung zu akzeptieren, die nach Freud oral, anal und genital ist. Dein Sex konnte sich nicht bis zu seinem normalen Endstadium, dem Genitalbereich, entwickeln. Die Entwicklung wurde gehemmt, bevor sie das genitale Stadium erreichen konnte. Hätte dein Geist dieses Endstadium erreicht, hättest du das Problem der Frigidität nicht gehabt", erklärte Julie und fuhr dann fort. "Du hast gesagt, du glaubst voll und ganz an Gott, der dich mit Erleuchtung belohnt hat. Du sagtest, du wolltest in Gott leben und sterben. Diese Ansichten zeigen, dass deine Liebe rein geistig und auf Gott fixiert war und sich weigerte, die normalen Stufen der Entwicklung zu akzeptieren. Und du konntest niemand anderen lieben als Gott. Dann hast du meinen Vater geheiratet. Da dein Geist auf Gott fixiert war, konnte dein Körper nicht auf normale Weise auf deinen Mann reagieren. Das nennt man die berühmte Lust-Schmerz-Theorie von Freud. Es handelt sich um einen Konflikt zwischen den beiden Teilen des Geistes: Ego, der bewusste Teil, und Id, der unbewusste Teil. Anstatt gemeinsam zu arbeiten, sind sie in Ihrem Fall zerstritten. Dieser Zustand wird als mentaler Konflikt aufgrund von Schuldgefühlen bezeichnet. Ihr zivilisierter Verstand erlaubte Ihnen also nicht, die primitiven Gedanken Ihres Unterbewusstseins zu unterhalten: Ihre seltsame und unnatürliche Fixierung auf Gott, die für Ihren zivilisierten Verstand inakzeptabel war. Dann entwickelte Ihr zivilisierter Verstand Schuldgefühle, weil die Art von Liebe, die Sie für Gott empfanden, asozial war und Ihre Gefühle als Sünde unterdrückte.

Und das ist der Grund für deine Frigidität. Und ich kann dir unmissverständlich sagen, dass du mit Gott verheiratet bist, ohne es zu wissen, und deshalb kannst du keinen anderen als deinen Ehemann akzeptieren. Normaler Sex ist ein Phänomen, bei dem Körper und Seele gleichermaßen eine Rolle spielen. Ich meine damit, dass es weder der Körper allein noch der Geist allein ist. Es ist eine perfekte Kombination aus beidem. In deinem Fall ist deine extreme Fixierung und Liebe zu Gott nicht normal. Und deine Aussage "Ich will in Gott leben und sterben" bestätigt das. Das macht Ihren Sex zu etwas rein Psychischem. Es ist eine geistige Verirrung, die korrigiert werden muss. Aber in deiner jetzigen Lebenssituation brauchst du das nicht zu tun", schloss Julie.

Ihre Mutter schwieg. Sie sah nachdenklich aus. "Ich will in Gott leben und sterben", wiederholte ihre Mutter schließlich. Romula spürte, dass das, was ihre Tochter gesagt hatte, mit dem übereinstimmte, was sie von dem anderen Psychologen über ihren Zustand gehört hatte. Sie war noch einige Zeit in ihre Gedanken vertieft. "Könnte unsere Trennung dann nicht das Spiel des Schicksals sein?" fragte sie schließlich und bezog sich dabei auf den Wunsch Gottes.

"Schicksal?" fragte Julie ungläubig. Sie hatte das Gefühl, dass die Fixierung ihrer Mutter auf Gott für sie eine Art Sucht war.

"Ja", behauptete ihre Mutter.

"Was ist das Schicksal deiner Meinung nach?" fragte Julie.

"Man muss nur zu Gott schauen, um eine Antwort zu erhalten", sagte die Mutter.

"Was hat dich dazu veranlasst, mir eine vage Antwort zu geben? Vielleicht Ihr Glaube an die Konformität mit dem Sprichwort "Ehen werden im Himmel geschlossen", als ob jedes menschliche Handeln zu Recht auf Gottes Entscheidung zurückgeführt werden könnte, die oft als Schicksal bezeichnet wird. Glauben Sie also, dass Gott für das Gelingen oder Scheitern einer Ehe verantwortlich ist?" Julie stellte diese bohrende Frage, wohl wissend, dass ihre Frage ihre Mutter in die Irre führen würde.

"Es ist nicht alles so, wie du denkst. Gott ist unverkennbar ein perfektes Wesen, durch und durch perfekt. Also kann er in seinem Denken und Handeln nichts falsch machen", behauptete ihre Mutter.

"Welche Rolle spielt Gott dann für das Gelingen oder Scheitern einer Ehe?" fragte Julie.

"Die Ehe ist der Bund der Menschen mit Gott. Und Gottes Rolle ist die eines Richters, obwohl er Teil des Bundes ist. Aber da Gott eine Supermacht ist, die uns führt, ist sein Wille das, was sich durchsetzt. Wenn also Menschen den Bund nicht einhalten, scheitert ihre Ehe. Und das ist der Wille Gottes", erklärte ihre Mutter.

Aber diese Antwort befriedigte Julies fragenden Geist nicht. Sie wollte mehr Erklärungen von ihrer Mutter. "Was sind dann die Gründe Gottes für das Scheitern einer Ehe?" fragte Julie erneut.

"Der Grund für ein solches Scheitern liegt bei den Menschen. Sie erreichen nicht den von Gott vorherbestimmten Zweck der Ehe", antwortete die Mutter auf eine andere Art.

"Was sind sie dann?" fragte Julie.

"Das Fehlen der Beharrlichkeit dieser Menschen in der Ehe nach Gottes Weg! Sie scheitern bei der Führung der Ehe nach Gottes Willen", erklärte ihre Mutter triumphierend.

Kapitel 14

Julie dachte an den Gesichtsausdruck ihrer Mutter, als sie von der Situation erzählte, in der sie und ihr Mann sich getrennt hatten. Sie zog eine geheime Bilanz ihrer Erkenntnisse: "Der apathische Gesichtsausdruck meiner Mutter war beredt, was mich betrifft. Als Psychologin konnte ich zwischen den Zeilen lesen. Meine Mutter konnte meinen Vater nicht lieben. Deshalb war sie auch so apathisch, als sie die Gründe für die Trennung von meinem Vater schilderte. Hätte sie den Mann geliebt, der ihr den Eheknoten um den Hals gehängt hatte, wäre sie emotional gewesen, als sie darüber sprach. Aber das war sie nicht."

Sie erinnerte sich auch an die apathische Stimmung ihrer Mutter bei einer früheren Gelegenheit, als sie ihrer Mutter ein weggeworfenes Foto ihres Vaters zeigte, als sie noch ein Teenager war. Julie war froh, dass ihre eigene Sicht der Probleme ihrer Mutter und die der Psychologin übereinstimmten. Das gab ihr einen plötzlichen Ansporn, ihre Nachforschungen darüber fortzusetzen, wie Liebe vollzogen werden kann.

Kapitel 15

Julie hatte nur den offensichtlichen Teil von Freuds Version der Psychoanalyse erklärt. Sie wollte ihrer Mutter nicht in die tieferen Details gehen: dass es in der Psychologie etwas gab, das man Vaterfixierung nannte, und dass Romulas Fixierung auf ihren Vater einen symbolischen Übergang zur Fixierung auf eine Vaterfigur, nämlich Gott, vollzogen hatte - also vom Vater zur Vaterfigur. Die seltsamen Wege des Geistes! Deshalb sagte sie oft: "Ich will in Gott leben und sterben". Ihre Mutter hatte sich in eine unbefleckte, treue Ehefrau Gottes verwandelt und war völlig mit ihm verschmolzen. Ihr Geist war ganz Gott gewidmet, und sie tauschte mit Ihm die Schauer der Liebe und des Mitgefühls aus. Und das war ihr Problem; das war der Grund für das Scheitern ihrer Ehe, obwohl sie sich ihrer wahren Lage im Leben nicht bewusst war. Das war Julie klar, aber nicht ihrer Mutter. Sie wusste, dass es das war, was ihre Mutter dazu veranlasste, ihre einzige Tochter über die Liebe und das Mitgefühl Gottes für seine Geschöpfe zu belehren, als ob sie ihr in diesem Leben nichts anderes beizubringen hätte. Dennoch war Julie aufgefallen, dass die Lehren ihrer Mutter über Gottes Liebe und Erbarmen keinen Hinweis auf die Unvermeidlichkeit seiner Liebe, ihre Vollendung und ihre Endgültigkeit enthielten. Für Julie waren die Ansichten ihrer Mutter über die Liebe Gottes ohne die Erwähnung der Vollendung oder der Endgültigkeit nichts weiter als ein unvollendetes Zeitstück, das von einem unbekannten Autor zu einem unbedeutenden Zeitpunkt geschrieben wurde; oder eine traditionelle Geschichte, die sich durch ihr Alter auszeichnet und von Generation zu Generation mit unvermindertem Glauben weitergegeben wurde.

Julie fragte sich, wie und warum diese Geschichte, die aus einer fernen Vergangenheit stammte, deren Wahrheitsgehalt nur auf dem Glauben der Gläubigen beruhte und für die es keine wissenschaftliche Untermauerung gab, die Zeit überdauert hatte, anstatt im Laufe der Jahrhunderte auszusterben. Sie fragte sich, wie es überlebt hatte, ohne seine Glaubwürdigkeit zu verlieren, die von den gläubigen Menschen bewahrt wurde.

Dann wurde ihr klar, dass zwischen dem wissenschaftlichen Lager und den Gläubigen ein lang andauernder, stiller Krieg geführt wurde. Das war neu für sie, aber sie wusste, dass sie und ihre Mutter einen stillen Krieg führten, in dem sie auf der Seite der wissenschaftlichen Wahrheiten und ihre Mutter auf der Seite ihrer beweislosen Überzeugungen stand. Dies brachte sie zu ihrem früheren Punkt in der Auseinandersetzung zurück.

Kapitel 16

Trotz der langen Diskussionen, die Julie mit ihrer Mutter führte, wollte Romula, dass Julie "wie die Mutter, so die Tochter" sei. "Ich träume so oft von dir", sagte ihre Mutter.

"Es ist ganz normal, dass eine Mutter von ihrer Tochter träumt", antwortete Julie beiläufig.

"Aber ich habe große Erwartungen an dich, du sollst gottesfürchtig sein. Als deine Mutter möchte ich meinen Teil dazu beitragen, dass du Gott liebst und ein tugendhaftes Leben führst." Romula drückte damit die traditionellen Wünsche für ihre Tochter aus.

Aber Julie hatte eine andere Sichtweise, die auf ihren eigenen Erfahrungen und ihrem psychologischen Wissen beruhte. Der Ansatz ihrer Mutter beruhte auf ihrem Glauben an gottgegebene Tugenden, während Julies Ansatz der Logik folgte, dass die instinktiven Eigenschaften des Menschen angeboren sind, die niemand leugnen, ignorieren oder verhindern kann.

"Die instinktiven Eigenschaften des Menschen sind real", argumentierte Julie. "Sie sind in dem Moment entstanden, als Gott uns das Leben eingehaucht hat. Das Konzept der Tugenden ist ein späteres Vermächtnis Gottes durch die Zehn Gebote, sagen die

Gläubigen. Aber für mich kamen die Tugenden später, als menschliche Errungenschaften, um ein kultiviertes und zivilisiertes gesellschaftliches Leben zu gewährleisten."

"Aber ob sie später kamen oder nicht, ist nicht die Frage. Es geht darum, inwieweit wir an diesen Tugenden festhalten und ihnen folgen können", argumentierte ihre Mutter.

"Aber die so genannte Kultur und Zivilisation sind ein Rahmen, ein Kontext für die grundlegenden instinktiven Eigenschaften und Gedanken des menschlichen Geistes", erwiderte Julie. "Diese können nicht durch menschliche Bemühungen beseitigt werden. Sie überleben unter der Maske einer Reihe von Werten und Tugenden, die spätere, kulturelle Errungenschaften sind. Immer, wenn es die Situation erfordert, kommen diese angeborenen Eigenschaften wieder zum Vorschein. Ihre kulturellen Tugenden sind nicht in der Lage, unsere instinktiven Eigenschaften zu kontrollieren."

"Ich kann die Argumentation hinter Ihrer Logik nicht verstehen. Bitte erläutern Sie Ihren Standpunkt", antwortete ihre Mutter.

"Gott hat uns nicht als tugendhafte Menschen geschaffen, sondern als primitive Menschen mit all unseren wilden Instinkten", sagte Julie.

"Aber Gott hat uns die Zehn Gebote für ein tugendhaftes Leben gegeben", argumentierte Romula.

"Aber du siehst doch, dass wir uns nicht verändert haben, trotz der so genannten Zehn Gebote für ein tugendhaftes Leben, die Gott uns gegeben hat. Die Zehn Gebote haben es nicht geschafft, unsere instinktiven, wilden Tendenzen zu ändern. Genauso verhält es sich mit all unseren gottgegebenen, instinktiven Emotionen, die durch menschliche Bemühungen niemals verändert werden können. Es war schon immer ein Kampf zwischen unseren instinktiven, primitiven Eigenschaften und unseren erworbenen tugendhaften Eigenschaften, und unsere instinktiven Eigenschaften haben immer gewonnen. Sie bleiben hinter der Fassade unserer kulturellen Anmaßungen unverändert, auch wenn wir behaupten, tugendhaft zu sein. Deshalb habe ich gesagt, dass die kultivierte und zivilisierte Form der modernen Gesellschaft nur ein Vorwand für soziales Wohlergehen ist, aber es ist eine Maske, hinter der sich der wahre Mensch mit all seinen instinktiven, wilden Eigenschaften versteckt und ab und zu zum Vorschein kommt. Und das ist der Grund, warum unsere tugendhaften Eigenschaften oft versagen. Und das ist der Grund, warum die moderne Welt allmählich so gewalttätig wird, trotz der Kodizes von Moral und Tugenden", so Julie.

Trotz der Lehren ihrer Mutter über die göttliche, ätherische Liebe Gottes erinnert sich Julie an die jugendlichen Regungen ihres Geistes. Damals erkannte sie, dass die Annahme tugendhafter Eigenschaften zu unserem Wohlbefinden nicht in der Lage war, unsere instinktiven Eigenschaften und Gefühle zu überdecken. Sie wagte es, ihrer Mutter von ihren Jugenderfahrungen zu erzählen.

"Als ich ein Teenager wurde, war mein Geist von starken Gefühlen der Fantasie erfüllt, und das führte dazu, dass ich die Menschen in einer interessanteren Form sah, als sie wirklich waren. Mein Geist war voll von romantischen Träumen und Gefühlen. Der Lauf der Zeit konnte die Knospen dieser Gefühle in meinem Kopf nie verwelken lassen. Sie blühten zu vollwertigen Blumen auf und verbreiteten den berauschenden Duft der Teenagerliebe. Ich erkannte, dass mein Geist ein wahres Ferment starker Emotionen war, das empfindlich und leicht zu erregen war", verriet Julie.

Für Julie waren die Worte "ein wahres Ferment starker Gefühle" die emotionale Definition der sinnlichen Liebe, ohne deren Vollendung oder Endgültigkeit. Aber die folgende Präzisierung, "die empfänglich und leicht zu erregen war", bedeutete den Drang, der zu einem unvermeidlichen Ereignis führen würde - der endgültigen Vollendung der Liebe -, die Julie eifrig anstrebte. Dies widersprach jedoch den Ansichten und Lehren ihrer Mutter, obwohl Julie die Ansichten ihrer Mutter über die geistige, göttliche Liebe Gottes nicht teilte.

Als sie ihre Teenagerjahre erreichte, fantasierte sie oft, manchmal sogar mit Gedanken an göttliche Liebe. Sie wusste, warum solche Gedanken manchmal unaufgefordert in ihrem Kopf herumspukten: Es war der Einfluss der spirituellen Lehren ihrer Mutter. Sie war eine Gefangene der Glaubensvorstellungen ihrer Mutter, die eine Gefängnismauer um sie herum errichtete. Aber ihre Mutter konnte ihren Geist nicht vollständig mit spirituellen Gedanken einsperren. Sie blitzten nur in ihrem rationalen Verstand auf, um kurz darauf wieder zu verschwinden. Mit ihrem Gespür für Logik und psychologisches Denken konnte sie die spirituellen Lehren ihrer Mutter nicht verinnerlichen. Meistens tat sie so, als würde sie die Lehren ihrer Mutter annehmen. Ihr Theater diente dazu, ihre Mutter bei Laune zu halten. Es war fast so, als wolle sie ihrer Mutter den Schmerz zurückzahlen, den sie bei ihrer Erziehung in ihrer schwierigen Kindheit erlitten hatte. Aber der Gedanke, dass sie nur ihre Mutter hatte, die sie liebte, machte sie auch mitfühlend. Dennoch war sie nicht bereit, ihr psychologisches Wissen den auf unbegründeten Überzeugungen beruhenden Ansichten ihrer Mutter zu opfern.

Julies Plan, den Barden zu treffen, um die Fragen ihrer Forschung zu lösen, war trotz der gegenteiligen Ansichten ihrer Mutter immer noch lebendig in ihrem Kopf. Bevor sie sich auf den Weg machte, um ihn zu treffen, führte Julie weitere Gespräche mit ihrer Mutter, in denen sie sich dagegen aussprach, dass Julie den Rat des Barden in Anspruch nahm. Sie vertrat die Ansicht, dass man sich in erster Linie an Gottes Lehren halten sollte, während das Wissen des Barden dem Gottes unterlegen sein müsse.

"Aber Mutter, in all deinen Ansichten ist von der Vollendung der Liebe keine Rede. Was hast du also hinzuzufügen, abgesehen von deiner oft wiederholten Antwort, dass das Endziel der Liebe schließlich die Verschmelzung mit Gott ist?" fragte Julie noch einmal.

"Das menschliche Leben geht von Gott aus und verschmilzt schließlich mit Gott. Ebenso verschmilzt die Liebe, die von Gott ausgeht, schließlich mit Gott", wiederholte ihre Mutter, als ob sie eine logische Erklärung hätte.

Kapitel 17

An der Universität von Lissabon lernte Julie Clement kennen, einen Kommilitonen von ihr. Als sie sich auf den Weg machte, die ultimative Basis der ätherischen, göttlichen Liebe zu erforschen, dachte sie, dass Clement ihr bei der Suche helfen könnte, da er ein brillanter Student mit originellen Gedanken war. Wann immer ihr Professor sich mit ihren Klassen beschäftigte, war Clements Engagement für das Thema total. Er hatte Zweifel und stellte Fragen, die die Professoren dazu brachten, sich mit dem, was sie lehrten, auseinanderzusetzen. Wenn sich die Studenten wirklich für das Fach interessierten, engagierten sich auch die Professoren stärker. Aus diesem Grund suchte Julie die Hilfe von Clement, in der Hoffnung, dass er ihr die Recherche erleichtern würde. Sie wollte seine Ansichten darüber erfahren, was göttliche oder ätherische Liebe ist und welches Ziel sie letztlich verfolgt.

Um ihn in das Thema ihrer Suche einzuführen, schmiedete sie einen Plan. In den Ferien ging sie mit ihm zum Bach. Bei einer solchen Gelegenheit erzählte sie ihm beiläufig, dass der Bach sie gelehrt habe, was wahre Liebe sei. Er sah sie an und lächelte schief. Sie dachte, es sei ein Lächeln, das entweder Unwissenheit oder mangelndes Interesse an dem Thema ausdrückte.

Bei einer anderen Gelegenheit fragte sie ihn erneut, was wahre Liebe sei.

"Wahre Liebe ist gegenseitiges Vertrauen, gegenseitiger Glaube, gegenseitiger Austausch von Herzen, gegenseitige Sehnsucht nach Zweisamkeit und die zärtlichen Gefühle des Geistes füreinander", antwortete Clement etwas unbeholfen. Er befürchtete, dass seine Erklärung der Liebe seine Unwissenheit offenbaren würde, denn er war in einer lieblosen Familie aufgewachsen und das Thema war für ihn ein trockenes. Er hatte seine Eltern nie gesehen. Er war praktisch ein Waisenkind und lebte bei seiner Tante väterlicherseits. Selbst von ihr bekam er keine Zuneigung oder Liebe. Das lag nicht daran, dass sie ihn nicht liebte. Die lieblose Atmosphäre zu Hause war weder von der Tante noch von dem Kind beabsichtigt. Es war einfach ihre Art zu leben. Clement wurde von einem Kindermädchen aufgezogen, das von seiner Tante angestellt war, was ihn zu einem einsamen Jungen machte. Das Kindermädchen kümmerte sich um ihn, aber ihr fehlte die Wärme der mütterlichen Liebe, als das Kind sie dringend brauchte. Sie erfüllte ihre Pflicht nur oberflächlich. Seine Tante war sehr beschäftigt. Sie ging abends aus dem Haus und kam morgens zurück. Tagsüber schlief sie nur und wachte ab und zu auf, um zu essen.

Julie fand seine Antwort wirklich enttäuschend. Sie hatte das Gefühl, dass er nur eine Weisheit über die Liebe zitierte, ohne zu wissen, was wahre Liebe ist. Das kam ihrer Vorstellung von Liebe bei weitem nicht nahe. Sie verstand darunter nicht nur den Verlauf, sondern auch die endgültige Konjugation. Wenn ihr jemand sagte, dass "so und so verliebt sind", nahm sie an, dass die beiden eine feste Beziehung führten. Diese Aussage hat sie nie gereizt, weil sie keinen Hinweis auf die Vollendung ihrer Beziehung enthielt. Um vollzogen zu werden, muss die Liebe eine Endgültigkeit haben, und das war ihr Forschungsgegenstand. Was Clement sagte, enthielt keinen Hinweis auf ihre Vollendung.

Vielleicht war ihre Frage zu allgemein formuliert. Sie wollte eine konkrete Antwort über die göttliche Liebe, also formulierte sie die Frage etwas konkreter: "Was ist deiner Meinung nach göttliche Liebe?" Julie fragte erneut.

"Es ist die Liebe, die Gott auf uns herabregnen lässt", antwortete Clement.

Julie konnte mit seiner Antwort nicht einverstanden sein. Sie fand die Antwort ziemlich unbefriedigend, da sie die Rolle der Empfänger nicht berücksichtigte. Für die von ihr favorisierte Antwort auf ihre letzte Frage sollte die Liebe erwidert werden, während in Clements Antwort jeder Hinweis auf die Erwiderung der Liebe fehlte. Die Liebe erreicht ihren Höhepunkt nur, wenn sie erwidert wird. Clements Antwort passte also nicht zu ihr. Also stellt sie ihre Frage anders und geht von der alltäglichen Liebe aus. "Was ist Ihrer Meinung nach der höchste Punkt der Liebe? Wie kann sie vollendet werden?" fragte Julie.

Clement lächelte ausdruckslos und wagte es dann, zu antworten: "Wenn ein Junge und ein Mädchen sich treffen, wird aus ihrer Zuneigung manchmal Liebe, und es geht zwischen ihnen los. Diese Zuneigung und Liebe ist der ultimative Punkt ihrer Begegnung - die Geburt der Liebe zwischen ihnen", antwortete Clement.

Julie hatte das Gefühl, dass seine Antwort nicht annähernd dem entsprach, was sie eigentlich herausfinden wollte. "Haben Sie eine solche Erfahrung gemacht?" fragte Julie neugierig.

"Nein", sagte er mit einem schiefen Lächeln. Dann hielt er inne und war in Gedanken versunken.

Julie wollte herausfinden, ob er etwas verheimlichte oder die Wahrheit sagte. Also formulierte sie ihre Frage auf eine andere Weise. "Hat dich eines der Mädchen, die du getroffen hast, angezogen?" fragte sie forschend.

"Mädchen sind immer attraktiv, genauso wie Jungs", antwortete er beiläufig.

"Oh, du verstehst es nicht", erwiderte Julie, frustriert, als sie feststellte, dass ihre Frage wieder nicht ihren Zweck erfüllt hatte. Vielleicht sollte sie die Frage anders formulieren. Sie wollte eine Frage über die erste Ursache oder das erste Stadium der Liebe stellen - die erste Begegnung zwischen einem Jungen und einem Mädchen. Dann nach dem Ergebnis, der zweiten Phase, der wachsenden Freundschaft. Schließlich wollte sie nach der wahrscheinlichen Möglichkeit der

Freundschaft fragen (die eintreten kann oder auch nicht), die in der vollwertigen Liebe gipfelt. Also fragte sie in einem weiteren Schritt: "Was ist das Ergebnis, wenn sich ein Junge und ein Mädchen treffen?"

"Natürlich wird daraus eine Freundschaft", antwortete Clement.

"Was könnte dann die wahrscheinliche Folge einer solchen Freundschaft sein?" Julie fragte: "Die Freundschaft könnte in Liebe gipfeln oder auch nicht", antwortete Clement.

Aber sie wusste, dass seine Antwort nicht genau das war, was sie hören wollte, denn die Antwort auf ihre letzte Frage fehlte erneut in seiner Antwort. Aber es war, als würde sie ihn durch die Sequenz führen, die aus der Begegnung eines Jungen und eines Mädchens besteht, durch das Ergebnis der Freundschaft, und dann durch die Freundschaft in die Möglichkeit ihres Endpunktes, der gegenseitigen Liebe. Aber Julie konnte ihn nicht dazu bringen, die ultimative Antwort zu geben, die sie wollte, also beschloss sie, analytischer vorzugehen.

"Was ist Freundschaft?" fragte sie, als ob sie eine erste Definition von Clement haben wollte.

"Freundschaft ist lediglich eine Beziehung des guten Willens zwischen Menschen", antwortete Clement.

Seine Antwort gab keinen Hinweis auf weitere Fragen, die sie stellen konnte. Er bemerkte Julies Enttäuschung auch nach dieser weiteren Klarstellung. Er wurde ängstlich, denn er wollte nicht, dass Julie ihn für unwissend hielt. Er konnte sich vorstellen, dass sie von ihm ablassen würde, wenn er mit solchen Antworten weitermachte, was ihn verärgerte.

Kapitel 18

Als normaler junger Mann in seinen Zwanzigern hätte sich Clement mit Freundschaft, Romantik usw. gut auskennen müssen. Aber seine Antworten ließen Julie vermuten, dass ihm die romantischen Regungen der Jugend fehlen mussten. Dieser Teil seines Geistes schien gefühllos zu sein. Seine Gelehrsamkeit und sein originelles Denken sowie seine aktive Teilnahme am Psychologieunterricht hatten Julie ein anderes Bild von ihm vermittelt. Aber wenn es um Freundschaft und Liebe ging, wirkte er gleichgültig, was sie überraschte. Clement hingegen konnte sehen, dass Julie immer mehr Fragen über seine Einstellung stellen wollte. Er wusste, dass sie nicht aufhören würde, ihm solche Fragen zu stellen, wenn er bedenkt, wie sie angefangen hatte. Also wollte er sie so schnell wie möglich abwimmeln.

"Was ist denn deiner Meinung nach wahre Freundschaft?" fragte Clement hastig. Er wollte aus der Situation herauskommen, in der er von Julie mit so vielen Fragen bombardiert wurde.

"Wahre Freundschaft ist das, was wir zwischen Menschen und der Natur sehen", sagte Julie, als ob ihre Frage nicht eine oberflächliche Frage nach

Freundschaft im Allgemeinen wäre, sondern ein tiefes Bewusstsein für wahre Freundschaft, Liebe und Romantik und vor allem für deren Endgültigkeit hätte. Sie wollte ihm eine konkrete Antwort auf ihre Frage entlocken.

"Es tut mir leid, ich verstehe Sie nicht richtig", sagte Clement und wich ihrer Frage aus.

"Ich habe dich gefragt, was wahre Freundschaft ist. Weil ich wollte, dass Sie verstehen, was ich Ihnen entlocken wollte. Ich habe dir die einleitenden Fragen gestellt, in der Hoffnung, dass du meine anschließenden Fragen leicht verstehen würdest. Dann würdest du richtig verstehen, was ich von dir erfahren wollte". erklärte Julie.

"Nun, ich denke, es ist besser, wenn du mir einfach die Antwort sagst, die du von mir willst", sagte Clement, um sich nicht den Kopf zerbrechen zu müssen.

"Es ist wahr, dass Liebe aus wahrer Freundschaft erwächst. Und das ist es, was ich als erste Antwort von dir wollte", antwortete Julie und stimmte Clements Meinung zu.

"Gut, dass wir das los sind!" dachte Clement, jetzt, da Julie selbst die Antwort gegeben hatte. Er wollte, dass sie weiterredete, damit er ihren spitzen Fragen entgehen konnte.

"Ja, schießen Sie los", sagte Clement und wartete darauf, dass sie sprach.

"Ich möchte Ihnen sagen, dass Ihre Antworten meinen Fragen nicht weiterhelfen. Ihr Geschwafel ist nichts weiter als vager Unsinn, verpackt in ein nutzloses Durcheinander von Worten, die nichts Sinnvolles aussagen. Ich habe das Gefühl, dass Ihre Antworten auf meine Fragen unvollständig sind, als ob Sie auf halbem Weg in Ihrem Denken oder Ihren Erfahrungen stehen geblieben sind. Du musst sie zu Ende denken, denn der entscheidende Teil fehlt offensichtlich", drückte Julie ihre Frustration mit Nachdruck aus.

"Dann lass mich dir etwas sagen: Du und ich sind unterschiedliche Menschen, also werden wir nicht identisch reagieren. Warum sprichst du nicht einfach, und ich werde mich einmischen, wann und wo immer ich das Gefühl habe, dass eine Änderung nötig ist", sagte Clement gereizt.

Das war seine Taktik, um ihn davor zu bewahren, seine Unwissenheit zu zeigen. Er wusste, dass dies nicht sein Fachgebiet war. Aber Julie konnte seine Gedanken lesen und beschloss, Clement nicht dazu zu bringen, seine Unwissenheit zu zeigen. Sie war der Meinung, dass eine solche Situation beschämend wäre, also wollte sie sie auch vermeiden.

"Deinen Antworten fehlt es an menschlicher Anziehungskraft. Wahre Freundschaft ist das, was wir zwischen den Menschen und der Natur sehen. Und schließlich ist wahre Liebe das, was wir von der Natur aufnehmen und was die Natur von uns aufnimmt", erklärte Julie in einem romantischen Tonfall und hielt ihre Fragen über die ultimative göttliche Liebe bereit.

"Woher hast du diese Idee?" fragte Clement, der nicht in der Lage war, Liebe und Natur miteinander zu verbinden. "Das hat mich der Bach gelehrt, und so funktioniert es", behauptete Julie.

"Fahren Sie fort", sagte Clement ermutigend. Die Antwort von Julie klang für ihn ziemlich bizarr. Aber zumindest löste sie in ihm eine gewisse Überraschung aus, und das machte ihn neugierig. Er war fast begierig, mehr von Julie zu erfahren.

"Ich weiß, dass du Liebe und Natur nicht miteinander verbinden kannst. Ich weiß, warum du die Beziehung zwischen ihnen nicht sehen kannst", sagte Julie.

"Warum ist das so?" fragte Clement und wartete auf ihre Antwort.

"Du scheinst die Liebe als ein menschliches Gefühl zu betrachten, während die Natur deiner Meinung nach unbelebt ist. Es ist also nur natürlich, dass du so denkst", antwortete Julie.

"Ja, da hast du recht!" gab Clement zu.

"Du willst also, dass ich dir sage, was es mit dem Konzept der wahren Liebe auf sich hat", sagte Julie selbstbewusst.

"Sagen Sie es mir", antwortete Clement und lud zu einer perfekten Erklärung ein.

"Das Konzept der wahren Liebe ist untrennbar mit der Natur verbunden. Die Natur ist keine tote Ente, wie du vielleicht denkst. Wahre Liebe ist die Verschmelzung des Gefühls der Liebe mit all den erhabenen und schönen Facetten der Natur. Die Natur, so sehen wir, ist ein umfassendes Ganzes mit vielfältigen, lebendigen Aspekten, die ihr eigen sind. Aber die Liebe braucht, um vollkommen zu sein, etwas mehr; und das ist der Punkt, über den ich forsche", antwortete Julie mit einiger Autorität.

"Erklären Sie das bitte", antwortete Clement.

"Alles in der Natur spielt eine Rolle in dem Konzept der wahren Liebe. Folglich spielt alles in der Natur auch im menschlichen Leben eine Rolle", erklärte Julie.

"Aber ich brauche eine weitere Erklärung von dir", protestierte Clement. "Du hast schon gesagt, was wahre Liebe ist, aber du musst noch analytischer erklären, wie die Natur daran beteiligt ist, der Liebe ihre wahre Bedeutung zu geben."

"Zunächst einmal musst du verstehen, dass wahre Liebe jenseits von Worten liegt", antwortete Julie. "Was die Liebe der Natur zu den Menschen betrifft, so müssen wir die Zeichen der Natur für die wahre Liebe beobachten und ihre wahre Bedeutung deuten. Wir müssen lernen, diese Zeichen zu beobachten. Dann können wir die Sprache der Natur verstehen und begreifen, wie wortgewandt die Natur ihre Liebe zu uns erklärt, wie besitzergreifend sie für uns ist! Aber du bist nicht der Typ, der beobachtet", warf sie ihm vor.

"Aber darüber brauchst du dir keine Sorgen zu machen", antwortete Clement mit einer gewissen Sicherheit. "Es stimmt, ich bin nicht so aufmerksam wie du, aber jetzt bin ich gut darauf eingestellt, von dir zu lernen, also gibt es kein Problem."

"Wahre Liebe ist weder Glück allein, noch Trauer allein, sondern eine Mischung aus beidem. Wenn die Liebe wahr ist, trennt sich das Paar nicht ohne Weiteres. Sie ertragen das Gute und das Schlechte mit Gleichmut. Der Weg zur wahren Liebe ist mit Stolpersteinen übersät; wie Shakespeare sagte, "der Lauf der wahren Liebe war nie glatt". Die wahre Liebe ist wie eine rote, rote Rose; man muss die Dornen überwinden, wenn man sie zu seiner eigenen machen will. Ich werde ein Beispiel aus der Natur anführen, um zu zeigen, dass die Natur Teil unserer romantischen Veranlagung ist", sagte Julie und bereitete sich darauf vor, ihren Standpunkt zu verdeutlichen: "Welche zwei Dinge in der Natur riechen am meisten nach Liebe?" fragte Julie.

"Tut mir leid, ich weiß es nicht", antwortete Clement und wartete darauf, dass Julie ihn aufklärte.

Sie stürzte sich mit ihrer Antwort darauf. "Es sind die Blumen und die Schmetterlinge. Die Blumen sind ein Symbol für die Träume der Menschen, denn Blumen blühen jeden Tag aufs Neue, genau wie die Träume. Wie frische Blumen werden auch die Träume der Liebenden jeden Tag aufs Neue mit neuen Hoffnungen gefüllt. Schmetterlinge sind ein Symbol für die Fantasien der Liebenden, die wie Schmetterlinge hoch aufsteigen. Die Liebenden streben danach, den Nektar ihrer Liebe zu genießen, und das tun auch die Schmetterlinge. Träume und

Fantasien sind vielleicht die beiden Räder, auf denen sich der Wagen der Liebenden vorwärts bewegt. Diese schönen Dinge sind ein Geschenk der Natur an uns, damit wir sie genießen. Und diese Geste der Natur ist ihre Liebe zu uns, die uns unmissverständlich ihre Liebe zu uns offenbart. Die Natur zwingt die Dichter dazu, romantische Verse zu rezitieren, und so wird die romantische Dichtung durch unsere Liebe zur Natur geboren. Und was zeigt das? Es ist der Beweis für die gegenseitige Liebe zwischen Mensch und Natur. Die Liebe der Natur zu uns ist in ihrer landschaftlichen Pracht enthalten, und unsere Liebe nimmt im Gegenzug die Form romantischer Gedichte an. Man denke nur an die verführerische Schönheit dieser Menge, dieser Heerschar goldener Blumen, die Wordsworth dazu brachte, sie "anzustarren und zu bestaunen" und dabei sich selbst und seine Umgebung zu vergessen. Wo wären wir ohne "Narzissen", schloss Julie triumphierend.

"Und was ist dann mit dem Himmel, der Sonne, dem Mond und den Sternen, den Hügeln, den Tälern, den wogenden Wellen im Meer?" erwiderte Clement.

"Ich komme zu ihnen", antwortete Julie.

"Dann geh doch", sagte Clement, der wusste, dass er ein wenig voreilig war.

"Wenn du zuhörst, kannst du die liebevollen Worte der Natur durch den pfeifenden Wind hören, du kannst ihr liebevolles Lächeln durch die vorbeiziehenden Wolken sehen. Der Prozess setzt sich fort, als wolle er dir sagen, dass die liebevollen Worte der Natur und ihr

Lächeln immerwährend sind. Das Ticken der Momente ist ein Symbol für die Herzschläge der Liebe der Natur zu uns. Die Sonne geht im Osten auf, um die Erde zu erhellen und zu erwärmen und um die Eleganz der schneebedeckten Berge zu enthüllen. Wenn die Sonne untergeht, erhellt die Natur unser Gemüt mit dem bleichen Glanz des Mondes und dem harten Glanz der Sterne. Dann tauchen die verschiedenen Jahreszeiten auf und zeigen ihre eigenen Besonderheiten, die uns die Botschaft vermitteln, dass nicht die Jahreszeiten selbst, sondern der Wechsel der Jahreszeiten uns glücklich macht. Dies ist eine symbolische Lektion für uns, dass es der Wechsel der Jahreszeiten ist, der unsere Liebe auffrischt, der unsere Liebe wachsen lässt, der unsere Liebe unvergänglich macht. Dies ist die Liebesbotschaft der Natur an uns, denn die Natur kennt unser Temperament; sie weiß, dass wir die Monotonie nicht ertragen können, wenn die Jahreszeiten nicht wechseln. All diese Naturphänomene sind zu unserem Wohlbefinden. Natur und Mensch befinden sich in gegenseitiger Harmonie. Der Grund für diese Harmonie ist die gegenseitige Besitzergreifung von Mensch und Natur.

"Mach weiter." Clement genoss dies.

"Sehen Sie sich die Sonnenblume an: Ihr sinnlicher Glanz weckt sinnliche Vorstellungen in unserem Geist. Sie lehrt uns das verlockende, lebendige Garn ihrer ewigen Romanze mit der Sonne. Sie erhält ihre Energie von der Sonne; ihr betörendes Leuchten kommt von der Sonne und verdoppelt ihre Schönheit. Ihre Liebe ist ansteckend; sie strahlt ihre Liebeskraft auf die Menschen aus und hält uns fröhlich und romantisch. Er folgt der Sonne und hält sein Gesicht der Sonne zugewandt, auch wenn sich die Erde auf ihrer Bahn bewegt. Was zeigt sie uns anderes als die Wahrheit der gegenseitigen Verschmelzung der wahren Liebe? Die Sonne und die Sonnenblume sind füreinander geschaffen. Sie lieben sich gegenseitig. Ihre Liebe verschmilzt auf ewig. Sagt uns ein solches Naturphänomen nicht genug, um Bände über wahre Liebe und Romantik zu schreiben? Sind sie nicht eine Einladung der Natur an uns, aus dem umfangreichen Buch der Natur zu lernen, was wahre Liebe ist? Das Buch der Natur liegt immer offen vor uns. Es ist nicht zum Lesen da, sondern zum Beobachten. Was zeigt uns das? Es lehrt uns, achtsam zu sein. Es lehrt uns das Konzept von Geben und Nehmen. Es lehrt uns Toleranz. Es lehrt uns das Konzept des Opfers. Durch all dies vermittelt es uns die Botschaft der wahren, ewigen Liebe. Sie lehrt uns, dass wir nur dann tolerant und opferbereit sind, wenn die Liebe wahrhaftig ist", erläuterte Julie.

Sie fuhr fort: "Ich hoffe, du erinnerst dich daran, was ich dir darüber erzählt habe, was der Bach mich gelehrt hat. Die Emotion der Liebe gibt uns zusätzliche Energie, sie hebt unseren Geist, er schwebt hoch und hält seine romantischen Gedanken und Visionen aufrecht. Wenn wir die Natur betrachten, füllt sich unser Geist mit Romantik. Entweder wecken die erhabenen und verführerischen Eigenschaften der Natur das Gefühl der Liebe in uns, oder sie laden uns ein, von ihr die Grundlagen der wahren Liebe zu lernen. Aber oft sind wir nicht aufmerksam genug. All diese romantischen Besonderheiten der Natur - die Himmelskörper am Himmel, die Hügel, die Winde, die den berauschenden Duft der Blumen aus den fernen Tälern bringen, das rauschende Wasser der Flüsse und Bäche, die Bäume und Pflanzen in den verschiedensten Formen, die die herrlichsten Blumen in unzähligen Farben hervorbringen und in uns die Regungen der Liebe wecken - sie lieben sich auch", schloss Julie mit einem Hochgefühl.

Kapitel 19

Clement schaute sie die ganze Zeit über verwundert an.

Als Julie beschrieb, wie all die erhabenen und schönen Eigenschaften der Natur in uns das Gefühl der Liebe hervorrufen, konnte er nicht verstehen, was sie mit dem letzten Teil meinte, "sie lieben sich auch", und er bat Julie um eine Erklärung zu diesem Teil.

"Was ich meine, ist, dass all diese Besonderheiten, die in uns das Gefühl der Liebe gegenüber der Natur wecken können, auch eine gegenseitige Liebe zwischen ihnen ist", erklärte Julie.

Clement konnte ihren Erklärungen gerade noch folgen. Es bedeutete, dass das, was Julie ihm sagte, nicht völlig abstrus war. Er erinnerte sich an das, was er Julie am Anfang gesagt hatte, nämlich dass er sich einmischen würde, wenn ihre Erklärung einer weiteren Klärung bedürfte. Julies Klarstellung weckte sein Interesse an dem, was sie ihm erzählte. Seit ihrer Klarstellung war sie von ihrem Exkurs wieder auf dem richtigen Weg.

"Warum ist Apollo von Daphne, seiner einstigen Liebe, weggeflogen? Othellos Liebe zu Desdemona war nicht echt; er zweifelte an ihrer Treue..." Julie zitiert diese Beispiele für gescheiterte Liebe.

"Es scheint, dass du vom Thema abschweifst", schaltete sich Clement ein. "Warum zitierst du diese Geschichten? Sie dienen nicht dem Zweck unserer Diskussion."

"Was immer ich hier sage, hat einen Zweck. Sie sind auch sehr kontextbezogen und relevant", beharrte Julie.

"Dann sagen Sie mir, welche Bedeutung all diese Geschichten in diesem Zusammenhang haben?" fragte Clement.

"Sie haben in diesem Zusammenhang eine große Bedeutung. Hast du verfolgt, wovon ich dir erzählt habe?" Julie stellte eine Gegenfrage. Aber die Frage ließ Clement nach einer Antwort suchen. "Weißt du noch, wovon ich dir erzählt habe?" wiederholte Julie und spürte Clements Verwirrung. Dann, ohne seine Antwort abzuwarten, konterte Julie selbst: "Habe ich dir nicht erzählt, wie der Bach mich gelehrt hat, was wahre Liebe ist?"

"Ja, das stimmt", gab Clement zu.

"Und was hat das zu bedeuten?" fragte Julie erneut.

"Wahre Liebe ist das, was der Bach dich gelehrt hat", antwortete Clement.

"Warum habe ich dann die Geschichten von Apollo-Daphne, Othello-Desdemona und so weiter zitiert?" fragte Julie.

"Vielleicht, um darauf hinzuweisen, dass ihre Liebesgeschichten, obwohl sie legendär sind, nicht wahr sind", antwortete Clement.

"Da hast du recht! Es ging darum, dir zu zeigen, wie wahre Liebe aussieht und wie unehrliche Liebe aussieht. Apollo und Othello sind kläglich gescheitert, weil ihre Liebe nicht echt war", erklärte Julie in der Hoffnung, dass ihre Erklärung Clement ein gründliches Verständnis und Wissen über die Feinheiten der wahren Liebe vermitteln würde. Sie fuhr fort: "Einige haben versucht, eine plausible Erklärung für die wahre Liebe zu finden. Sie ist, wenn das Herz so groß wie die Welt wird und die Welt so klein wie ein Herz. Was hast du nun zu dieser Definition zu sagen?" fragte Julie. Sie wollte, dass Clement sich mehr an dem beteiligte, was sie ihm erklärte, um ihm zu verdeutlichen, was wahre Liebe war.

"Es tut mir leid, aber ich bin auf diesem Gebiet nicht so bewandert wie du, also ist es besser, wenn du es mir sagst", gab Clement zu.

"Diese Definition ist gut für Dichter mit hochfliegenden Phantasien. Aber sie ist nicht funktional. Diese Definition vermittelte ein trockenes, oberflächliches Gefühl der Liebe; sie war frei von der Essenz der wahren Liebe. Sie hat nicht den Hauch des Erhabenen und die lebenswichtigen Merkmale der wahren Liebe, so dass sie nicht realistisch ist.

Erinnern Sie sich, was ich Ihnen vorhin über das Scheitern der Liebe gesagt habe? Jedes Scheitern ist eine Lektion. Und was lernt man aus dem Scheitern der Liebe?" fragte Julie, als wolle sie ihn daran erinnern, was sie ihm über das Scheitern der Liebe gesagt hatte. Die Frage war für sie von Bedeutung, ebenso wie die Antwort, die sie Clement bei einer früheren Gelegenheit gegeben hatte. Jetzt wollte sie ihm die Antwort vor Augen führen. Also wartete sie.

Clement war nachdenklich. "Es tut mir leid, ich erinnere mich nicht, bitte sagen Sie es mir noch einmal", flehte er.

"Unaufrichtige Liebe oder unwahre Liebe scheitert, wenn sie auf halbem Weg durch einen vorzeitigen Tod gestoppt wird", sagte Julie, als wolle sie Clement einen Hinweis geben, sich zu erinnern. Sie wartete ab, ob er sich an die Antwort erinnern konnte, aber er konnte es nicht.

"Und was nun?" wagte Clement zu fragen.

"Ich werde es dir sagen. Wie die göttliche Liebe erreicht auch die unaufrichtige oder unwahre Liebe nicht ihre Endgültigkeit. Sie erreicht nicht ihre Vollendung. Ich hoffe, du erinnerst dich wenigstens an das Ziel meiner Forschung: herauszufinden, wie die Vollendung der göttlichen Liebe zustande kommt", sagte Julie schließlich in einem eindringlichen Ton. Sie spürte, dass ihre wortgewandte Analyse der göttlichen Liebe und der unaufrichtigen Liebe bei Clement nicht gut ankam, und sie war traurig. Aber sie hatte die

Ausdauer und die Beharrlichkeit, weiterzumachen und ihr Ziel ganz allein zu erreichen.

Auch Clemens schämte sich, dass er ihre Frage nicht beantworten konnte. Um diese Situation zu vermeiden, hatte er Julie anfangs dazu gebracht, ihre eigenen Fragen zu beantworten. Aber dieses Mal klappte es nicht. Also wollte er wieder auf Nummer sicher gehen und stellte Fragen, um Julie abzulenken. "Wo und wie kann man dann die wahre Liebe finden?" fragte Clement erneut.

"Wirkliche oder wahre Liebe kann man nur erfahren. Stell dir vor, du siehst eine Frucht. Du kannst nicht sagen, ob sie schmeckt, weil du sie noch nicht probiert hast. Du siehst überall Liebe, aber du kannst nicht sagen, ob sie wahr ist. Wenn du die Natur beobachtest, bekommst du Anhaltspunkte. Die Liebe in den höchsten Tönen zu loben und leichtfertige Versprechungen zu machen, sind die üblichen, abgedroschenen Methoden der Liebe. Eine solche Liebe ist unglaublich banal. Die Liebenden, die Hand in Hand gehen und Liebeslieder singen, Kaffeehäuser oder Imbissbuden besuchen, erleben nie die wahre Liebe. In ihren Herzen hegen sie unaufrichtige Gedanken. Es gibt keine Verschmelzung der Liebe. Sie sind wie Ungläubige, die der Liebe nacheifern und bei der kleinsten Provokation weglaufen", erklärte Julie. Sie fuhr fort: "Der beste Ort, um wahre Liebe zu erfahren, ist dort, wo wir jetzt stehen. Ich meine, am Bach. Seht es euch an. Wenn es Tag ist, kannst du die Sonne und die flauschigen Kumuluswolken darin sehen. Nachts kann man den Mond, die Sterne und die Wolken auf ähnliche Weise sehen. Die Kraft des rauschenden Wassers des Baches kann es nicht zerstören. Was zeigt das? Es ist das unlösbare Band zwischen Erde und Himmel, den Sternen, dem Mond, den Wolken. Sie verschmelzen im Tageslicht, sie verschmelzen in der Nacht. Die Verschmelzung ist immer da, unvermindert, und das ist die wahre Liebe, und das ist es, was der Bach mich gelehrt hat", schloss Julie.

"Gilt das alles dann auch für die göttliche Liebe, ihren Höhepunkt, ihre Endgültigkeit, das Ziel deiner Forschung?" fragte Clement ein wenig verwirrt, aber halb zustimmend.

Julie hatte diese Frage von Clement erwartet; sie war ein wenig besorgt, dass er verwirrt sein könnte, also wagte sie es, weiter zu erklären: "Das Wort Höhepunkt unterscheidet sich je nach den verschiedenen Arten der Liebe. Im Falle der Natur ist es die Verschmelzung, die ewige Verbindung. Der Höhepunkt der göttlichen Liebe ist die schöpferische Tätigkeit Gottes, denn es ist die Liebe Gottes, die ihn veranlasst hat, den Menschen zu erschaffen. Die wahre Liebe hat also ihre Endgültigkeit. Sie ist eine unauslöschliche Lebenserfahrung. Ihr müsst also eure eigenen Überlegungen anstellen und Schlussfolgerungen ziehen. Eine solche Geste Ihrerseits wird uns darin bestärken, meine Analyse zu vertiefen. Gegensätzliche Ansichten und Überlegungen werden mir den richtigen Weg zeigen, um mein Ziel zu erreichen."

Clement war erstaunt über die Gelehrsamkeit von Julie. "Ich weiß, dass ich diese Einsicht ohne dich nie bekommen hätte. Jetzt habe ich das Gefühl, mein bisheriges Leben vergeudet zu haben, weil ich blind für die Natur war und ein unempfängliches Herz besaß. Ich frage mich, wie du so erleuchtet wurdest!"

Julie hielt Clement immer noch für nicht sachkundig genug, um über die Einzelheiten ihrer Mission, die Vollendung der ätherischen, göttlichen Liebe, zu sprechen. Also schwieg sie. Aber all ihre Erfahrungen mit der Liebe hatten sie weise gemacht. Sie spürte, dass sie etwas mehr wollte, um ihre Vorstellung von Liebe zu verwirklichen. Deshalb hatte sie sich auf die Suche nach den letzten Antworten gemacht. "Wenn die Liebe aufrichtig oder göttlich ist, nennen wir sie wahr. Aber damit die Liebe vollendet ist, sollte sie ihre Vollendung, ihre Endgültigkeit haben; sie sollte ihre letzte Auflösung erreichen", dachte Julie und erfrischte ihren Geist mit ihrem letzten Ziel.

Dann fragte sie Clement: "Weißt du, warum ich gerne mit dir befreundet bin?"

"Ich bin nicht dafür ausgebildet, die Gedanken anderer zu kennen, wie kann ich also deine Gründe kennen?" fragte Clement zaghaft.

Julie konnte sein mangelndes Interesse an Liebe, Freundschaft und dergleichen sehen, obwohl sie hoffte, ihm mit ihren subtilen Interpretationen romantischer Abstraktionen und deren tieferen Bedeutungen eine Art Bewunderung für sie einzuflößen. Er wusste, dass trotz seines tiefen

Verständnisses für das Thema Psychologie die Türen seines Geistes für sinnlichere Dinge verschlossen waren.

"Aber unter diesen Umständen kann man sich seine eigenen Gedanken machen", fügte Julie hinzu.

Clement antwortete: "Dann könnten unsere lange Bekanntschaft und mein freundliches Verhalten für Sie akzeptabel sein. Aber ich bin mir sicher, dass ich meine eigenen Gründe habe, Zeit mit Ihnen zu verbringen. Es ist meine Überzeugung, dass Sie ein netter Mensch sind; dann kommt Ihre Gelehrsamkeit und Ihre Beharrlichkeit, etwas herauszufinden, das man die ultimative göttliche Liebe nennt! Es ist die Wissbegierde deines Geistes, die mich glücklich macht, die mich zu einem geduldigen Zuhörer für dich gemacht hat. Ich mag deine heroische Reise auf der Suche nach der mystischen Erfahrung des Lebens und deinen unerbittlichen Ehrgeiz, dein Ziel zu erreichen."

"Aber das ist es nicht, was mich antreibt", sagte Julie und verfiel in ihre Gedanken. Sie überlegte, wie sie ihren besonderen Grund verständlich darstellen konnte.

"Deshalb habe ich es dir ja gesagt: Ich kann deine Gedanken nicht lesen", wiederholte Clement. "Du hast Recht!" sagte Julie und hielt einen Moment lang inne.

"Dann sag mir, was dein Grund ist", fragte Clement.

Julie war wieder nachdenklich. Sie hatte einen Spielplan. Aber bevor sie auf die Kernfrage einging, wollte sie ihm die Gründe für eine Freundschaft oder für das Verliebtsein nennen. Also sagte sie: "Der Grund für meine Zuneigung zu Ihnen ist mein Eindruck, dass Sie jemand mit einigen faszinierenden Eigenheiten sind", sagte sie paradoxerweise.

"Sind das deine einzigen Gründe?" Clement antwortete.

"Nein, es gibt noch mehr", erwiderte Julie, als ob sie noch mehr Gründe in petto hätte und das Gespräch in die Länge ziehen wollte, bevor sie zur Sache kam.

"Warum erzählst du mir dann nicht alles? Es scheint, als ob du mich darauf vorbereitest, etwas Bedeutsames zu hören", platzte Clement ein wenig ungeduldig heraus.

"Glauben Sie mir, Sie sind groß, gutaussehend und haben ein hübsches Gesicht. Du bist gut gekleidet. Du bist brillant im Studium", sagte Julie, um ihm ein Kompliment zu machen. Aber sie wusste, dass dies nur eine Tarnung war, ein Schimpfwort, um ihn zu beruhigen, ihre Art, ihn offenherzig zu machen. Aber sie verbarg etwas, das nur ihre scharfen Augen sehen konnten: Es war etwas, das ihm trotz all seiner anerkennenswerten Qualitäten fehlte; es war etwas, das sie durch geschickte Versuche ihrerseits aus ihm herauslocken wollte.

"Ist das alles, was du mir sagen wolltest?" fragte Clement, als ob Julie ihm nichts mehr zu sagen hätte.

Kapitel 20

Julie war gerade dabei, Clement die wichtigste Frage zu stellen, auf die er nicht vorbereitet war. Es schien, als hätte er seine anfänglichen Hemmungen abgelegt und wirkte eher lässig.

Schließlich platzte Julie heraus: "Wenn ich dich beobachte, stelle ich fest, dass dich die Mädchen nie anziehen. Du machst immer einen großen Bogen um sie. Man sieht dich nie in der Gesellschaft von Mädchen. Wenn du deine Klassenkameraden triffst, habe ich so oft beobachtet, wie du mit einem Lächeln an ihnen vorbeigehst, aber nie stehen bleibst, um mit ihnen zu plaudern. Deine Klassenkameraden halten also Abstand zu dir. Wie kommt es, dass du dich so verhältst? Du machst mich immer neugieriger, mehr über dich zu erfahren. Es muss einen Grund für dein merkwürdiges Verhalten geben." Julie drückte plötzlich offen ihre wahre Meinung über Clement aus.

"Du meinst, ich lächle meine Klassenkameraden an und gehe weg, ohne ein Wort mit ihnen zu wechseln. Findest du diesen Aspekt meines Charakters für andere beleidigend?" fragte Clement. Seine Gleichgültigkeit wich einer gewissen Besorgnis, die man auf seinem Gesicht ablesen konnte.

"Zunächst einmal möchte ich Ihnen sagen, dass ein Lächeln die gemeinsame Sprache aller Menschen ist: eine freundliche Geste, eine Einladung zur Freundschaft. Die Philosophie der Liebe lautet: "Gib ein Lächeln und nimm ein Lächeln von anderen". Von allen Gesten ist das Lächeln die angenehmste. Ein gegenseitiges Lächeln erzeugt ein Leuchten ätherischer Freude in unserem Geist, da es den gegenseitigen Respekt und die gegenseitige Wertschätzung der Geister andeutet. Der physische Teil des Lächelns ist, dass es die Menschen zueinander bringt", erklärt Julie.

"Dann sag mir, was mit meinem Lächeln nicht stimmt?" fragte Clement.

"Was ich sehe, ist, dass du allein zu lächeln scheinst und keine Neigung zeigst, es mit deinen Freunden zu teilen. Die universelle Philosophie der Liebe beinhaltet das Konzept der Gegenseitigkeit. Ich habe das Gefühl, dass du deine Liebe nie mit anderen teilen oder die freundliche, liebevolle Antwort anderer zurücknehmen willst. Das ist Teil deines Komplexes der Unnahbarkeit", sagte Julie ganz offen.

Clement war das sichtlich peinlich. Das brachte ihn für eine Weile zum Schweigen. Er wusste, dass er Julie eine Erklärung schuldete, und er wusste auch, dass er sich mit der Antwort nicht allzu viel Zeit lassen durfte. "Ich bin ein Einzelgänger, wie du angedeutet hast. Aber ich habe mich nie allein gelassen gefühlt. Ich mag eine leere Welt als meinen Begleiter. Ich genieße sogar die Einsamkeit", antwortete Clement.

"Aber kennst du den Unterschied zwischen Einsamkeit und Abgeschiedenheit?" Julie wollte ihn korrigieren.

"Wie kannst du sagen, dass mein Verhalten Einsamkeit zeigt? Einsamkeit ist hart, und ich fühle keine Einsamkeit", antwortete Clement. "Es ist allgemein bekannt, dass ein Mensch sich selbst besser kennt als jeder andere es kann", fügte er hinzu.

"Aber Einsamkeit ist etwas anderes, als du denkst", sagte Julie abschätzig. "Sagen Sie mir, worin sie sich unterscheidet", forderte Clement.

"Ein Gefühl der Einsamkeit ist eine geistige Verirrung. Eine solche Person fühlt sich einsam, auch wenn sie in einer Menschenmenge ist. Es ist ein direktes Gefühl des Geistes. Und derjenige, der unter Einsamkeit leidet, fühlt sich in seinem geistigen Zustand traurig", führte Julie aus.

"Glauben Sie, dass mein Gefühl eine geistige Abweichung ist, die durch eine Behandlung korrigiert werden muss?" fragte Clement erneut.

"Wenn Ihr Zustand ein ständiges Gefühl der Einsamkeit ist, dann können Sie diese Einsamkeit auch inmitten einer Menschenmenge empfinden. Ein solcher Zustand muss auf jeden Fall korrigiert werden, da er sonst zu ernsthaften psychischen Problemen führen kann. Aber als jemand, der Psychologie studiert, kann ich genau sagen, was Ihr Problem ist. Es ist jedenfalls nicht Einsamkeit", belehrte ihn Julie.

"Was ist es dann?" fragte Clement, ziemlich verwirrt.

Bevor sie seine Frage beantwortete, wollte Julie ihm eine Frage stellen. Damit wollte sie herausfinden, was genau sein Problem war. Es ging darum, die Intensität seines Zustands zu ermitteln. Also fragte sie ihn: "Du hast erwähnt, dass du keine großen Hoffnungen hast. Sie sagten mir, dass Sie ein Psychologiestudium absolvieren und einen Abschluss in Pädagogik machen wollen, um dann als Lehrer zu arbeiten. Sind das Ihre Zukunftspläne?" fragte sie forschend.

"Ja", antwortete Clement mit unmissverständlichen Worten.

"Aber das ist kein erfülltes Leben, wenn man die üblichen Vorstellungen vom menschlichen Leben zugrunde legt", sagte Julie und deutete auf die üblichen Ereignisse im Leben eines Menschen, um seine eigenen Ansichten zu solchen Dingen zu kennen.

"Was erwartest du dann noch?" fragte Clement und fragte sich, ob sie dachte, dass seine einfachen Ziele im Leben nicht genug waren. Er hatte das Gefühl, dass Julie ihn nach ihren Maßstäben beurteilte und ihn über die Gründe, die sie zu dieser Meinung veranlassten, im Unklaren ließ.

"Was ist mit Heiraten und Kinderkriegen?" fragte Julie und offenbarte damit ihre Erwartung, dass auch sie für ein vollendetes Leben gebraucht würden.

"Meine Vorstellungen von einem vollendeten Leben hängen nicht von den Sitten und Gebräuchen der traditionellen Gesellschaft ab", erwiderte Clement giftig.

"Dann verstehe ich dich nicht richtig. Bitte erkläre es mir", gab Julie zu bedenken.

"Es ist ganz einfach: Mein Leben ist vollendet, wenn ich alle meine Ziele erreicht habe. Es ist nicht Sache der anderen, zu beurteilen, ob mein Leben vollendet ist oder nicht. Die Sitten und Gebräuche der Gesellschaft sind nicht der Maßstab, an dem ich messe, ob mein Leben vollendet ist oder nicht. Ich habe meine eigenen, einfachen Ziele im Leben, und wenn ich sie erreichen kann, ist mein Leben vollendet. Das ist eine subjektive Angelegenheit", behauptete Clement.

"Du bist also gegen die Institution der Ehe?" erkundigte sich Julie.

"Nein. Ich bin mit meinen einfachen Lebenszielen zufrieden. Die Ehe ist eine komplexe Einrichtung, die das Leben kompliziert und beschwerlich macht. Ich würde es vorziehen, mein ganzes Leben lang Junggeselle zu sein", erklärte Clement mit der Vehemenz, mit der er seine Lebensauffassung vertrat.

"Nun, ich denke, das ist ein typischer Fall von selbst auferlegter Abgeschiedenheit", erklärte Julie mit Nachdruck.

"Ist es das, was du denkst? Was ist dann selbst auferlegte Unnahbarkeit? Du hast doch versucht zu erklären, was Einsamkeit ist", gab Clement zurück.

Bevor sie seine Frage beantwortete, erinnerte sich Julie daran, dass ihr zwei Dinge an ihm aufgefallen waren: seine Unnahbarkeit und dass er nie von seiner Familie und seiner Herkunft sprach. Für sie waren diese beiden

Dinge von Bedeutung. Sie dachte, dass Clements Aussage über seine Einsamkeit entweder Augenwischerei war oder darauf beruhte, dass er den Unterschied zwischen Einsamkeit und Unnahbarkeit nicht kannte.

Also wagte sie eine Antwort: "Wenn jemand kein Interesse daran hat, sich mit seinen Klassenkameraden anzufreunden, könnte man daraus schließen, dass ihn etwas daran hindert. Wenn eine Freundschaft aufblüht, müssen die Beteiligten natürlich offenherzig sein und über ihre Eltern und andere Familienmitglieder, ihren familiären Hintergrund usw. sprechen. Wenn jemand lieber unnahbar ist, könnte das an schlechten Erfahrungen in der Kindheit oder in der Teenagerzeit liegen, die ihn unnahbar und zurückgezogen gemacht haben. Ihr Verhalten deutet darauf hin, dass sie es vermeiden wollen, mit anderen über ihren zwielichtigen Hintergrund zu sprechen. Die Unnahbarkeit wirkt wie ein Bollwerk, das sie schützt, indem es andere auf Distanz hält. Sie schaffen eine Atmosphäre der Zurückhaltung, so dass es ihnen nicht obliegt, offenherzig zu sein, und so gibt es kein starkes Band der Freundschaft und keine daraus resultierenden Verpflichtungen, die es ihnen abverlangen, offen über sich selbst zu sprechen, sogar bis zu dem Punkt, ihre unglücklichen Erfahrungen mit anderen zu teilen", erklärte Julie autoritär.

Aber gerade dieses Verhalten hatte Julies Neugierde geweckt und sie dazu veranlasst, sich mit ihm zu treffen, um mehr zu erfahren. Sie spürte, dass Clement ihr bei der Suche nach Antworten auf ihre mystischen Fragen keine große Hilfe war. Sie fand, dass es ihm an praktischer Weisheit mangelte, trotz seiner brillanten Studien. Sie erinnerte sich daran, wie sie mit ihm über ihre Fragen und ihr Bemühen, Antworten zu finden, gesprochen hatte: Sie hatte einen Anflug von Entsetzen in seinem Gesicht bemerkt. Sie wusste, dass diese kalte Haltung nicht immer ein Zeichen von Unwissenheit war. Sie war also hoffnungsvoll, da sie unbeugsam war. Sie wollte also immer noch, dass er ihre letzten Fragen mit seinen eigenen Worten beantwortet, indem er eine Ausweichstrategie anwendet, anstatt direkte Fragen zu stellen und direkte Antworten zu geben. Sie experimentierte, um zu sehen, ob seine Antworten ihre entschlossene Suche rechtfertigten. Sie wollte herausfinden, ob Clements Sichtweise auf ihre Fragen ihre Mission unterstützen und beweisen würde, dass ihre Suche sachlich und sinnvoll war. Sie hatte sich ganz allein auf ihre Mission begeben; sie hatte niemanden um seine Meinung gebeten, so dass sie die Richtung ihrer Fragen allein bestimmen konnte. Sie war die Einzelgängerin, aber sie ließ sich nicht davon abhalten, ihre Mission fortzusetzen. Wenn Clements Ansichten ihre Meinung unterstützten, würde sich ihre Entscheidung, ihre Mission fortzusetzen, gerechtfertigt anfühlen. Sie hätte das Gefühl, dass es Gleichgesinnte gab, auf die sie zurückgreifen konnte, falls ihre Mission scheiterte. Aber das waren nur flüchtige Gedanken, typisch für jemanden, der anfällig ist für negative Gedanken.

Julie dachte weiter: "Bevor ich ihn an den entscheidenden Punkt bringen kann, muss er seine vielen Komplexe, wie seine Unnahbarkeit, überdenken. Ich möchte ihm zeigen, dass es keinen Sinn hat, sich über seine schwierige Familiengeschichte aufzuregen. Er war nicht dafür verantwortlich und sollte sich deshalb nicht schämen oder so verdrießlich und zurückgezogen sein."

Seiner psychologischen Gelehrsamkeit nach zu urteilen, schätzte sie ein, dass ein Mensch, der zu dieser Art von Zurückgezogenheit neigt, höchstwahrscheinlich mit einer unglücklichen und beschämenden Familiengeschichte zusammenhängt, und dass er in seiner Kindheit keine andere Wahl hatte, als sich in solchen Situationen unterwürfig zu verhalten.

Sie dachte weiter nach: "Um ihn in einen extravaganten Extrovertierten zu verwandeln, bräuchte man einen Psychologen, der ihm seine Komplexe austreibt. Ein zurückhaltender Mensch ist von seiner Vergangenheit umgeben. Er ist auf sie fixiert, was ihn dazu bringt, über sie zu grübeln. Sein Zustand ist in der Vergangenheit verhaftet, weit weg von der Gegenwart. Dadurch lebt seine beschämende Vergangenheit immer in seinem Kopf weiter, was ihn zu einem introvertierten Menschen macht, der kein Interesse an den glücklichen Ereignissen der Gegenwart hat. Extrovertierte leben in der Gegenwart. Nur Menschen, deren Lebensgrundsatz lautet: "Vergiss die Vergangenheit, lebe heute glücklich und bereite dich auf die Zukunft vor", können extrovertiert sein. Meine unmittelbare Aufgabe besteht darin, ihn von seiner Vergangenheit abzuschneiden und ihn zu einem Menschen zu machen, der in der Gegenwart lebt. Man muss ihm beibringen, dass es keinen Grund gibt, sich für seine familiäre Herkunft zu schämen, wenn ich mit meiner Diagnose richtig liege." Aber Julie wusste, dass sie ihn zu einer freundlicheren Beziehung zu ihr erziehen musste, indem sie ihn ihr gegenüber offenherzig werden ließ. Und als ersten Schritt zur Umsetzung ihrer Strategie dachte sie daran, ihre Nachforschungen darauf zu richten, die Gründe für seine Unnahbarkeit herauszufinden.

"Jetzt möchte ich dich aus deinem stillen Äußeren herausholen, den wahren Mann in dir finden, dein wahres Ich", sagte Julie zu ihm.

Aus ihren wenigen Begegnungen mit ihm schloss Julie, dass er geistig erstarrt war, unempfindlich gegenüber den gegenwärtigen Umständen, so als ob er in der Vergangenheit verhaftet wäre. Sie kam zu dem Schluss, dass dies von der Unempfindlichkeit herrühren könnte, die er aufgrund der Umstände zu Hause, wo er seine Kindheit und Jugend verbracht hatte, entwickelt hatte. Julie glaubte, dass seine Unnahbarkeit eine tiefe Wunde in seiner Persönlichkeit sei.

Clement schenkte ihr ein herablassendes Lächeln. Zunächst sagte er nichts, weder für noch gegen ihre Pläne. "Sie haben meine Frage nach dem Unterschied zwischen Unnahbarkeit und Einsamkeit nicht beantwortet", erinnerte Clement sie. Als

Forschungsstudentin der Psychologie kannte Julie die Grundlagen der menschlichen Persönlichkeit. Jeder Mensch ist ein Individuum und jedes Individuum hat eine eigene Persönlichkeit. Aber Persönlichkeit ist nicht etwas, das sich in bestimmten, fest umrissenen Grenzen bewegt. Sie ist nicht starr. Einige Aspekte überschneiden sich, so dass manche Menschen zwar gleichgesinnt erscheinen, aber nicht zu 100 % gleich sind. Julies psychologische Erfahrung hatte sie gelehrt, dass niemand an seinem Rückgrat festhielt. Außerdem konnte ein psychologisches Gespräch dazu führen, dass sich die Ansichten eines Menschen änderten und er von seinen Komplexen befreit wurde. Es gab niemanden auf dieser Welt, der nicht verändert werden konnte. Solche Gedanken weckten ihre Neugierde auf ihn.

Also antwortete sie: "Jetzt sage ich dir, dass Unnahbarkeit keine Einsamkeit ist. Ein unnahbarer Mensch schafft sich sein eigenes Refugium und lebt dort in Isolation mit seiner eigenen Unnahbarkeit. Er lebt gerne in dem Gefängnis, das er selbst geschaffen hat. Aber Einsamkeit ist etwas anderes. Wenn andere einen Menschen meiden, wird dies von ihm als Einsamkeit empfunden. Einsamkeit wird jemandem von anderen aufgedrängt. Unnahbarkeit ist eine selbst auferlegte Einsamkeit, so als ob er sich einer selbst auferlegten, einsamen Lebensgefangenschaft unterziehen würde. Er ist ein Einsiedler, der andere meidet, so als ob andere aus seinem Leben verbannt wären. Wenn du dich von anderen fernhältst, wird dir nie jemand nachlaufen, um sich mit dir anzufreunden.

Es ist wie das Freudsche Sprichwort: "Lache und die Welt lacht mit dir; weine und du weinst allein", belehrte ihn Julie.

Sie dachte weiter vor sich hin: "Ich muss also die Ursache für seinen Komplex herausfinden. Höchstwahrscheinlich ist der Grund ein unglücklicher familiärer Hintergrund, wie ich befürchtet habe. Wenn die Ursache das unglückliche Erbe seiner Familie in der Kindheit ist, muss ich ihm helfen, indem ich ihm sage, dass es keinen Sinn hat, sich mit seinem familiären Hintergrund zu beschäftigen und über etwas zu grübeln, für das er nicht verantwortlich ist. Aber das unglückliche Erbe seines Elternhauses kann Druck auf seinen sensiblen Geist ausüben und zu vielen Komplexen führen. Ich muss ihm vielleicht beibringen, dass Unnahbarkeit ein Komplex ist und dass unnahbare Menschen von ihren unglücklichen Erfahrungen aus der Vergangenheit umgeben sind, was sie zum Grübeln bringt. Er muss die Klausur seines Verstandes verlassen und sich in die Öffentlichkeit begeben, um Menschen zu treffen und von ihnen zu lernen. Das einzige Allheilmittel für solche Komplexe ist, ihm beizubringen, wie man extrovertiert und extravagant ist.

Sie wollte seinen Charakter so verändern, wie sie es sich von ihm wünschte. Sie wusste, dass die Möglichkeiten des menschlichen Geistes unbegrenzt sind. Sie war immer hoffnungsvoll. Da Clement sich nicht über seine Kindheit und Jugendjahre geäußert hatte, stand ihr das im Weg. Aber sie glaubte, dass nichts unüberwindbar war. Sie wusste, dass die Aufgabe, die sie freiwillig übernommen hatte, nämlich die letzte Frage der göttlichen Liebe herauszufinden, für sie schwieriger und bedeutsamer war, als Clement von seinen Komplexen zu befreien. Aber sie war mitfühlend. Sie konnte das Verhalten ihres Freundes Clement, das sie nach einer Lösung verlangte, nicht ignorieren. Ihre bedeutsamen Fragen waren verallgemeinert, und sie hatte das Gefühl, dass die Antwort darauf unmittelbar bevorstand, weil sie so dringend eine Lösung finden musste. Es würde niemandem schaden, wenn sie ihre Nachforschungen noch ein wenig hinauszögerte. In diesem Sinne ist sie der Meinung, dass die Frage von Clement Vorrang haben sollte. Beide Untersuchungen waren für Julie von Bedeutung. Aber nach reiflicher Überlegung beschloss sie, die Priorität zu ändern.

Kapitel 21

Julie und Clement besuchten einen Park in der Nähe ihrer Universität. Er wurde einfach "Universitätspark" genannt, weil er ein Zufluchtsort für die Studenten der Universität von Lissabon war. Dort gab es eine Mensa namens Emerald, in der die Studenten Kaffee und Snacks bekommen konnten, und eine Kneipe in der Nähe, das Gun Barrel.

Julie dachte, wenn Clement nur nach ihren Familiendaten fragen würde, könnte sie den wahren Clement herausfinden, indem sie im Gegenzug nach seinen Familiendaten fragt. Aber von ihm kamen keine derartigen Nachfragen. Julie hielt das für eine kalkulierte Taktik von Clement, um ihn vor ähnlichen Fragen von ihr zu schützen. Also musste sie einen eigenen Weg finden, um ihm das zu entlocken, was sie von ihm wollte.

An diesem Tag sprachen sie über ihr Studium, und diese Tage vergingen einen Monat lang ereignislos. Sie dachte an die Probleme, die es mit sich brachte, das Thema ihrer Forschung in die Länge zu ziehen. Dieser Gedanke brachte sie in eine seltsame Eile. Anstatt eine rasche Lösung zu finden, wie sie Clement dazu bringen konnte, sich zu öffnen, begann die Verzögerung sie zu verwirren. Sie wusste, dass sie in einer Situation war, in der sie auf Nummer sicher gehen musste. Sie musste sehr vorsichtig vorgehen, wenn sie bohrende Fragen stellen und Clement dazu bringen wollte, ihr zu verraten, was sie von ihm wollte. Dadurch hatte sie das Gefühl, dass ihre Gedanken von der Sache abschweiften. Diese ganze Situation wurde durch ihre Überzeugung verursacht, dass "ein hastiger Verstand leicht verwirrt und langsamer in der Entscheidungsfindung wird". Sie versuchte ihr Bestes, um ihren Verstand zu beruhigen. Langsam kehrte er in seinen normalen Zustand zurück, als sie plötzlich auf eine Frage stieß. Ihr war sofort klar, dass diese Frage die beste war, die sie Clement stellen konnte, und sie war sicher, dass sie gut funktionieren würde. Eigentlich wollte sie Clements Antworten auf eine natürliche, offenherzige und möglichst unverdächtige Art und Weise hervorholen, damit seine Antworten nicht verfälscht werden. Und so begann sie.

"Gestern habe ich eine Person gesehen, die genauso aussah wie du. Hast du einen Bruder?" fragte Julie als Teil ihrer neuen Strategie.

"Nein, ich habe keinen Bruder. Es muss jemand anderes gewesen sein", antwortete Clement.

"Hast du dann Schwestern?" fragte Julie, als natürliche Fortsetzung ihrer früheren Frage. "Ich habe auch keine Schwestern. Ich bin ein Einzelkind", antwortete Clement kurz.

Julie erkannte, dass seine knappe Antwort seine Zurückhaltung bei diesem Thema zeigte. Wenn einem Freund eine so persönliche Frage gestellt wird, ist es üblich, dass er dem Fragesteller seine Meinung sagt. In solchen Momenten wird selbst ein zurückhaltender Freund wortgewaltig. Aber eine solch ausführliche Antwort kam nicht von Clemens.

"Hast du denn einen Vater oder eine Mutter, die noch leben?" fragte Julie.

"Sie sind nicht mehr da. Ich kann mich nicht erinnern, sie gesehen zu haben", antwortete Clement. "Wie kommt das?" fragte Julie, leicht verärgert.

"Mein Vater war während seines kurzen Lebens bei schlechter Gesundheit. Er starb, als meine Mutter mit mir schwanger war", antwortete Clement kalt.

"Du und deine Mutter seid also allein auf der Welt, nehme ich an", sagte Julie.

"Meine Mutter starb bei meiner Geburt aufgrund von Komplikationen bei der Entbindung", antwortete Clement.

"Wer hat sich dann um dich gekümmert? Wer hat deine Ausbildung finanziert?" fragte Julie und ihr Gesicht wurde mitfühlend.

"Ich habe bei meiner Tante väterlicherseits gelebt", antwortete Clement.

"Du warst in der Obhut deiner Tante? War das in Ordnung?" kommentierte Julie.

"Nein, es gab ein Kindermädchen, das sich um mich kümmerte", antwortete Clement, der nicht merkte, dass er seine Zurückhaltung verlor, während er sprach.

"Wurde dein Kindermädchen bezahlt oder war es eine Freiwillige?" Julie fragte: "Sie wurde bezahlt", antwortete Clement.

"Warum brauchte man ein bezahltes Kindermädchen, wenn deine Tante sich um dich hätte kümmern können?" fragte Julie.

"Meine Tante hatte nicht die Zeit, sich so um mich zu kümmern, wie sie es wollte. Deshalb hat sie für mein Wohlbefinden ein Kindermädchen eingestellt", antwortete Clement.

"Oh! Hat deine Tante also gearbeitet, wenn sie früh von zu Hause weg musste und abends zurückkam?" fragte Julie, die natürlich auf seine Antwort folgte.

"Nein, sie war nicht berufstätig", antwortete Clement.

"Womit war sie dann beschäftigt?" fragte Julie nichts ahnend.

Clement fühlte sich gefangen. Aber er konnte sich der Frage nicht entziehen. Er sah verwirrt aus. Sein Gesicht sah verzweifelt aus. Bevor er antworten konnte, wiederholte Julie die Frage und brachte ihn damit in ein hilfloses Dilemma. Er musste antworten und konnte es nicht hinauszögern. Er musste eine sofortige Entscheidung treffen. Er schämte sich, als Julie die Frage wiederholte. Und der Druck der Situation ließ ihn herausplatzen: "Sie war mit unaussprechlichen Dingen beschäftigt."

Danach überkam ihn eine Zurückhaltung, die ihn abrupt stoppen ließ. Clements Stimmung war auch ansteckend. Sie brachte Julie dazu, eine ähnliche Art von induzierter Agonie anzunehmen. Normalerweise verhindern vernünftige Menschen in solchen Situationen, dass ihr wissbegieriger Verstand weitere Fragen stellt, um die Person, die antworten muss, nicht in Verlegenheit zu bringen. Aber Julie befand sich in einer unausweichlichen Situation, die sie dazu zwang, ihre Verhöre fortzusetzen. Sie begründete dies damit, dass ihre Befragungen einem ultimativen Ziel dienten: Clement von seinen Problemen zu befreien.

"Sagen Sie mir, was sie getan hat?" fragte Julie erneut.

"Sie war eine Prostituierte", antwortete Clement, als sei er das traurige Opfer der unausweichlichen Situation.

"Und das hat sie dazu gebracht, dich unbeaufsichtigt zu lassen?" fragte Julie, deren Gesicht völlig mitleidig wirkte.

"Jeden Abend kam ein Taxi aus einem nahegelegenen Fünf-Sterne-Hotel, um sie abzuholen und am Morgen wieder abzusetzen, mit viel Geld in der Hand, was uns ziemlich wohlhabend machte", antwortete Clement.

Als das Gespräch so weit war, schien Clement sein anfängliches Schamgefühl abgelegt zu haben. Julie wertete dies als taktischen Erfolg. Sie wusste sehr gut, wie der menschliche Verstand in solchen Situationen funktioniert. Ihre Taktik bestand darin, scheinbar unverfängliche, ausweichende Fragen zu stellen, um eine zurückhaltende Person dazu zu bringen, ihre Hemmungen zu überwinden, und dann weiterführende Fragen zu stellen.

Julie hatte gesehen, wie Menschen zur Arbeit gingen, Nachtdienste leisteten und sich tagsüber um die Kinder kümmerten und dabei noch Zeit zum Schlafen und Essen fanden, also fragte sie: "Warum konnte sich deine Tante nicht tagsüber um dich als Kind kümmern und dabei auch noch Zeit zum Schlafen und Essen finden?"

"Wenn sie morgens nach Hause kam, war sie meist noch betrunken und roch nach Alkohol. Tagsüber fiel sie in einen tiefen Schlaf und wachte nur zum Mittagessen auf. Das Kindermädchen hat alles für mich erledigt. Abends kam wieder das Taxi, um sie abzuholen, und bald war sie wieder weg. Auf diese Weise vergingen Jahre. Dann wurde sie krank. Tag für Tag verlor sie an Gewicht. Sie wurde von so vielen Gebrechen geplagt. Sie wurde fünfzig Jahre alt und starb schließlich an AIDS", sagte Clement mitleidig und ließ alle Hemmungen fallen. Julie war traurig über ihn, aber sie zeigte es nicht.

"Und wer finanziert jetzt deine Ausbildung?" fragte Julie.

"Meine Tante hatte gut gespart. Es gab jede Menge Geld und ein großes Haus, auf das ich zurückgreifen konnte. Das Geld reichte für Generationen und mehr, während ich mir selbst keine großen Hoffnungen mache. Ich möchte meinen Abschluss in Psychologie machen und mein Leben lang als Lehrer arbeiten", nannte Clement seine Lebensziele.

Trotz dieses Geständnisses beschloss Julie, dass dies die richtige Gelegenheit war, um Clements Ansicht über das letztendliche Ziel der göttlichen Liebe herauszufinden. Also fragte sie: "Was ist deiner Meinung nach göttliche Liebe?"

Clement dachte kurz nach, während Julie geduldig wartete, dann nahm er seinen Verstand zusammen und antwortete: "Göttliche Liebe ist göttlich: die Liebe Gottes zu seinen Geschöpfen. Sie ist gefühlvoll. Sie steht im Gegensatz zur sinnlichen Liebe."

Julie dachte bei sich: "Clemens' Antwort hat etwas für sich, obwohl ich ihn anfangs für jemanden hielt, der den Begriff der Liebe nicht kennt. Das bestärkt mich in meinen Gedanken über die Vollendung der göttlichen Liebe, auch wenn Clemens' Definition der Liebe nichts davon erwähnt."

Der menschliche Geist misst dem, was fehlt, gewöhnlich mehr Bedeutung bei als dem, was vorhanden ist. Das Fehlen des fehlenden Teils - des Teils der Vollendung der göttlichen Liebe - in Clements Definition ermutigte Julie einmal mehr, weiter zu forschen. Sie wollte unbedingt wissen, was Clemens über die Fragen dachte, die ihr Kopfzerbrechen bereiteten, und das brachte sie dazu, die Antworten zu suchen.

"Wenn Clements Antwort auf meine Frage die endgültige Lösung vorwegnimmt, die Antwort, nach der ich suche, würde ich mich freuen, wenn ich Recht bekäme", dachte Julie bei sich. Also stellte sie die strategische Frage nach der göttlichen Liebe, die sie in petto hatte.

"Clement, was würdest du denken, wenn ich dir sagen würde, dass ich dich liebe", fragte sie.

"Es versteht sich von selbst, dass ich es einfach ablehnen würde." Clements Antwort war knapp.

"Warum sagst du das, wenn du genauso gut sagen könntest: "Ich liebe dich auch", so dass eine fabelhafte Affäre zwischen uns aufblühen würde?" fragte Julie.

Sie war nicht überrascht über seine Antwort. Aber sie war gespannt, ob seine Meinung über ihre Zweifel und seine abschließende Antwort übereinstimmen würden. Das war es, was sie neugierig machte.

"Wenn meine Antwort anders lauten würde, wäre sie nicht wahrheitsgemäß", antwortete Clement.

Julie lachte erleichtert auf. Sie war froh, dass sie geahnt hatte, dass dies seine Antwort sein würde. Clement war also gar nicht so unsensibel, wie sie anfangs gedacht hatte. Es war nur seine Zurückhaltung, die sie zunächst so hatte denken lassen.

"Du meinst also, dass es nicht funktionieren würde, auch wenn unsere Liebe gegenseitig ist?" fragte Julie.

"Ja, denn ich habe meine Pläne für mein Leben bereits festgelegt, wie ich es dir beschrieben habe", antwortete Clement.

Julie wollte die Antwort, die sie erwartete, in seinen eigenen Worten hören. Sie konnte sehen, dass sie kurz davor waren. "Du meinst deine Pläne für dein Junggesellendasein?" fragte Julie zur Bestätigung.

"Ja, ganz genau", stimmte Clement ihr zu.

"Aber meinst du nicht, dass sich unsere Ansichten ändern können? Der menschliche Geist ist oft unsicher. Die Umstände können sich ändern. Die Erfahrungen deines Lebens könnten dich eines Tages dazu bringen, zu heiraten. Das glaube ich", schlug Julie in philosophischer Manier vor.

"Die Umstände oder die Erfahrungen im Leben können einen auch lehren, das Junggesellendasein anzunehmen", antwortete Clement.

"Das gilt für beide Seiten. Du hast ja so recht!" erwiderte Julie. Sie wusste, dass in Clements Antwort mehr steckte, als man auf den ersten Blick sieht. Sie konnte sehen, dass die unglücklichen Erfahrungen seines Lebens in seiner Antwort offen liegen. Sie kannte die Antwort, die sie von Clement brauchte, um ihrer Mission Auftrieb und eine gewisse Authentizität zu verleihen; sie waren so nah dran und doch so weit weg. Sie war entschlossen, seine Antwort um jeden Preis zu bekommen. Also heckte sie einen Plan aus. Da sie schlau war, fiel es ihr nicht schwer, einen Weg zu finden.

"Lassen Sie uns in diesem Zusammenhang eine Hypothese ausprobieren, einverstanden?" schlug Julie vor.

"Ja, sag mir was", stimmte Clement zu.

"Nehmen wir einmal an, wir sind ineinander verliebt. Was wäre dann der Endpunkt?" fragte Julie, als ob sie Clement ein Rätsel stellen würde.

Er dachte einige Zeit nach, während Julie wartete, um ihm genügend Zeit zum Nachdenken zu geben. "Wenn es nach mir ginge, würde unsere Liebe keinen Endpunkt haben. Wir würden einfach für immer ein Liebespaar sein."

Dann zog Julie ihren Trumpf, den Anwalt des Teufels zu spielen. "Aber was würde das bringen, wenn das Ergebnis unserer Liebe so schwer zu erreichen ist. Wenn Liebende sich immer weiter lieben, wäre das nicht so, als würden sie die Vollendung ihrer Liebe aufschieben? Wäre es nicht so, als würde jemand schwimmen und schwimmen, aber nie das Ufer erreichen? Sollte es nicht eine Endgültigkeit geben?" fragte Julie.

"Ja, in der Tat", antwortete Clement.

Als Julie Clements Antwort auf ihre Frage hörte, dachte sie, dass seine Meinung mit ihrer Vorstellung von Liebe übereinstimmte. Aber seine Antwort war nur ein Teil ihrer Frage. Er hatte die eigentliche Frage von Julie nicht ganz beantwortet, aber das hatte sie nicht bemerkt. Und beide waren sich der Diskrepanz nicht bewusst.

Clements Antwort brachte Julie dazu, sich darüber zu freuen, dass es ihr gelungen war, ihm die gewünschte Antwort zu entlocken. Aber sie ahnte nicht, dass

Clement von einer hypothetischen Situation der gegenseitigen Liebe sprach. Das war etwas anderes als die Frage, die Julie gestellt hatte.

"Jetzt bin ich glücklich", dachte Julie glücklich, aber in die Irre geführt. "Seine Antwort und meine Fragen stimmen überein. Das gibt mir den erhofften Auftrieb, um meine Mission fortzusetzen. Aber das ist noch nicht alles. Ich muss noch einen langen Weg gehen, um herauszufinden, wie die göttliche Liebe zustande kommen könnte. Aber alles, was ich bisher bei meinen Nachforschungen herausgefunden habe, bestätigt die Antworten in meinem Kopf."

Dann unterbrach Clement ihre positiven Gedanken. "Sie haben mir Ihre eigenen Ansichten über die Ehe noch nicht mitgeteilt", sagte er.

"Ich habe nur eine einzige Bedingung, die mich derzeit davon abhält, jemanden zu heiraten. Und das ist meine Suche nach den Antworten auf meine Fragen", antwortete Julie.

"Wenn sich Ihre Suche als erfolglos erweisen sollte, würden Sie dann unverheiratet bleiben?" fragte Clement.

"Nein. Ich habe keine schändliche Vergangenheit, die mich in die Verlegenheit bringt, die Ehe zu meiden", antwortete Julie.

"Aber selbst wenn Sie eine schändliche Vergangenheit hätten, würden Sie deshalb auf die Ehe verzichten?" fragte Clement.

"Eine schändliche Vergangenheit ist für mich kein Grund, die Ehe zu meiden, denn ich bin ich, nicht du", antwortete Julie mutig und offen.

"Das ist gut", antwortete Clement mit einem schiefen Lächeln.

"Jetzt kann ich deine Gründe lesen, warum du die Ehe meidest", sagte Julie.

"Oh! Willst du mir sagen, dass meine schändliche Vergangenheit der Grund ist, warum ich die Ehe meide?" rief Clement aus.

Jetzt versuchte Julie, sich in Clements Sichtweise hineinzuversetzen. Ihre Argumentation mochte richtig sein oder auch nicht. Aber seltsamerweise brachte sie ihn in Verlegenheit. Er befürchtete, dass Julie es verstand, herauszufinden, was er als wirklichen Grund im Kopf hatte. Seine früheren Erfahrungen mit ihr ließen ihn das vermuten. Er wusste, dass sie diese besondere Fähigkeit besaß, Dinge herauszufinden, was ihre Mission vorantrieb. Er war sicher, dass sie damit Erfolg haben würde. Er spürte, dass er sich gegen ihre Inquisition nicht wehren konnte. Er fühlte sich schwach. Also beschloss er, zuzugeben, dass Julie mit ihren Erkenntnissen richtig lag.

"Dann sag mir, was es ist!" wiederholte Clement.

"Der wahre Grund ist, dass du nicht bereit bist, deine Vergangenheit mit dem Mädchen, das du heiratest, zu teilen. Du denkst, du könntest es ihr nicht verheimlichen, denn nach meiner Einschätzung bist du ein geradliniger Mensch", behauptete Julie.

Clement musste zugeben, dass das, was Julie als den wahren Grund ausgemacht hatte, völlig richtig war. Als er merkte, dass die Wahrheit herausgefunden worden war, verflog sein Schamgefühl und er beschloss, offen zu sein. Er gab zu, dass Julies Einschätzung richtig war, was Julie zu der Annahme veranlasste, dass auch ihre Einschätzung von Clement als geradliniger Mensch richtig war.

Sie dachte bei sich: "Es kann so viele Gründe geben, warum sich Menschen für ein Singleleben entscheiden. Normalerweise würde niemand seine Gründe preisgeben wollen. Aber Clement hat alle Hemmungen fallen lassen, als ich seinen wahren Grund herausgefunden habe. Das bedeutet, dass man jemandem nicht vorwerfen kann, dass er nicht ehrlich ist, nur weil er sich zurückhaltend verhält. Zurückhaltung ist kein Beweis für Engstirnigkeit. Ebenso beweist die Tatsache, dass man offen ist, nicht, dass man geradlinig ist. Vielleicht ist Clement einfach nur gut darin, in den Tiefen seines Herzens Geheimnisse zu verbergen."

Dann kam Julie auf ihre eigentliche Aufgabe zurück, die sie Clement schon einmal gestellt hatte und auf die er scheinbar mit Unwissenheit geantwortet hatte. Sie wollte die Frage an ihn ein zweites Mal stellen. Nach einem langen Gespräch über intime Themen wie die Liebe, dachte sie, dass er vielleicht eine andere Sichtweise entwickelt hatte, um ihr eine bessere oder andere Meinung zu geben.

"Was ist also der eigentliche Sinn der göttlichen Liebe?" fragte Julie erneut und fügte hinzu: "Du musst dich inzwischen sehr verändert haben und durch unsere Gespräche gelehrter geworden sein. Sagen Sie also nicht, dass Sie nicht interessiert sind und vermeiden Sie es zu antworten. Ihr Interesse ist nicht mein Anliegen, wenn ich Ihnen die Frage stelle. Als brillanter Student und nach unseren langen Diskussionen glaube ich, dass du mir eine kluge Antwort auf meine Frage geben könntest."

Clement antwortete: "Du hast mir diese Frage schon einmal gestellt, und ich habe sie beantwortet, aber ich habe bemerkt, dass du mit meiner Antwort nicht zufrieden warst. Jetzt willst du eine andere Antwort. Aber ich bin nach wie vor der Meinung, dass es so etwas wie die ultimative göttliche Liebe nicht gibt. Gott liebt uns. Und wir lieben ihn im Gegenzug. Oder wir sind für unsere irdischen Bedürfnisse und unsere Bedürfnisse im Leben nach dem Tod auf Gott angewiesen. Aber diese beiden Lieben sind parallel. Unsere Liebe zu Gott ist unendlich und ewig. Sie wird von Generation zu Generation weitergegeben. Das Gleiche gilt für die Liebe Gottes zu uns. Diese Lieben können parallel sein und sich niemals treffen. Man kann an ihre Vollendung denken, wenn es um die Frage geht, ob sie sich treffen, was unmöglich ist. Jetzt kann ich nicht über das hinaus denken, was ich oben gesagt habe. Und wenn Sie immer noch wollen, dass ich das weiter ausführe, kann ich Ihnen letztlich nur sagen, dass Ihre Frage eine mystische ist. Sie übersteigt den Bereich der Realität."

Clements Antwort war ein Schock für Julie, wenn es um die göttliche Liebe ging. Sie hatte das Gefühl, dass all ihre Hoffnung auf Unterstützung, die sie von ihm erwartet hatte, in den Wind geschlagen worden war. Aber sie erhob sich über ihre Enttäuschung.

"Du hast von Mystik gesprochen", sagte sie. "Darauf werde ich noch zu sprechen kommen. Aber vorher möchte ich Sie etwas fragen." Sie stellte eine weitere Frage, die Clement beantworten sollte. "Du hast mir gesagt, dass es so etwas wie die ultimative göttliche Liebe nicht gibt. Lassen Sie mich Ihnen nun noch ein paar Fragen stellen. Sie sprachen von Generationen, aber woher kommen diese Generationen? Oder wie sind die Generationen entstanden?"

"Die Generationen sind die Nachkommen der ursprünglichen Schöpfungen", antwortete Clement.

"Wer hat uns dann zuerst erschaffen?" fragte Julie.

"Es war Gott", antwortete Clement.

"Und was hat Gott dazu veranlasst, uns zu erschaffen?" fragte Julie.

"Es war die Liebe Gottes", antwortete Clement.

"Sind seine Schöpfungen also nicht der Höhepunkt seiner Liebe zu uns?" fragte Julie.

"Ja", stimmte Clement zu.

"Wie kannst du dann sagen, dass Gottes Liebe keinen Höhepunkt oder keine Endgültigkeit hat?" fragte Julie.

"Oh! Ich habe nicht genug nachgedacht. Du hast Recht", erwiderte Clement ein wenig beschämt.

"Und was ist deiner Meinung nach Mystik?" fragte Julie. "Und wie kommst du darauf, dass meine Gedanken mystisch sind?"

"Für mich ist Mystik etwas Verwirrendes, weil ich nicht verstehe, was es ist", antwortete Clement offenherzig. "Vielleicht habe ich das Gefühl, dass alles, was jenseits unseres Verständnisses liegt, Mystik ist. Aber wenn du es weißt, dann sag mir doch, was Mystik ist."

"Wenn unsere Gedanken eine rein geistige Form annehmen und der physische oder weltliche Aspekt von ihnen zurücktritt, können wir sie mystische Gedanken nennen. Es ist etwas, das durch den inneren Geist verstanden werden kann. Durch Meditation und eine Art göttlicher Kontemplation wird unser innerer Geist aktiv. Wenn die physische Realität verloren geht, wird es zu einer Art mystischer Erfahrung! Unser Verstand verwandelt sich in eine Art Intuition. Aber diese Art von Spiritualität hat nichts mit irgendeiner Art von Religion zu tun. Es bedeutet nur, dass der Zustand rein geistig ist. Es ist eine Erfahrung, bei der die physische Realität verloren geht. Es ist eine außerkörperliche Erfahrung, eine Art Trance", antwortete Julie.

"Trotz all meiner Unterstützung für den Erfolg Ihrer Suche habe ich das Gefühl, dass Sie versuchen, eine harte Nuss mit einem stumpfen Messer zu knacken", sagte Clement und drückte seine Bedenken über den Erfolg der Suche aus. Aber Julie hatte keine solchen Befürchtungen. Sie war mutig, aber sie wollte herausfinden, ob ihre Mission von anderen unterstützt wurde. Dies war eine vorübergehende Ungewissheit in ihrem Kopf gewesen, die sie mit großer Überzeugung überwunden hatte.

"Aber Sie verstehen nicht, dass mein Messer schärfer wird, je tiefer ich in das Problem eindringe", antwortete Julie mit größter Zuversicht. Das zeigte ihre Hartnäckigkeit, zu gewinnen.

Clement entgegnete: "Ich habe das Gefühl, dass Ihre Analyse eine Art mystischer Romantik ist", sagte er beiläufig, da er nichts weiter dazu beitragen konnte.

Julies Gesicht hatte einen zufriedenen Ausdruck angenommen, als Clement sagte: "Ich habe das Gefühl, dass Sie versuchen, eine harte Nuss mit einem stumpfen Messer zu schneiden". Was Julies Mission anging, so hätte seine Bemerkung sie entmutigen können, da sie sich negativ auf Julies Suche nach dem Letzten auswirkte. Aber für ihre Psychologin war das nicht der Fall. Sie war immer noch sehr glücklich. Clements Bemerkung war in der Tat ein Kompliment für sie. Sie konnte sehen, dass Clement langsam seine Unnahbarkeit ablegte und offen wurde. Das bedeutete, dass sein Komplex Risse bekam und er extrovertierter wurde. Julies langes Gespräch mit Clement war in gewisser Weise ein Erfolg. Sie hatte herausgefunden, dass der Grund für Clements Unnahbarkeit seine beschämende Familiengeschichte war.

Obwohl Julies vorübergehendes Abweichen von der Suche nach ihrer eigentlichen Frage sie verlangsamt hatte, hielt sie es nicht für eine Verschwendung, denn sie hatte Clement geholfen, sein Problem zu verstehen.

Julie hatte ihm die Ursache für seine Komplexe erklärt. Sie hatte ihm geraten, sich nicht für die beschämende Situation zu Hause zu schämen, für die er in keiner Weise verantwortlich war. Deshalb müsse er sich auch nicht introvertiert verhalten und Menschen meiden. Sie hatte ihn aufgefordert, aus seiner Zurückgezogenheit herauszukommen und sich wie ein Extrovertierter zu verhalten. Das sei das einzige Mittel gegen seine selbst auferlegte Unnahbarkeit. Sie zitierte die Freudsche Sichtweise: "Vergiss die Vergangenheit, lebe heute glücklich und bereite dich auf die Zukunft vor."

Ihr Rat hatte gewirkt. Er hatte begonnen, langsam, aber stetig extrovertierter zu werden. Das konnte man gegen Ende seines Gesprächs mit Julie beobachten. Er war offenherzig geworden und hatte begonnen, seine Meinung über Julies Auftrag offen zu äußern. Seine anfängliche Zurückhaltung und Scheu bei der Beantwortung von Julies Fragen wurde durch Offenherzigkeit ersetzt. Zu diesem Zeitpunkt riet Julie ihm, nach innen zu schauen, was in der Psychologie als "Introspektion" bezeichnet wird. Langsam hatte Clement begonnen, die positive Wirkung dieser Maßnahme zu erkennen. Sein langsamer Wandel zur Extrovertiertheit war ihm nicht bewusst. Aber Julie konnte jede noch so kleine Veränderung an ihm beobachten und war froh darüber.

Also erzählte sie ihm von seiner Veränderung. Sie erzählte ihm auch von dem Freud'schen Konzept, dass "ein Komplex sich auflöst, wenn er verstanden wird". Sie erklärte die Bedeutung des Wortes "verstanden" als

Akzeptanz durch den Verstand des Patienten. Der Patient muss den Grund für seinen Komplex zweifelsfrei erkennen, und wenn sein Verstand das Stadium der Akzeptanz erreicht hat, wird seine alte Sichtweise, die seinen Komplex verursacht hat, verschwinden. Dann beginnt der Patient, sich normal zu verhalten.

Eines Tages gestand Clement Julie: "Jetzt schäme ich mich nicht mehr für den schändlichen Beruf meiner Tante. Ich bin überhaupt nicht glücklich darüber, aber ich habe keine Hemmungen mehr, dass andere es zufällig herausfinden. Ich habe mein eigenes Leben, und ich werde mich darum kümmern. Ich werde mich angemessen verhalten."

Das machte Julie glücklich und zufrieden, dass sie eine Seele vor den Komplexen bewahren konnte, die durch den Druck widriger Lebensumstände entstanden waren. Sie war nur zufällig auf Clements Problem gestoßen, und obwohl sie von ihm keine große Hilfe für ihre Nachforschungen bekommen konnte, hatte Julie erkannt, dass der scheinbar normale und ahnungslose Clement ein Mann mit einigen psychischen Problemen war, die geheilt werden mussten. Und sie konnte dabei helfen, ihn zu heilen. Das gab ihr viel Selbstvertrauen und den Anstoß, weiterzumachen.

Kapitel 22

Pater Dr. Felix war für seine theologischen Kenntnisse besser bekannt als der Vikar der Kirche St. Alotious in Porto. Seine Versetzung von Lissabon nach Porto hatte eine gewisse Bedeutung. Er hatte eine doppelte Aufgabe: sowohl als Vikar der Kirche als auch als Theologieprofessor an der Theologischen Hochschule St. Alotious. Die Kirche St. Alotious in Porto und die Hochschule unterstanden der gleichen Leitung. Daher wurden nur Priester mit einem Doktortitel in Theologie - der für die Lehrtätigkeit erforderlichen Qualifikation - selektiv zu Pfarrern der Kirche ernannt.

In Porto traf Pater Dr. Felix zufällig auf einen alten Bekannten, überraschenderweise keinen anderen als Robin, den entfremdeten Ehemann von Romula. Die Begegnung war für beide eine angenehme Überraschung. Aber Pater Felix war noch überraschter, als er sah, dass Robin nun entstellt war und auf Krücken humpelte. Nach der anfänglichen Freude über ihre überraschende Begegnung kamen sie zu einem ernsten Gespräch.

"Warum gehst du auf Krücken?" fragte Pater Felix mit gemischten Gefühlen. Die Freude, ihn nach langer Zeit wiederzusehen, wurde durch seinen behinderten Zustand getrübt.

"Nach meiner Trennung von Romula bin ich direkt nach Porto gekommen", antwortete Robin, "denn die Firma, für die ich in Lissabon gearbeitet habe, hatte hier eine Niederlassung, und ich konnte mich ohne viel Aufhebens versetzen lassen. Allerdings hatte ich beim Überqueren der Straße einen Unfall, durch den ich die Beweglichkeit meines rechten Knies verloren habe. Abgesehen davon geht es mir hier gut. Aber wie kommt es, dass Sie hier sind?"

"Ich wurde mit einer bestimmten Absicht nach Proto versetzt", antwortete der Pater. "Die Synode der Gemeinde hat meine Versetzung hierher beschlossen. Sie hatte einen doppelten Zweck. Ein Priester, der in der Lage ist, an der Hochschule Theologie zu lehren, kann auch Vikar der Kirche sein. Deshalb haben sie solche Priester bevorzugt. Mein Vorgänger, Pater Dr. Sylvester, war in den Ruhestand getreten, und ich wurde an seiner Stelle ernannt. Zum Vikar konnte nur der dienstälteste Priester ernannt werden, der die Normen der Synode erfüllen konnte. Wenn also ein neuer Priester ernannt wurde, würde er nicht lange bleiben, weil er in den Ruhestand gehen würde. Die Synode wollte einen häufigen Wechsel der Vorsteher, aus Gründen, die nur sie kannten."

"Und wo wohnst du jetzt?" fragte Robin. "In meinem Pfarrhaus", antwortete der Pfarrer. "Hätten Sie morgen Zeit?" fragte Robin.

"Nach der Morgenmesse werde ich frei sein. Da morgen Samstag ist, findet kein Unterricht statt", antwortete der Pfarrer.

"Ist es für Sie in Ordnung, wenn ich am Abend komme? fragte Robin.

"Ja, bitte kommen Sie. Worum geht es denn?" fragte der Priester neugierig. Dann fragte er sich, ob seine Frage nicht etwas voreilig war und er mehr Geduld hätte aufbringen sollen, wie es sich für einen Priester gehörte.

"Nichts Ernstes, ich erzähle es dir, wenn wir uns morgen treffen", sagte Robin und machte sich auf den Heimweg.

Als er zurückkehrte, kamen ihm unaufgefordert Gedanken aus der Vergangenheit in den Sinn. "Dieser Priester war so ein Teil meines Lebens, als ich in Lissabon war!" Er dachte an den Tag, an dem er mit Romula den Bund der Ehe geschlossen hatte, und an die Rolle, die der Priester bei der Zeremonie gespielt hatte. Auf die Trennung waren Tage des Schmerzes gefolgt, der nur langsam verblasste. Seit er Lissabon verlassen hatte, hatte sich auch sein Geist weiter verändert, und nun war er wie erstarrt und unempfänglich für jede Art von Nostalgie nach der Vergangenheit. Er war ein freier Vogel, der in die Lüfte entlassen wurde. Seine Gedanken an den Priester waren nicht nostalgisch, sondern einfach Erinnerungen an einen vergangenen Lebensabschnitt.

Robin dachte bei sich: "Die schlimmsten Tage meines Lebens waren die, die auf meine Hochzeit folgten. Die Gläubigen sagen, dass die Ehen im Himmel geschlossen werden. Wie kommen sie zu dieser Annahme? Sie wollen ihnen Heiligkeit und Glück zuschreiben und glauben fest daran, dass solche Ehen mit Sicherheit erfolgreich, wohlhabend und von langer Dauer sein werden und dem Paar mit dem Segen Gottes unendliches Glück bescheren. Wie kann eine solche Ehe also ein Misserfolg sein? Hat mir meine eigene Ehe nicht endlose Qualen bereitet? In der Tat waren es die schlimmsten Tage meines Lebens. Wenn man an Gott und den Himmel glaubt, sollte die Vorstellung von Ehen, die im Himmel geschlossen werden, endloses Glück für das Paar bedeuten, mit dem Segen Gottes. Aber ist das wirklich so? Warum scheitern solche Ehen, wenn sie im Himmel geschlossen werden? Aber auch kirchlich geschlossene Ehen scheitern aus verschiedenen Gründen. Was kann der Himmel also tun, um solche Ehen zu retten, außer die Rolle eines neutralen Zuschauers zu spielen, der das Scheitern solcher Ehen zulässt? Ist die Vorstellung, dass die Ehe im Himmel geschlossen wird, nicht das Ergebnis eines unbegründeten Glaubens? Ihr Wahrheitsgehalt entbehrt jeglicher Logik oder Wahrheit, sondern ist in der fernen Antike verankert. Eine solche Vorstellung wurde von Generation zu Generation von Gläubigen weitergegeben, seit undenklichen Zeiten. Irgendwo in der fernen Vergangenheit geschah etwas, von dem nur diejenigen, die noch lebten, um es mitzuerleben, die Wahrheit direkt kannten. Aber für die nachfolgenden Generationen war die Wahrheit nur ein Hörensagen von dem, was diese Zeugen als Wahrheit projizierten. Und allmählich wurde dieses Hörensagen für die Wahrheit gehalten. Und die wirkliche Wahrheit wurde unter einem riesigen Haufen unbegründeter Glaubensvorstellungen begraben. Ist es nicht realistischer, das zu glauben, als das zu glauben, was die Gläubigen sagen?"

In seine Gedanken vertieft, bemerkte Robin kaum, dass er zu Hause angekommen war. Er wusch sich und setzte sich zu einem frühen Abendessen hin. Da er niemanden hatte, der ihm half, musste er alles selbst machen. Aber er hatte sich durch lange Übung an solche Aufgaben gewöhnt. Und seit seine Ehe gescheitert war, war er ein anderer Mensch: Er wollte einfach nur in der Einsamkeit schwelgen. So setzte er sich nach der Hausarbeit hin und las, wobei er manchmal unbewusst in eine Träumerei verfiel, wie die folgende:

"Wer war dafür verantwortlich, dass unsere Ehe in die Brüche gegangen ist? War ich es oder Romula?" Eine Antwort schoss ihm in den Sinn. Er hatte keinen Zweifel daran, dass es Romulas Schuld war. Wenn er an ihr psychologisches Problem dachte, dachte Robin, dass auch Romula keine andere Meinung haben würde. Obwohl er kein klinischer Psychologe war, erinnerte er sich daran, was der Psychologe, den Romula konsultiert hatte, gesagt hatte: "Sie hat spirituellen Sex. Sie hat das Gefühl, mit Gott verheiratet zu sein." Er erinnerte sich daran, was Romula über sich selbst gesagt hatte: "Ich will Gott, und ich will in Gott leben und sterben", was ihm ziemlich bizarr vorkam.

Dann verglich er die Vorstellungen normaler Menschen über Liebe, Sex und den Rest. Nach seiner eigenen Erfahrung mit der Liebe hatte Gott keine Rolle zu spielen. Er kam zu dem Schluss, dass alles Weltliche eine Rolle in der wahren Liebe spielte: die Blumen, ihr Duft, die sanfte Brise, die Hügel und Berge, die Bäume und das Unterholz, alles spielte eine symbolische Rolle in seinem Gefühlsleben der Liebe. Aber an wen richtete sich diese Liebe? Es war jedenfalls nicht Gott. Die Liebe war nicht instinktiv auf Gott ausgerichtet, sondern auf das andere Geschlecht, denn Gott selbst hatte uns den Weg gewiesen, indem er Adam und Eva schuf, damit sie sich liebten. Er hätte einen anderen Mann als Gesellschaft für Adam schaffen können, wenn es um die Gesellschaft gegangen wäre. Aber warum tat er es nicht? Weil er andere Absichten hatte als bloße Gesellschaft! Gottes Absicht war, dass wir uns fortpflanzen sollten. Deshalb schuf er eigens Eva, eine Frau. Wie kommt es also, dass Romula kein Verlangen danach hatte, Bestandteil des menschlichen Geschlechts zu sein? War es nicht natürlich, dass ein junger Mann Sehnsucht nach einem jungen Mädchen hatte und ein junges Mädchen nach einem jungen Mann? Er war sich sicher, dass solche Sehnsüchte letztlich auf den körperlichen Sex ausgerichtet waren. Er erinnerte sich an etwas Ätherisches, das die Liebe in seinem aufstrebenden Geist geweckt hatte. Es war der berauschende Duft von Blumen und Träumen. Dann dachte er an das Gesicht einer weinenden Frau oder einer traurigen Frau. Eine wütende, weinende oder traurige Frau rührte seinen Geist mehr als eine lachende oder lächelnde Frau. Er konnte nicht an eine Frau denken, die Gott ihrem Ehepartner vorzog, Gott allein und nichts als Gott, und die nicht in der Lage war, ein normales Leben zu führen, wie seine entfremdete Frau, Romula. Schließlich schlief er ein.

Am nächsten Morgen wurde Robin durch ein Klopfen an der Tür geweckt. Es war Pater Felix mit einem Lächeln. "Guten Morgen, Vater!" Robin begrüßte ihn. "Kommen Sie herein und setzen Sie sich. Was hat Sie heute Morgen hierher geführt? Ist es etwas Dringendes?"

"Nein, aber ich fahre heute Morgen nach Lissabon, deshalb dachte ich, ich sollte früher kommen", antwortete der Priester.

"Und was ist der Grund dafür?" fragte Robin.

"Ich bin vorübergehend in Lissabon, um dort drei Tage lang die Heilige Messe in unserer alten Kirche zu halten", antwortete der Priester.

"Warum das denn?" fragte Robin.

"Es ist eine Übergangslösung des Pontifex, weil der amtierende Priester plötzlich erkrankt ist. Die Ärzte rieten ihm, sich drei Tage lang auszuruhen."

Als Robin nicht antwortete, bot der Priester an, Romula während ihres Aufenthalts in Lissabon zu besuchen; er war sicher, dass Romula zur Messe kommen würde. Robin sagte kein Wort. Er fühlte sich wie betäubt.

Eine Stunde später fuhr der Priester nach Lissabon. Es war eine dreistündige Fahrt. In der Kirche angekommen, nahm der reisemüde Priester ein warmes Bad, um sich zu erfrischen. Es wurde Abend, und er ging spazieren. Plötzlich kam ihm der Gedanke, Romulas Haus zu besuchen, das nur zehn Minuten Fußweg von der Kirche entfernt lag. Während er ging, dachte er nostalgisch an Robin und Romula. Die traurigen Erinnerungen an ihre Trennung beunruhigten ihn. Als Priester war er derjenige, der die Ehe geschlossen hatte, und als gläubiger Mensch fühlte er sich schuldig: Er hatte die moralische Verantwortung, die Trennung zu kitten, und vielleicht hätte er sich mehr anstrengen müssen, um zu verhindern, dass ihre Ehe in die Brüche ging. Er erinnerte sich daran, dass er Romula als Priester höchsten Respekt abverlangt hatte. Aber er konnte nicht herausfinden, was schief gelaufen war und warum. Aber die Tatsache, dass die von ihm geschlossene Ehe gescheitert war, reichte aus, um ihm ein Gefühl der Schuld zu geben, als ob er sich vor Gott für das, was in ihrer Ehe geschehen war, schuldig machen würde.

Er fragte sich, welchen Zweck der Besuch bei Romula erfüllen würde. Robin hatte ihn nicht mit einer Mission betraut. In der Tat deutete Robins Schweigen auf eine Abneigung gegen das Aufarbeiten der Vergangenheit hin. Der Priester fragte sich also, warum er Romula besuchen sollte, wenn ihr eigener entfremdeter Ehemann kein Interesse daran zeigte. Vielleicht sollte er Robin und Romula nicht als eine Einheit betrachten; jetzt, wo sie zwei getrennte Individuen geworden waren, die nichts mehr gemeinsam hatten, konnte er Romula vielleicht mit einer gewissen Berechtigung besuchen.

Seine Gedanken lenkten ihn von der Erkenntnis ab, dass er Romulas Haus erreicht hatte. Es war noch genau so wie früher. Aber der Priester selbst hatte sich äußerlich mehr verändert: Vielleicht würde er durch sein Altern nicht mehr wiederzuerkennen sein.

Aber eigentlich war es Julie, die die Tür öffnete. Sie sah einen Mann in einem Priestergewand, mit stark gewachsenen Haaren und Bart, abgemagert bis auf die Knochen, der stumm sein Alter verkündete. Er war selbst für Personen, die ihn persönlich kannten, nicht leicht zu erkennen. Lange Jahre waren vergangen, seit er Lissabon in Richtung Portio verlassen hatte. Als er in Lissabon war, war sein Haar kurzgeschoren und sein Gesicht glatt rasiert gewesen; er hatte jung, gepflegt und ordentlich ausgesehen. Aber dieser Priester mit seinem langen Bart und seinem bis zur Unkenntlichkeit gewachsenen Haar wirkte auf Julie wie ein völlig Fremder. Sie befürchtete sogar, er könnte ein Eindringling sein. Sie kannte keinen Priester, der in der Vergangenheit mit ihrer Familie bekannt war, nicht einmal von ihrer Mutter. Aber sie war mutig genug, den Priester hereinzubitten.

"Setzen Sie sich bitte", sagte Julie.

Der Priester setzte sich auf einen Stuhl und starrte Julie an. Sie fühlte sich etwas verlegen und wandte den Blick von ihm ab.

"Du bist Romulas ...", der Priester blieb auf halbem Weg stehen. "Tochter", ergänzte Julie.

"Ist Romula hier?" fragte der Priester.

"Sie ist beim Einkaufen, sie wird bald zurück sein", antwortete Julie.

Der Priester lächelte und sagte nichts weiter. Bald darauf hörten sie beide draußen Schritte. Es klingelte an der Tür und Julie öffnete die Tür. Als ihre Mutter das Zimmer betrat und gerade etwas zu Julie sagen wollte, bemerkte sie den Pfarrer und musste ihre Worte herunterschlucken. Der Priester sah Romula an und lächelte. Sie erwiderte das Lächeln zögernd, aber auch sie konnte den Priester nicht erkennen.

Er beschloss, sie mit einer Überraschung zu überraschen: "Wie geht es dir, Romula?" fragte er.

Sein Plan ging auf. Romula war erstaunt, dass der Priester sie bei ihrem Namen nannte, wie es vertraute Freunde tun würden. Anhand des Gewandes des Priesters versuchte sie, sich an die Gesichter der Priester zu erinnern, die sie gekannt hatte, aber vergeblich. Als sie ihn nicht zuordnen konnte, war sie verlegen, denn der Priester kannte ihren Namen, was auf Vertrautheit schließen ließ, während er ihr völlig fremd vorkam.

"Woher kennst du mich?" fragte Romula schließlich erstaunt.

Der Priester lächelte wieder, als ob er ein Versteckspiel spielen würde.

"Da er unsere Namen kennt, kennt er vielleicht auch meinen entfremdeten Ehemann", dachte Romula. Dann kam ihr ein Geistesblitz: Sie würde sehen, ob der Priester auch den Namen ihres Mannes kannte.

"Mein Mann ist nicht hier", sagte Romula und wartete auf die Antwort des Priesters.

Als der Priester ihre Antwort hörte, lachte er herzhaft, was für sie indirekt ein Hinweis darauf war, dass der Trick nicht funktioniert hatte. "Ich weiß, dass Robin nicht hier ist", sagte der Priester und lachte erneut.

Romula war peinlich berührt und verwirrt. Sie fühlte sich, als würde sie aufgeben. Sie musste ihre Niederlage eingestehen.

Also sagte sie höflich: "Pater, ich kann Sie nicht einordnen. Das ist meine Schuld. Bitte sagen Sie mir, wer Sie sind?"

Der Priester lachte wieder und beschloss schließlich, seine Identität preiszugeben. "Ich bin Pater Felix", sagte er und schenkte ihr ein vielsagendes Lächeln, das Romula wegen ihres Versagens noch mehr in Verlegenheit brachte. Sie sah den Priester erstaunt an, als sie sich an die Tage erinnerte, als der Priester in Lissabon gewesen war; die gegenseitige Intimität, die sie gehabt hatten, kam ihr in den Sinn. Romula errötete, als ihr bewusst wurde, dass sie mit einer Person, die bereits alles über sie wusste, darüber gesprochen hatte, dass ihr Mann nicht da war. Sie bezweifelte, dass der Priester dort war, um ein unliebsames Kapitel in ihrem Leben wieder aufzuschlagen, besonders in Gegenwart von Julie. Ihr war klar, dass solche Enthüllungen die Dinge verkomplizieren könnten, indem sie den Aufenthaltsort ihres Mannes ans Licht bringen. Dann würde Julie vielleicht ihren Vater kennenlernen wollen. Wenn Julie einen solchen Anspruch erhob, würde sie sie nicht daran hindern können.

Nachdem Romula sich von ihrem Mann getrennt hatte, führte sie ein Leben, in dem sie ausschließlich Julie besaß. Das einzige andere Wesen, mit dem sie ihre Liebe teilen wollte, war Gott. Sie hatte versucht, Julie die Wege Gottes zu vermitteln, indem sie ihr spirituelle Lektionen über die göttliche Liebe und das Mitgefühl Gottes für seine Schöpfungen, seine Seele und seine Geistigkeit erteilte; und über Gottes Zorn, wenn jemand von seinen Geboten abwich. Der Zweck ihres Unterrichts war es, ihrer Tochter zu zeigen, indem sie sich selbst als Vorbild für sie darstellte: wie sie selbst in Gott lebte, wie sie ihm vertraute, wie sie sich Gott hingegeben hatte, indem sie ein Leben in Gott lebte und hoffte, in Gott zu sterben. Es war eine stille Einladung der Mutter an ihre Tochter, es ihr gleichzutun.

Aber sie wusste, dass Julie nicht völlig in ihrem Bereich der Spiritualität gehalten werden konnte, da sie erwachsen geworden war. Julie hatte ihre eigenen echten Zweifel an ihren Ansichten über Gott, göttliche Liebe und Spiritualität. So war die Mutter die ganze Zeit über besorgt, dass ihre Tochter von dem Gerüst, das sie umgab, abspringen könnte.

Als der kenntnisreiche Priester ihr einen Besuch abstattete, war das wie eine plötzliche, unerwartete Sturmflut, die ihr ansonsten ruhiges und friedliches Leben in Aufruhr versetzte. Und das war der Grund, warum sie unglücklich oder, genauer gesagt, schockiert über den Besuch des Priesters war, der die Ehe mit ihrem Ehemann vollzogen hatte. Ihre Vergangenheit, ihre Ehe und ihre Trennung waren Dinge, die sie vergessen wollte. Deshalb hatte sie ihrer Tochter nur so viel von ihrer Vergangenheit offenbart, wie sie es für nötig hielt. Sie befürchtete, dass der ahnungslose Priester, der das Ausmaß ihrer Enthüllungen über ihre Vergangenheit gegenüber ihrer Tochter nicht kannte, ungewollte Informationen an ihre Tochter weitergeben könnte, die sich der Vorbehalte ihrer Mutter nicht bewusst war und auch nicht wusste, wie zurückhaltend sie bei der Enthüllung der Details war. Sie befürchtete daher, dass der Priester ihrer Tochter gegenüber etwas ausplaudern könnte, was sie nicht preisgegeben hatte. Wenn das geschähe, wäre ihr Image als liebende, offenherzige Mutter vor ihrer Tochter dahin. Die Enthüllungen des Priesters würden sie in Misskredit bringen.

"Wie gehe ich mit dieser Situation um?" dachte sie. "Ich kann den Priester nicht vorwarnen, meiner

Tochter nichts von meiner Vergangenheit zu erzählen, oder ihn ganz abblocken, was dann schlecht aussehen würde. Wird er nicht denken, dass meine Beziehung zu meiner Tochter nicht offenherzig ist, nicht so, wie es zwischen einer liebenden Mutter und Tochter sein sollte? Wird er dann nicht denken, dass es zwischen Mutter und Tochter ein Zerwürfnis gibt? Wahre Liebe und Aufrichtigkeit werden in einer Beziehung zwischen Mutter und Tochter erwartet. Gegenseitige Zuneigung, Mitgefühl, Zusammengehörigkeit und ein Gefühl der gegenseitigen Zugehörigkeit machen eine Mutter-Tochter-Beziehung natürlich und vollendet. Wird der Priester nicht denken, dass diese Faktoren in unserer Mutter-Tochter-Beziehung fehlen?"

Romula empfand die Anwesenheit des Priesters als unpassend und beunruhigend für sie. Dennoch hieß sie ihn herzlich willkommen, denn sie konnte die starke Bindung und die unbestreitbare Beziehung zwischen ihr und dem Priester nicht ignorieren. Sie konnte die Zeiten in der Vergangenheit, in denen sie dem Priester nahe gestanden hatte, nicht vergessen und erinnerte sich an die Hilfe, die der Priester ihr zuteil werden ließ. Diese Zeiten, in denen sie von dem Priester reichlich Segen erhalten hatte! Diese Zeiten, in denen der Priester ihr geholfen hatte, ihre geistigen Gedanken zu erweitern und zu bereichern, indem er sein überlegenes Wissen mit ihr teilte!

Was den Priester anbelangt, so handelte es sich um eine Dreiecksbeziehung zwischen Robin, Romula und ihm selbst. Und dann war da noch Julie, das einzige Kind aus der Ehe zwischen Robin und Romula, deren Ehe übrigens von ihm selbst geschlossen worden war, so dass die Verbindung auch für Julie unantastbar war. Wenn Julie Gefühle für den Priester hegte, dann deshalb, weil er der Priester war, der die Ehe zwischen ihrem Vater und ihrer Mutter geschlossen hatte, bei der sie natürlich nicht dabei war.

Der Besuch des Priesters war also nur ein Zeichen des guten Willens nach so langer Zeit, wenn auch unerwartet für Romula. Trotzdem wollte sie den Priester schnell wieder loswerden, denn sie mochte seine Anwesenheit nicht, nicht einmal für einen Moment. Es wäre sicherlich schrecklich, wenn er sich entschließen würde, ein paar Tage bei ihnen zu bleiben, und sie könnte nicht "Nein" sagen, wenn er sie fragen würde. Was Julie betrifft, so machte ihr sein Aufenthalt bei ihnen keine großen Sorgen, aber insgesamt wäre es ihr lieber, wenn der Priester sie in Ruhe ließe, denn sie fühlte sich durch seine Anwesenheit in ihrer Freiheit und Privatsphäre beschnitten.

Der Priester war auch nicht darauf erpicht, länger zu bleiben. Aber er würde es tun, solange er das Gefühl hatte, dass er willkommen war. Alle befanden sich also in einer Zwickmühle. Aber er ahnte nicht, wie wenig bereit die Mutter und die Tochter waren, ihn zu empfangen. Er ahnte es nicht, da er in der Vergangenheit eine enge Beziehung zu der Familie hatte. Sie waren sich nahe, so nahe, lebten wie eine Familie. Es war der Priester, der sich um die geistlichen Belange der Familie gekümmert hatte, einschließlich der Trauung von Robin und Romula. Der Priester konnte sich also nicht vorstellen, dass Romula, die sich selbst als ungnädig empfand, ungnädig war. Obwohl Julie sich insgeheim danach sehnte, dass der Priester ging, erinnerte die Psychologin sie an das übliche Sprichwort "Menschen sind im Grunde egoistisch", das ihrer Meinung nach genau beschreibt, wie sie sich alle unter diesen Umständen fühlten.

Der Priester war sowohl Robin als auch Romula lange Zeit freundlich und nahe gestanden, da sie unter seinem Priesteramt zur selben Gemeinde gehörten. Als er dann ihre Hochzeit feierte, richtete sich seine Nähe, Fürsorge und Sorge eher auf die gemeinsame neue Familie als auf die beiden Einzelnen. Als ihre Ehe in die Brüche ging, hat er versucht, sie wieder zusammenzubringen. Als seine Bemühungen scheiterten, versuchte er dennoch, sowohl Robin als auch Romula gegenüber fair zu bleiben. Als Robin Lissabon verließ und auch er aus Lissabon versetzt wurde, wurden seine Verbindungen zur Familie abgebrochen. Aber Robin lebte in seinen Gedanken weiter, genau wie Romula.

Julie überlegte die ganze Zeit, wie sie das Dilemma, in dem sie und ihre Mutter steckten, besser ausdrücken könnte, und kam schließlich auf ein zweites. Schließlich sind "die Menschen im Grunde egoistisch"

dachte sie, "die Menschen sind im Grunde genommen undankbar". Zunächst hielt sie die zweite Aussage für präziser und kontextbezogener als die erste. Aber bei näherer Betrachtung fand sie eine unbestreitbare

Verbindung zwischen diesen beiden Maximen. Mit ihrer psychologischen Gelehrsamkeit stellte sie fest, dass sie die Ursache und Wirkung der menschlichen Natur sind. Die nächsten naheliegenden Fragen lauten: Warum sind die Menschen im Wesentlichen egoistisch und warum sind sie im Wesentlichen undankbar? Sie kam zu dem Schluss, dass die erste Frage die Frage und die zweite die Antwort ist. Die Menschen sind von Natur aus selbstsüchtig und können daher nicht dankbar sein.

Als der Pfarrer in Lissabon war, hatten Robin und Romula seine Freundlichkeit und sein Wohlwollen im Überfluss genossen.

Sie waren lange Zeit die Nutznießer seiner Großzügigkeit. Als Gottesgläubige brauchte Romula viel geistigen Beistand von ihm. Er hatte sie angeleitet und ihr den Weg gezeigt, sich in Gottes Sinne zu verhalten, indem er ihr die Grundzüge der Theologie mit ihrer logischen und tiefgründigen Analyse beigebracht hatte. Was sie dem Priester zurückgab, war ihr fester Glaube an Gott und ihre strenge Einhaltung der religiösen Riten. Der Priester lehrte sie, dass Gott immer wollte, dass Priester und Laien bei der Durchführung der religiösen Riten zusammenarbeiten. Er forderte die Laien auf, immer wieder in die Kirche zu kommen. Dann würde der göttliche Segen auf den Priester und die teilnehmenden Laien herabregnen. Das waren die flüchtigen Momente, in denen der Priester und die Laien zu einer Einheit verschmolzen. Und es waren feierliche Momente, in denen Leib und

Seele in einer Art geistiger Einheit inbrünstig zusammenwirkten. Es war eine Art Geben und Nehmen. Der Priester brauchte die Anwesenheit der Laien, und die Laien brauchten die Anwesenheit des Priesters. So wurde es auch die Erfüllung des Wunsches Gottes.

Kapitel 23

Dem Priester wurden Kaffee und Snacks gereicht. Romula und Julie setzten sich. Dann begann der Priester zu erzählen. "Zurzeit arbeite ich in Porto als Vikar der Kirche St. Alosious, wo ich zwei Aufgaben habe. Unter der Schirmherrschaft der Kirche arbeitet eine gleichnamige theologische Hochschule. Ich bin sowohl Vikar der Kirche als auch Rektor und Professor der Hochschule."

"Und was hat Sie jetzt nach Lissabon geführt?" fragte Julie.

"Der Pfarrer der Kirche hier ist wegen eines Gebrechens beurlaubt, und ich bin als Überbrückungsmaßnahme im Einsatz. Ich werde nur drei Tage hier sein", sagte der Pfarrer. Er wollte nicht verraten, dass er mit Robin in Kontakt stand und auch nicht, wo er sich aufhielt, denn Robin hatte kein Interesse an einem Treffen mit Romula gezeigt.

"Du wirst also drei Tage lang hier sein? Und wo wohnst du jetzt?" fragte Romula neugierig.

"Im Quartier des Vikars", antwortete der Priester.

"Und was ist mit dem anderen Pfarrer?" fragte Romula erneut.

"Auch er wohnt bei mir. Wir haben einen festen Koch, der uns das Essen zubereitet", antwortete der Priester.

Als Romula dies hörte, seufzte sie erleichtert auf. Doch kaum war Romulas Angst verflogen, wurde sie von Julie wiederbelebt. Sie wollte den Priester fragen, ob er ihr einen Hinweis auf den Aufenthaltsort ihres Vaters geben könne. Viel Zeit blieb ihr nicht, denn es waren nur noch drei Tage bis zur Abreise des Pfarrers aus Lissabon. Sie musste also sofort etwas unternehmen, um ohne ihre Mutter mit dem Priester zu sprechen.

Nach einiger Zeit verabschiedete sich der Priester von ihnen und ging zurück in sein Quartier. Julie ließ ihm genug Zeit, um zurückzukommen, und läutete dann bei ihm. Julie ging aus dem Haus, als ob sie etwas anderes vorhätte, und nutzte die Gelegenheit, um sich von ihrer Mutter zu lösen. Der Pfarrer nahm sofort ab.

"Kann ich Pater Felix ans Telefon holen?" fragte Julie.

"Ja, am Apparat", sagte Pater Felix am anderen Ende.

"Ich bin wieder Julie, Romulas Tochter", stellte sie sich vor.

"Oh! Was veranlasst dich, so früh anzurufen? Gibt es etwas Dringendes?" fragte der Pater.

"Ja, Vater, die Angelegenheit ist dringend für mich", antwortete Julie.

"Dringend?" fragte der Pater erstaunt.

"Ja, Pater. Die Angelegenheit ist sehr dringend für mich. Ich möchte mit Ihnen darüber sprechen. Wann können wir es schaffen? Wann sind Sie frei? Morgen geht meine Mutter zu einem eintägigen religiösen Kongress. Die Angelegenheit, die ich Sie fragen möchte, betrifft ausschließlich meine Mutter. Darf ich Sie treffen, wenn sie weg ist? Bitte sagen Sie mir, ob Sie Zeit haben", sagte Julie.

Der Pfarrer dachte an den anderen Vikar: Wenn Julie ihn in seinem Quartier treffen würde, müsste der andere Vikar an dem Gespräch teilnehmen. Er wusste, dass Julie das nicht gefallen würde.

"Wenn es Ihnen recht ist, würde ich Sie zu Hause treffen. Ich könnte bis 10 Uhr zu Ihnen kommen", schlug der Pfarrer vor.

Julie hielt das für eine sehr gute Idee und stimmte zu; der Pater erreichte Julies Haus auf die Minute genau.

"Setzen Sie sich, Herr Pfarrer", forderte Julie ihn auf, was er auch tat.

Ohne weitere Zeit zu verlieren, kam Julie auf das Thema zu sprechen. "Wie Sie wissen, leben mein Vater und meine Mutter getrennt. Nun möchte ich herausfinden, wo sich mein Vater aufhält, um mit ihm zu sprechen, denn das würde mir bei meinen Nachforschungen helfen. Was ich von Ihnen brauche, ist, meinen Vater zu finden. Da ich nach der Trennung der beiden geboren wurde, weiß er vielleicht nicht einmal, dass er eine Tochter auf dieser Welt hat. Meine Mutter ist nicht in der Lage, irgendeinen Hinweis auf den Aufenthaltsort meines Vaters zu geben. Vielleicht lebt er noch, vielleicht auch nicht mehr. Aber ich glaube, Sie könnten mir in dieser Angelegenheit helfen. Wenn er noch lebt, möchte ich ihn dringend kennenlernen." Julie schüttete ihre Gedanken aus und vertraute dem Vater voll und ganz.

Der Priester hörte ihr aufmerksam zu und schenkte ihr ein vielsagendes Lächeln. Er hielt Julies Bitte an ihn und sein Wissen über ihren Vater für einen angenehmen Zufall, so dass Julie Glück hatte.

"Ich bin mir der Zwickmühle, in der Sie stecken, durchaus bewusst. Normalerweise wäre ich Ihnen nicht behilflich gewesen, wenn ich nicht wüsste, wo sich Ihr Vater aufhält", antwortete der Priester.

Das weckte Julies Hoffnungen wieder. "Haben Sie denn eine Ahnung von ihm? Ihre Antwort lässt vermuten, dass Sie etwas wissen." Julie spürte eine plötzliche Aufwallung von Hoffnung in ihrem Kopf.

"Ja, ich weiß, wo dein Vater ist. Und ich kann ein Treffen zwischen Ihnen und ihm arrangieren.

Ist das in Ordnung für dich?" fragte der Vater.

"Bitte! Sag mir, wo er ist!" rief Julie aus.

"Er arbeitet in einem Ort namens Porto, wo ich jetzt lebe", sagte der Priester. "Dann sagen Sie mir, wie ich ihn kontaktieren kann?" fragte Julie in großer Aufregung.

"Ich fahre übermorgen zurück nach Porto. Ich werde morgen Abend von meinem Dienst hier entbunden werden. Übermorgen fahre ich um 8 Uhr nach Porto. Wenn es Ihnen recht ist, könnten Sie mit mir kommen. Das ist der einfachste Weg für Sie, ihn zu treffen. Da du aber möchtest, dass das Geschäft vor deiner Mutter geheim bleibt, musst du eventuell entsprechende Vorkehrungen treffen. Wenn du mit mir kommst, sag mir bis morgen Abend Bescheid", sagte der Priester.

"OK, ich werde Ihnen vor morgen Abend Bescheid geben", sagte Julie, und er ging.

Julie war nachdenklich, als sie die Tür schloss. Es musste alles schneller gehen, als sie dachte. Obwohl sie sich darauf freute, ihren Vater kennenzulernen, hätte sie nie gedacht, dass sie mit dem Priester auf Kriegsfuß stehen würde.

Kapitel 24

Es war Mittag. Julie hatte ein frühes Mittagessen. Sie dachte darüber nach, wie sie ihre Pläne verwirklichen konnte, ohne ihre Mutter zu informieren. Wenn sie recherchierte, war sie oft von zu Hause weg. Ihre Mutter hatte sich nie in ihre Abwesenheit von zu Hause eingemischt. Sie wusste, dass jeder Protest ein Aufschrei in der Wildnis wäre und nur böses Blut erzeugen würde. Das gefiel ihr nicht: Eine Trennung von ihrer Tochter war für sie unvorstellbar. Sie sah ein, dass sie sich mit den Lebensgewohnheiten ihrer Tochter abfinden musste: Julies Strenge bei der Durchführung ihrer Forschungen stand im Widerspruch zu ihren eigenen spirituellen Ansichten. Sie wusste, dass die Forschung neue Erkenntnisse über Gott und die göttliche Liebe bringen könnte, die sich von den herkömmlichen Überzeugungen unterscheiden. In diesem Fall würden ihre eigenen, auf der Antike beruhenden Erkenntnisse ihren Einfluss auf Julies Denken verlieren. Sie konnte sich eine solche Situation für die Zukunft vorstellen, aber sie wusste, dass sie sich damit abfinden musste.

Am Abend kam Romula zurück. Während sie sich unterhielten, wurde Julie klar, dass sie keine Zeit mehr hatte, ihre Mutter über ihren Plan, das Haus zu verlassen, zu informieren. Sie konnte ihrer Mutter nicht sagen, dass sie mit Pater Felix nach Porto fahren würde, um ihren Vater zu treffen. Alles musste geheim gehalten werden. Sie konnte die Zustimmung ihrer Mutter nur erhalten, wenn sie sagte, dass sie im Zusammenhang mit ihren Forschungen verreisen würde. Julie führte ihren Plan, die Zustimmung ihrer Mutter zu erhalten, geschickt aus. Dann informierte sie Pater Felix, dass sie mit ihm nach Porto fahren würde, um ihren Vater zu treffen. Sie arrangierte ihr Treffen mit dem Priester außerhalb der Kirche, um den anderen Priester über ihre Pläne im Unklaren zu lassen.

Kapitel 25

Julie verabschiedete sich von ihrer Mutter für eine Woche und ging langsam zur Kirche, um auf einen weiteren Anruf von Pater Felix zu warten. Bald kam der Anruf und sie sah das Auto des Pfarrers, das wie vereinbart in der Nähe der Kirche auf sie wartete. Ohne Zeit zu verlieren, stieg sie in das Auto und sie fuhren in Richtung Porto davon. Unterwegs rief der Priester Robin auf seinem Handy an, um seine Ankunft anzukündigen. Er sagte ihm nicht, dass er mit Robins unbekannter Tochter Julie unterwegs war. Über solche Details wollte er persönlich sprechen. Schließlich hatte Robin keine Ahnung, dass er überhaupt eine Tochter auf dieser Welt hatte, die aus seiner kurzlebigen Ehe stammte. Nach etwa vier Stunden Fahrt erreichten sie die Stadt Porto. Die Kirche und die theologische Hochschule befanden sich im Stadtzentrum, aber Robin blieb in den Außenbezirken. Der Pfarrer hielt es nicht für nötig, Julie zum Pfarrhaus zu bringen, und so fuhren sie direkt zu Robins Wohnung.

Sobald Robin die Klingel hörte, öffnete er die Tür. Als er eine junge Frau in Begleitung des Pfarrers sah, war ihm das etwas peinlich. Er konnte sich nicht erinnern, sie schon einmal gesehen zu haben. Er wusste, dass Pater Felix ein eingefleischter Junggeselle war, also hatte er keine Ahnung, wer die junge Frau war. Robin bat sie herein, sie setzten sich alle und Robin starrte die Frau wieder an, verwirrt und unfähig, sie einzuordnen. Der Pfarrer beobachtete die Szene mit leichtem Amüsement.

"Wissen Sie, wer diese Dame ist?" fragte der Priester und verbarg sein Lächeln. "Es tut mir leid, ich habe keine Ahnung", antwortete Robin.

Der Priester lachte herzhaft, was Robin in Verlegenheit brachte. Er wollte die Wahrheit auf eine metaphorische Art und Weise enthüllen: "Sie ist die Saat, die du vor vierundzwanzig Jahren gesät hast und die nun zu einer vollwertigen Pflanze erblüht ist", sagte der Priester.

Robin hatte keine Ahnung, was das bedeutete. Er konnte nicht zwischen den Zeilen lesen. Umso mehr schämte er sich. "Nun, ich verstehe Sie nicht. Was soll das Ganze?" fragte Robin.

Um die Dinge klarer zu machen, drückte sich der Priester deutlicher aus: "Julie, das ist dein Vater, den du kennenlernen wolltest."

Robin hatte nicht die geringste Ahnung, dass er eine Tochter von Romula hatte und konnte daher den Ausführungen des Priesters nicht folgen. Er schaute den Priester fragend an.

"Sie sind sich vielleicht nicht bewusst, dass Sie der Vater dieser jungen Dame sind", sagte der Priester.

Robin war immer noch ziemlich verwirrt. Als Julie seine missliche Lage erkannte, wagte sie es zu erklären:

"Ich bin deine einzige Tochter, Julie. Meine Mutter ist Romula", sagte sie.

Robin erlebte eine angenehme Überraschung, fast einen Schock. Er dachte an seine quälende Beziehung zu Romula, die kaum einen Monat gedauert hatte, und an ihre Trennung kurz danach. Er konnte nicht glauben, dass trotz seiner quälenden Erfahrung mit Romula, die er als totalen Misserfolg in Erinnerung hatte, ein Baby geboren worden war, das nun als vollwertige Frau vor ihm stand. Seine Freude kannte keine Grenzen, als Julie ihn als "Vater" ansprach. Seine Augen tränten und dann liefen ihm die Tränen über die Wangen. Zum ersten Mal in seinem Leben wurde ihm bewusst, dass Vaterschaft eine beglückende Erfahrung sein kann. Dann erklärte er ihr, wie er sich verletzt hatte.

Bevor Julie ihren Vater kennenlernte, hatte sie keine Ahnung, ob er noch lebte oder nicht. Ihre Mutter sagte nur, dass er sie seit der Trennung nicht mehr besucht hatte. Julie hatte also keine Ahnung, wie er aussah, sein Gesicht, seine Figur, ob er groß oder klein war, ob er aufrecht oder mit hängenden Schultern ging, seinen Teint, sein allgemeines Benehmen. Als sie ihn zum ersten Mal sah, war sie hocherfreut, dass sie einen Vater aus Fleisch und Blut vor sich hatte, anstelle der abstrakten Vaterfigur, die sie so lange in ihrem Kopf gehegt hatte. Sie hatte das Gefühl, dass sich ein echtes Wesen vor ihr materialisiert hatte, um die Vaterfigur in ihrem Kopf zu ersetzen. Das war genug, um sie glücklich zu machen. Die Behinderung ihres Vaters machte sie nicht besonders traurig, denn sie hatte ihren Vater in seinem früheren Zustand nie gesehen oder getroffen. Von der ersten Begegnung an sah sie ihn mit seinen Krücken umgehen. Sie spürte also keine plötzliche Veränderung im Aussehen ihres Vaters, die sie traurig gemacht hätte. Sie hatte eine Gänsehaut und fühlte zum ersten Mal in ihrem Leben das Gefühl, zu einer Familie zu gehören, in der sie einen Vater und eine Mutter hatte, die ihre Familie vervollständigten.

"Jetzt, wo ich eine Tochter habe, möchte ich, dass du im Alter an meiner Seite bist, vor allem, wenn ich behindert bin", drückte Robin seine Hoffnungen und Wünsche mit einer seltenen Art von Zufriedenheit aus, die ihm ins Gesicht geschrieben stand. Seine Bitte kam unerwartet und brachte Julie in eine Zwickmühle.

Sie dachte: "Die Bitte meines Vaters ist nur von einem Vater zu erwarten, der alt wird oder an einer Behinderung leidet, die Hilfe erfordert. Es ist die Zeit, in der ein Elternteil jemanden braucht, auf den er zurückgreifen kann. Es ist die Zeit, in der sich ein Elternteil nach der Zweisamkeit mit seinen Lieben sehnt. Mein Vater hatte keine Gelegenheit, das Gefühl der gegenseitigen Liebe mit meiner Mutter aufzubauen. Die Liebe zwischen Eheleuten entwickelt sich nur durch Pflege. Aber ihre Liebe war der Funke eines Feuerwerks, der aufblitzte und in kürzester Zeit erlosch."

Sie fuhr mit ihrer Träumerei fort. "Aber wie kann ich ihm einen Gefallen tun, während ich mitten in meinen Forschungen stecke? Und was ist mit meiner Mutter?

Wie kann ich sie allein lassen? An ein Zusammenleben ist nicht mehr zu denken. Wenn ich mir die Sichtweise meiner Mutter auf ihr Leben anschaue, war die Trennung unüberbrückbar, keine Chance auf ein Wiedersehen. Aber ich bin nicht mit dem Ereignis ihrer Trennung verbunden. Ich bin nur das lebende Bindeglied, das ihrer zerbrochenen Ehe einen Sinn geben könnte. Das Problem ist nun, dass sowohl mein Vater als auch meine Mutter das alleinige Verfügungsrecht über mich haben wollen. Ich kann meine Forschung nicht auf halbem Wege aufgeben oder sie meinen Eltern zuliebe aufschieben. Wie kann ich auf ihre Bedürfnisse eingehen, wenn jeder von ihnen mich haben will, ohne den anderen zu berücksichtigen? Ich habe auch ein eigenes Leben jenseits meiner Eltern. Wenn Kinder zu Erwachsenen heranreifen, müssen die Eltern ihre Umklammerung langsam aufgeben und ihnen erlauben, sich zu entfalten. Diese Lektion lernen wir von den Vögeln und den Bienen", dachte Julie. Sie wollte von ihrem Vater wichtige Informationen für ihre Nachforschungen einholen, das war ihr dringendstes Bedürfnis, das sie nicht aufschieben konnte. Also beschloss sie, die Forderung ihres Vaters vorerst ruhen zu lassen, und überlegte sich, wie sie die Informationen, die sie von ihm erhalten wollte, ins Gespräch bringen könnte. Als Psychologin konnte sie ihre Aufregung beiseite schieben und sich auf ihre Forschung konzentrieren.

Kapitel 26

Am nächsten Tag, nach dem Frühstück, stellte Julie das Thema ihrem Vater vor. "Papa, was hältst du von der göttlichen Liebe?" fragte sie einleitend.

"Die göttliche Liebe ist göttlich. Sie geht von Gott aus und ist auf seine Schöpfungen ausgerichtet. Und seine Schöpfungen lieben ihn auch für seine Segnungen. Das ist es, was ich fühle", antwortete ihr Vater.

Julie fand nichts Besonderes an der Antwort ihres Vaters. Er hatte ihr eine Definition der gegenseitigen Liebe gegeben. Gott liebte seine Geschöpfe und seine Geschöpfe liebten ihn im Gegenzug. Er hatte keine Herausforderungen an die Liebe in ihrer Endgültigkeit erwähnt. Der Anfang, der Verlauf und die Endgültigkeit sind integrale Bestandteile des Konzepts der Liebe, ob göttlich oder weltlich. Sie war der Meinung, dass das Konzept der göttlichen Liebe ihres Vaters die Endgültigkeit nicht berührt hatte. Für Julie war die Endgültigkeit jeder Art von Liebe das Wichtigste. Das war es, was ihre Forschung antrieb. Als sie also feststellte, dass die Definition ihres Vaters nichts mit der Endgültigkeit zu tun hatte, beschloss sie, die Frage anders zu stellen.

"Papa, deine Definition der göttlichen Liebe ist unvollständig", sagte sie.

"Sag mir, wie du darauf kommst", antwortete ihr Vater.

"Für mich sollte das Konzept der göttlichen oder weltlichen Liebe einen Anfang haben. Sie sollte einen Verlauf haben. Sie sollte auch ein Ende haben. Das Ende bedeutet ihre Endgültigkeit. Du hast göttliche Liebe als so etwas wie gegenseitige Liebe definiert. Aber ich habe das Gefühl, dass sie nichts über ihren Anfang, ihren Verlauf und ihre Endgültigkeit aussagt. Ich forsche, um die Endgültigkeit der göttlichen Liebe herauszufinden. Die Aussage, dass göttliche Liebe gegenseitige Liebe ist, ist also nicht stichhaltig. Sie hat keine Substanz. Sie ist überflüssig. Sie gibt mir keinen Anhaltspunkt. Eine Definition sollte nicht so sein. Sie sollte wortgewandt sein und mit weniger Worten den Punkt treffen. Sie sollte eindeutig sein. Deiner Definition fehlt das Wesentliche der göttlichen Liebe", behauptet Julie.

Aber ihr Vater stimmte seiner Tochter zu. Das versetzte ihn in eine nachdenkliche Stimmung und ließ ihn tiefer nachdenken. Julie vermutete, dass er tiefgründig nachdachte, um eine bessere Erklärung zu finden; also wartete sie ab.

"Ja", formulierte er, "Liebe in jeder Form, ob göttlich oder weltlich, sollte einen Anfang, einen Verlauf und ein unvermeidliches Ende haben. Das Ende bedeutet hier nicht das Ende der Liebe, das durch den Tod oder das Scheitern verursacht wird; es ist die Endgültigkeit, ihre Vollendung. Die Liebe, um vollendet zu sein, sollte ihre Vollendung haben."

"Aber was ist mit der göttlichen Liebe?" Julie stellte diese spezielle Frage, obwohl die Erklärungen ihres Vaters alle Arten von Liebe betrafen. Sie wollte nichts dem Zufall überlassen, deshalb hatte sie diese spezielle Frage gestellt, die ihr Forschungsgegenstand war. Sie wollte unbedingt wissen, wie ihr Vater über diesen Punkt denkt. Sie wollte herausfinden, ob das Konzept der göttlichen Liebe ihres Vaters mit dem ihrer Mutter übereinstimmte. Für sie war dies also eine zentrale Frage. Auch sie fand die Frage faszinierend. Nirgendwo in den heiligen Schriften oder theologischen Studien konnte sie einen Hinweis darauf finden, wie göttliche Liebe in der Realität verwirklicht werden könnte, außer in einigen erfundenen Geschichten oder Interpretationen von Religionisten. Hier erwies sich die Frage nach der Verwirklichung der göttlichen Liebe als ein mystisches Konzept. Sie konnte keine andere Antwort finden als die, dass Gott seine Geschöpfe liebt und die Geschöpfe im Gegenzug Gott lieben. Gott wird als barmherzig gegenüber seinen Schöpfungen beschrieben. Gott lehrte seine Geschöpfe die Tugenden des Lebens und erwartete von ihnen, nach diesen Lehren zu leben. Aber kann man das alles als göttliche Liebe bezeichnen? Diese Beschreibungen berührten nicht die Kernfrage.

"Auch die göttliche Liebe sollte ihre Vollendung, ihre Endgültigkeit haben", sagte Julies Vater.

"Halten Sie das Konzept der Vollendung oder der Endgültigkeit der göttlichen Liebe für eine mystische Abstraktion?" fragte Julie.

"Äußerlich scheint es so. Aber ich muss erst gründlich darüber nachdenken, bevor ich dir eine Antwort geben kann", sagte ihr Vater.

"Glaubst du, dass Gott seine Vollendung erreicht hat?" fragte Julie. Sie wollte ihrem Vater die Antwort auf ihre Frage entlocken. Ihre Fragen waren also in gewisser Weise Hinweise auf die eigentliche Frage. Ihr Ziel war es, ihrem Vater Antworten zu entlocken, die ihre eigenen Gedanken zu diesem Thema bestätigten.

"Ja, Gott hat die Endgültigkeit seiner göttlichen Liebe erreicht", sagte ihr Vater.

"Und wie?" fragte Julie in der Erwartung, dass er kurz vor der Antwort auf ihre Fragen stand. "Der Höhepunkt der Liebe Gottes ist, wenn er seinen schöpferischen Drang befriedigen kann, indem er in seinen schöpferischen Werken schwelgt. Und schöpferische Werke sind der physische oder weltliche Teil der göttlichen Liebe - sicherlich die Vollendung der göttlichen Liebe", sagte ihr Vater.

"Papa, das wollte ich von dir wissen. Jetzt hast du es auf den Punkt gebracht. Und es ist leicht für dich, meine Fragen zu beantworten. Deine Antwort hat mir einen unheimlichen Drang gegeben, meine Nachforschungen zu vollenden. Und ich bin sicher, dass sie erfolgreich sein wird", sagte Julie zuversichtlich. "Kannst du mir jetzt den

Zusammenhang zwischen Gottes so genannter göttlicher Liebe und seinem Schöpfungsdrang erklären?" fragte sie.

"Die göttliche Liebe ist die Ursache, und der Schöpfungsdrang ist das Ergebnis, durch das Gott seine Vollendung erreicht hat. Die Ursache ist geistig; man kann sie göttlich oder ätherisch nennen. Das Ergebnis ist physisch. Als Gott die Menschen durch schöpferische Werke erschuf, hat er die Vollendung erreicht. Es ist ein Übergang seiner Liebe von der geistigen zur körperlichen Phase", sagte ihr Vater.

"Was sagst du zu der Ansicht meiner Mutter, dass sie in Gott leben und sterben wollte?" fragte Julie.

"In Gott geboren zu werden, in Gott zu leben und in Gott zu sterben, bezeichnet den geistigen Aspekt der göttlichen Liebe. In Gott zu sterben ist ihr Ende und nicht ihre Vollendung. Die Liebe ist eine Kombination aus Geist und Körper. Körperliche und geistige Aktivitäten sind wesentliche Bestandteile, die die Liebe jeglicher Art vollenden. Leben und Sterben in Gott ist ein Zeichen für unvollendete Liebe. Der Tod schneidet sie ab, bevor sie ihren Höhepunkt erreicht", erklärte ihr Vater.

"Lassen Sie mich Sie etwas über Ihre Beziehung zu meiner Mutter fragen. Verstehen Sie es bitte als Frage eines Psychologen und nicht als Frage Ihrer Tochter", sagte Julie. Sie wusste, dass ihre Frage für ihren Vater peinlich sein könnte. Sie wollte also eine offenherzige Antwort von ihrem Vater, die ihr genügend Stoff für ihre Nachforschungen liefern würde. "Wie war dein

Liebesleben? Ich meine, zwischen dir und meiner Mutter?" fragte Julie.

"Ich hoffe, du weißt alles von deiner Mutter. Aber ich weiß, dass du meine Version und die deiner Mutter analysieren willst, um daraus etwas Wertvolles für deine Forschung abzuleiten", sagte Robin. Er erinnerte sich daran, was der Psychologe ihm gesagt hatte, als er und Romula in den ersten Tagen ihrer Ehe nach ihrem Problem gefragt hatten. "Das Liebesleben deiner Mutter war ganz auf Gott ausgerichtet. Es war nicht alltäglich. Ihr Geist war auf Gott fixiert. Sie beschäftigte sich mit den geistigen und ätherischen Aspekten der göttlichen Liebe. Der körperliche Aspekt war für sie eine Qual. Wie sie zu einem solchen geistigen Zustand kam, lag an ihrem blinden Glauben an Gott, dem keine Vernunft zugrunde lag. Sie wollte ihre Liebe nie mit mir als Ehemann teilen. Sie konnte das Konzept der weltlichen Liebe, der Ehe und ähnlicher Dinge nicht verdauen. Für sie war Gott ihre Ehemannfigur. Es gab niemanden, der sie auf den richtigen Weg geführt hätte."

Als das Gespräch zwischen Vater und Tochter so weit fortgeschritten war, kam der Pfarrer herein. Er hatte einige Früchte mitgebracht, die ihm von einem Mitglied der Kirche überreicht worden waren. Die Anwesenheit des Priesters beendete ihr privates Gespräch. Aber da der Priester ein Sprecher Gottes, der Seele und der Spiritualität ist, wendet sich ihr Gespräch der Spiritualität zu.

"Wie geht es Ihnen, Vater? Geht es Ihnen gut?" fragte Robin, um das Gespräch abzulenken. "Ja, mir geht es gut. Und wie geht es euch allen?" antwortete der Priester.

"Sind das verbotene Früchte?" fragte Julie im Scherz.

"Ja, das sind sie. Jetzt gibt es nur noch verbotene Früchte zu kaufen", scherzte der Priester und bezog sich dabei auf den wahllosen Einsatz von Pestiziden, der von den modernen Gärtnern überall betrieben wird. Die Antwort des Pfarrers war treffend, und alle amüsierten sich über den Scherz.

Schon bei ihrer ersten Begegnung mit dem Pfarrer war Julie eine besondere Eigenschaft an ihm aufgefallen: die Abwesenheit von allzu großer Religiosität. Das war es, was sie zu dem Witz über die Früchte veranlasste. Und die treffende Antwort des Pfarrers bestätigte sie in ihrer Meinung über ihn.

"Ich bin aus einem besonderen Grund gekommen", sagte der Priester. Sowohl Vater als auch Tochter sahen ihn erwartungsvoll an. "Julie, wie lange bleibst du hier?" fragte der Priester.

"Noch zwei Tage. Am Sonntag fahre ich nach Lissabon", antwortete Julie.

"Ich würde dir morgen gerne ein Mittagessen geben. Ist das in Ordnung für dich?" fragte der Priester. "Warum müssen Sie die Last auf sich nehmen, Vater?" fragte Julie.

"Es ist keine Last für mich. Ich bin nur glücklich. Ich habe eine besondere Rücksicht auf Sie. Es ist etwas ganz Besonderes", sagte der Priester. Die Aussage des Priesters machte sowohl Vater als auch Tochter neugierig.

"Und was ist das, Vater?" fragte Julie.

"Ich will es dir ganz offen sagen. Die Ehe zwischen deinem Vater und deiner Mutter wurde von mir getraut. Als sie scheiterte, hatte ich ein schlechtes Gewissen, dass Gott die Ehe nicht gesegnet hatte, trotz all meiner Gebete. Ich betete inständig zu Gott, er möge mir verzeihen, wenn die Eheschließung zwischen deinem Vater und deiner Mutter gegen den Willen Gottes war. Seit dein Vater deine Mutter verlassen hatte und ich nach Porto versetzt wurde, hatte ich keine Nachricht mehr von deiner Mutter. Ich dachte, sie lebe immer noch allein, als Geschiedene. Aber das Wissen, dass du aus der Beziehung hervorgegangen bist, hat mich unendlich glücklich gemacht, denn ich wusste, dass die Beziehung trotz der Trennung ihren Höhepunkt erreicht hatte."

"Nun Vater, da gehen mir viele Gedanken durch den Kopf", sagte Julie. "Sie führen das Scheitern der Ehe meines Vaters und meiner Mutter darauf zurück, dass sie gegen den Willen Gottes war. Woher wissen Sie, dass das so war?"

"Weil die Ehe nicht gehalten hat", antwortete der Priester.

"Sie meinen also, dass Gott für das Gelingen und Scheitern einer Ehe verantwortlich ist?" fragte Julie.

"Ja, in der Tat", antwortete der Priester.

"Warum wünscht Gott dann den einen Gutes und den anderen Böses, wenn manche Ehen gelingen und manche scheitern?" fragte Julie.

"Das sind alles Gottes Wege, die der Mensch nicht in Frage stellen soll", antwortete der Priester.

Julie brachte ein starkes Argument vor. "Du sagst, du fühlst dich schuldig, weil du eine solche Ehe geschlossen hast, weil sie gegen den Willen Gottes war. Warum konnte der allwissende Allmächtige Sie dann nicht vorwarnen und die Hochzeit verhindern, wenn sie gegen seinen Willen war?"

"Wir sollen die Wege Gottes nicht in Frage stellen. Das würde seinen Zorn heraufbeschwören", antwortete der Priester. Aber er wirkte seltsam ruhig, was Julie auffiel.

"Dann wären sein Mitgefühl und seine Liebe zu seinen Geschöpfen verschwunden?" fragte Julie. "Du sagst, du bist glücklich, dass ich aus der gleichen Ehe geboren wurde, die du als gegen den Willen Gottes bezeichnest. Wenn ich in einer Ehe geboren wurde, die gegen den Willen Gottes war, wie kannst du dann glücklich über meine Geburt sein? Solltest du meine Geburt nicht bedauern, da du derjenige bist, der den Weg für meine Geburt geebnet hat, indem er eine Ehe geschlossen hat, die von Gott nicht gewollt war? Du interpretierst also deine eigenen Gefühle und nicht den Willen Gottes. Als Gläubiger bewegen sich deine Gedanken immer innerhalb des Gerüsts der Göttlichkeit. Es gibt einen göttlichen Heiligenschein um Ihre Gedanken, der von Ihnen allein geschaffen wurde. Jetzt glauben Sie an Gottes Missfallen, an Gottes Strafe, und Sie haben einen Heiligenschein der Schuld um Ihren Verstand, der von niemand anderem als von Ihnen und nur von Ihnen allein geschaffen wurde. Du schreibst alles dem Willen Gottes zu, wie es jeder Gläubige zu tun pflegt", sprudelt Julie hervor.

Sie wartete auf die Antwort des Priesters, die jedoch ausblieb. Der Priester war in Gedanken versunken.

Indem sie solche logischen Fragen stellte, wurde Julie immer sicherer in ihren eigenen Erkenntnissen. Diese Art von Vertrauen war es, die sie suchte und die ihr bei ihren Forschungen helfen würde. Sie hatte nie das Gefühl, dass ihr zufälliges Ausfragen des Pfarrers unangebracht war, vor allem nicht, als er sie zum Mittagessen einlud. Aber die Schilderung ihrer Gefühle gegenüber dem Priester ließ sie logischer denken.

Freundschaft, Höflichkeit und solche Dinge sind allen gemeinsam. Sie sind überall gleich. Sie dachte, dass, wenn sie mit dem Priester nicht übereinstimmen konnte, dies nicht ihre Höflichkeit und ihren Respekt für den Priester schmälern würde; und das Gleiche galt auch für den Priester. Dieser Gedanke überzeugte sie davon, dass sie nicht zu freimütig war, um den Priester zu verletzen. Als Forscherin wurde Julie klar, dass sie nicht schlucken konnte, was der Priester ihr gesagt hatte. Dann kam ihr der Gedanke, dass es den Gläubigen - und zwar allen - an Logik und Vernunft fehlte, wenn sie versuchten, ihren Glauben zu schützen, was ihre größte Tragödie war. Sie waren ein Haufen, der sein Leben vergeudete, indem er es in seinen unbegründeten Überzeugungen ertrinken ließ. Dass Julie sich für das Fach Psychologie entschieden hatte, hatte ihr geholfen, sich aus den Fängen ihrer Mutter zu befreien. Julie hatte begonnen, unabhängig zu denken. Ihr Verstand hinterfragte die Version ihrer Mutter von Gott und Spiritualität. Für Julie war dies ein Weg, sich selbst zu erkennen, was ein untrügliches Zeichen für ihr unabhängiges Denken war.

Sie fuhr fort: "Um die Wahrheit zu finden, muss man aus dem Schutzraum der traditionellen Überzeugungen heraustreten und sich in einen unabhängigen Denker verwandeln. Man kann kein unabhängiger Denker sein, wenn man sich innerhalb der Grenzen traditioneller Überzeugungen bewegt. Nur ein unabhängiger Denker kann ein Forscher der Wahrheit sein."

Zweifellos war Julie zu einer solchen geworden und machte entschlossene Fortschritte auf dem Weg zu ihrem Ziel. Ihr Vater konnte ihr keinen Vorwurf machen, denn seine und Julies Ansichten über Gott, Religion, Spiritualität und dergleichen waren ein und dasselbe. Sie freute sich, dass ihr Gespräch mit dem Priester ihren Forschungen auf der Suche nach der ultimativen göttlichen Liebe Auftrieb gegeben hatte.

Dann dachte Julie an die Haltung ihrer Mutter ihr gegenüber. Sie wusste, dass ihre Mutter sie niemals akzeptieren würde, wenn sie zurückkehrte, weil sie die Wahrheit gefunden hatte.

Was ihre Zweifel an den Aussagen des Priesters anbelangt: Warum fühlte er sich schuldig, weil die von ihm geschlossene Ehe ihrer Eltern gescheitert war; warum glaubte er, dass sein Akt der Eheschließung ungöttlich war? Und seine widersprüchlichen Aussagen, dass er mit Julie glücklich sei, weil sie aus der von ihm geschlossenen Ehe hervorgegangen sei. Sie hielt das für eine Art Doppelzüngigkeit. Sie hielt die Widersprüche in seinen Aussagen für nichts Neues, denn jeder, der an Gott glaube, könne nicht anders, als sich zu widersprechen. Das liege daran, dass der Glaube der Gläubigen nicht auf einer soliden Wahrheit beruhe, sondern auf traditionellem Hörensagen und unbewiesenen Überzeugungen, die von Generation zu Generation weitergegeben würden. Ein Beispiel dafür war, dass Gott als gütig und barmherzig dargestellt wird; er lehrt Toleranz und ermahnt uns, tolerant zu sein. Dennoch sprechen sie von Gottes Zorn und der strengen Bestrafung der Sünder. Das Gleichnis von Sodom und Gomorrah ist ein Beispiel dafür. Wo war Gottes Toleranz in diesem Fall?

Kapitel 27

Julie bemerkte, dass der Priester während ihres Gesprächs mit ihr trotz ihrer stark ablehnenden Haltung unverletzt blieb. Er sah glücklich aus und wehrte sich nicht gegen ihre klugen Äußerungen. Das ließ sie vermuten, dass der Priester, abgesehen von seinem priesterlichen Äußeren, ein Anhänger ihrer Ansichten sein würde. Aber sie musste am nächsten Tag, nach dem Mittagessen beim Priester, nach Lissabon abreisen, und wenn sie ihn weiter befragen wollte, blieb ihr nur ein Tag, der Tag des Mittagessens.

Der Pfarrer verabschiedete sich von Vater und Tochter und bestätigte ihr Treffen beim Mittagessen am nächsten Tag.

Robin hörte zwar dem Gespräch zwischen dem Pfarrer und Julie zu, fand aber keinen Grund, sich einzumischen, da seine Gedanken mit denen von Julie übereinstimmten. Als sie mit ihm über ihre Nachforschungen über die ultimative göttliche Liebe sprach, hatte sie seine Ansichten zu diesem Thema aufgeschnappt. Sie brauchte also nicht mehr über diese Frage zu sprechen. Sie zog es vor, über das Wetter zu sprechen, das für die Jahreszeit untypisch warm war. Sie sagte ihm, dass sie sich in dem warmen Klima ein wenig unwohl fühlte. Er warnte sie, dass in Porto die

Windpocken grassierten, die Epidemie der Saison, die die Menschen immer im Sommer heimsuchte. Aber weder Vater noch Tochter hatten Grund zur Besorgnis, denn beide hatten sich in der Vergangenheit angesteckt.

Kapitel 28

Der Tag des Mittagessens war gekommen. Vater und Tochter verbrachten den Vormittag in aller Ruhe, da sie nichts Besseres zu tun hatten. Der Vater hatte die Zeitungen des Tages durchgeblättert, Julie dachte wieder einmal über ihr Gespräch mit dem Pfarrer nach. Sie hielt sich selbst für einen offenen Menschen, der Mut zur Überzeugung hat. Sie dachte, dass es dieser Charakterzug war, der sie dazu brachte, mit dem Pfarrer offen zu sprechen. Dann erinnerte sie sich an zwei wichtige Dinge, die ihr während des Gesprächs mit ihm aufgefallen waren: Zum einen zeigte der Priester keinen Unmut über ihre Offenheit im Gespräch mit ihm; zum anderen widerlegte der Priester in seiner Antwort nie ihre Ansichten über die Widersprüche. Sie erinnerte sich, dass der Priester nur passiv geantwortet hatte: "Das sind die Wege Gottes, die wir nicht in Frage stellen sollen." Je mehr sie über die Haltung des Priesters in diesem Zusammenhang nachdachte, desto mehr war sie überrascht. Aber der Priester hatte keinen Versuch unternommen, sich ihr gegenüber zu rechtfertigen. Nach seinem Verhalten nach dem Gespräch zu urteilen, war er nicht unglücklich darüber. Dies ließ Julie vermuten, dass die Zurückhaltung des Priesters ein Zeichen für seine stille Zustimmung zu ihren

Ansichten war. Alle ihre Schlussfolgerungen waren ihre eigenen Ansichten über die Situation und konnten anders ausfallen, wenn der Priester seine Meinung äußerte. Wenn er keine gegenteiligen Ansichten geäußert hatte, bedeutete das nicht, dass er keinen Grund hatte, seinen Standpunkt zu rechtfertigen.

"Der Priester muss so viele Gründe haben, die er hätte nennen können, um seine Ansichten zu stützen", dachte Julie. "Es ist gut, dass er beschlossen hat, mir diese Ansichten nicht mitzuteilen, um keine Unannehmlichkeiten oder böses Blut zu verursachen." Sie war sich nicht sicher, was ihn daran hinderte, offenherzig zu sein.

Kapitel 29

Es war Zeit, dass sie zum Mittagessen des Pfarrers aufbrachen. Ihr Vater legte die Zeitung weg, in die er so vertieft war, und machte sich bereit für den Ausflug. Auch Julie machte sich eilig fertig. Sie waren leger gekleidet, da es sich nicht um eine formelle Veranstaltung handelte. Als sie das Haus des Pfarrers erreichten, wartete er bereits auf sie. Sie betraten den Flur und nahmen Platz, wobei sie bemerkten, dass eine Köchin zu ihnen herausschaute, ohne dass der Pfarrer sie sah. Nachdem sie die ersten Höflichkeiten ausgetauscht hatten, begannen sie ein ernstes Gespräch. Da sie aber nichts Besseres zu sagen hatten, wandte sich ihr Gespräch den internationalen Nachrichten über den Irak-Krieg zu, der damals ein aktuelles Thema war. Die gegenwärtige Krise in Syrien war eines davon.

"Die USA und Russland werden sich niemals einigen", sagte der Pfarrer.

Julie war an dem Gespräch nicht interessiert und hörte nur schweigend zu. "Ist das nicht irgendwie ein versteckter Segen?" fragte Robin.

"Wie kommst du darauf?" fragte der Priester.

"Ihre antagonistische Haltung hilft, das Gleichgewicht der Kräfte in der Welt zu erhalten", antwortete Robin.

"Ja, der Gedanke an einen starken Gegner hält die USA in Schach. Aber trotzdem sind sie kriegerisch. Ihre unnötige Einmischung in die Angelegenheiten kleiner Länder unter grober Missachtung ihrer Souveränität ist ihre Politik", stimmte der Priester zu.

"Sie glauben, dass Macht Recht ist, und sie wollen es der ganzen Welt zeigen, indem sie es in die Praxis umsetzen", sagte Robin.

"Das Schlimmste war ihre Einmischung in den Irak vor einigen Jahren." Der Priester erinnerte sie an die eklatanten Taten der USA. "Die USA sind geschickt darin, ihre unlogischen geheimen Pläne zu verschleiern, um die irakischen Ölquellen unter ihre Kontrolle zu bringen, indem sie Saddam stürzen und eine neue Regierung im Irak einsetzen, die nach ihren verzerrten Melodien tanzt. Und der Krieg gegen den Irak war das Ergebnis. Sie verbreiteten die extravagante Lüge, Saddam verfüge über chemische Waffen. Es gelang ihnen, die Welt ihre Geschichten glauben zu lassen. Das Vereinigte Königreich unter Tony Blair unterstützte die USA. Er brachte das britische Parlament geschickt dazu, die Geschichte von Saddams Chemiewaffen zu glauben, indem er ein geschöntes "Dossier" über Saddams Chemiewaffen vorlegte und das leichtgläubige britische Parlament dazu brachte, sich dem Krieg gegen den Irak anzuschließen", erklärte der Priester.

Robin antwortete: "Ja, der Vorfall hat wieder einmal gezeigt, dass die UNO eine machtlose Organisation ist, wenn es um die Kontrolle der USA geht. Sie konnte den Irak-Krieg, den die Welt von ihr erwartete, nicht verhindern. Alles, was sie tun konnten, war, einen UN-Inspektor namens Hanx Blix zu entsenden, um den Irak nach den angeblichen chemischen Waffen zu durchsuchen. Und er konnte keine finden. Auf einer Pressekonferenz, auf der die Ergebnisse von Hans Blix bekannt gegeben werden sollten, wurde er vom damaligen US-Präsidenten Bush und dem damaligen britischen Premierminister Tony Blair daran gehindert, die Wahrheit zu sagen, denn sie übernahmen listigerweise die Beantwortung der Fragen, die Hanx Blix in der zu diesem Zweck einberufenen Pressekonferenz von den Medien gestellt wurden. So konnten sie der Welt ihre Antworten geben, so wie sie es wollten."

Julie hörte dem Gespräch zwischen ihrem Vater und dem Priester aufmerksam zu und konnte die Funktionsweise des menschlichen Geistes in bestimmten Situationen analysieren. Dies war ein Beispiel für die Rechtfertigung des Verstandes, die in der Psychologie als Rationalisierung bezeichnet wird, um die eigenen Untaten zu vertuschen. Selbst ein ehrlicher Mensch würde in einer Sackgasse zu Lügen greifen.

Nach dem Gespräch vor dem Mittagessen begannen sie mit ihrem vegetarischen Mittagessen, da Fastenzeit war. Alle genossen das Essen und dankten dem Koch Nelson, der sich sehr gewürdigt fühlte.

Kapitel 30

Nach dem Mittagessen entspannten sie sich. Julie wollte dem Priester einige Fragen zu ihrem Gespräch vom Vortag stellen. Sie hatte die unheimliche Fähigkeit, in jedem Menschen, den sie traf, den wahren Menschen zu erkennen. Aufgrund ihrer Erfahrung und ihres Psychologiestudiums konnte sie den wahren Menschen, der sich in einer Person, die sie traf, verbarg, zum Vorschein bringen. Sie hatte eine Theorie entwickelt, die einen Hinweis darauf gab, wie sie dies tun konnte. Die Persönlichkeit eines jeden Menschen hält ihm unverkennbar einen Spiegel seiner selbst und seiner Vergangenheit vor. Warum ein Mensch sich auf eine bestimmte Art und Weise verhält, hat einen starken Bezug zu seiner Vergangenheit. Und das gegenwärtige Verhalten ist unweigerlich ein Spiegelbild der vergangenen Erfahrungen. Sie erinnerte sich daran, dass Julie, als ihre Mutter ihr die Gründe für das Scheitern ihrer Ehe gestand, die Gründe gleichermaßen ihrem Vater und ihrer Mutter zuschrieb, obwohl sie sich über deren Vergangenheit nicht im Klaren war. Da ihr Vater nicht zur Verfügung stand, um sie zu beobachten, richtete sie ihre Aufmerksamkeit auf ihre Mutter. Julie bemerkte, dass der blinde Glaube ihrer Mutter übertrieben war und überhaupt nicht der Vernunft entsprach. Sie konnte ihrer Mutter entlocken, dass die Trennung ihrer Eltern nicht die Schuld ihres Vaters war, sondern allein die ihrer Mutter. Weitere Nachforschungen ergaben, dass ihre Mutter frigide war.

Dann dachte sie an ihren Freund Clement, den sie für einen mürrischen, zurückhaltenden Typen hielt. Für Julie war er mehr als ein Freund, eine psychologische Kuriosität. Er hatte ihr gestanden, dass er sich in dieser Welt immer allein gefühlt hatte. Dann hatte sie herausgefunden, dass sein Problem nicht die Einsamkeit war, sondern seine eigene kalkulierte Unnahbarkeit. Ihre psychologischen Kenntnisse halfen ihr, zwischen Einsamkeit und Unnahbarkeit zu unterscheiden. Sie erklärte, dass Einsamkeit ein Gefühl des Alleinseins ist, während Unnahbarkeit ein kalkulierter Akt der Vermeidung von Menschen ist, um in Ruhe gelassen zu werden. Sie erkannte, dass es sich bei dem Verhalten ihres Freundes um eine kalkulierte Unnahbarkeit handelte, die seine unglücklichen Erfahrungen aus der Vergangenheit widerspiegelte. Und sie erkannte, was die Ursache für seine Unnahbarkeit war. Es war etwas, das er nicht verhindern konnte und das in ihm das entwickelte, was man "Selbstmitleid" nennen könnte. Je mehr er über seine Vergangenheit grübelte, desto mehr zog er es vor, sich von anderen fernzuhalten. Aber Julie hatte es geschafft, ihn auf den richtigen Weg zu bringen.

Dann hatte sie ihren eigenen Vater kennengelernt. Sie konnte nichts Abnormales an ihm finden. Aber diese Fallstudien bewiesen, dass ihre Schlussfolgerungen richtig waren. Das gab ihrer Forschung Auftrieb, denn sie lernte aus praktischen Erfahrungen.

Sie beobachtete, dass der Priester gesagt hatte, er fühle sich schuldig am Scheitern der Ehe von Julies Vater und Mutter, weil seine Handlung, die Ehe zu vollziehen, nicht von Gott gewollt sei. Dann widersprach er sich selbst, als er erklärte, er sei glücklich, dass Julies Geburt aus dieser Ehe hervorgegangen sei. Sie dachte natürlich, der Priester würde sich mit ihr streiten und seinen Glauben rechtfertigen. Aber er tat nicht das, was sie erwartet hatte. Julie hatte das Gefühl, dass die ungewöhnliche Zurückhaltung des Priesters, der ihre Fragen beiläufig behandelte, sie dazu brachte, vorläufig aufzuhören.

Als sie sich nach dem Mittagessen alle ausruhten, wagte Julie es, dem Priester noch einige Fragen zu stellen. "Herr Pfarrer, ich hoffe, es ist nicht unangebracht, wenn ich Ihnen noch ein paar Fragen stelle?" fragte Julie, in der Hoffnung, die Erlaubnis des Priesters zu bekommen, sich zu öffnen.

"Bitte, fühlen Sie sich frei! Sie können mir jede Frage stellen, die es gibt", antwortete der Priester ermutigend.

"Ich würde mir von Ihnen eine aufrichtige Beteiligung wünschen", schlug Julie vor.

"Ich bin immer aufrichtig, egal, um welches Thema es geht. Manche Leute verbergen Dinge, wenn es um ihr Prestige geht. Aber das ist nicht meine Art. Ich bleibe gerne bei der Wahrheit mit denen, die sich zu einer

Aufklärungsmission bekennen", antwortete der Priester.

"Was hat Sie dazu bewogen, den Beruf des Priesters zu ergreifen? fragte Julie.

Der Priester war eine Zeit lang nachdenklich. Julie beobachtete ihn aufmerksam. Dann kam er mit seiner Antwort heraus: "Sie wissen vielleicht nicht, dass ich ein Waisenkind war. Meine Familie stammte aus armen Verhältnissen. Mein Vater war ein Trunkenbold ohne regelmäßige Arbeit und ohne Einkommen. Meine Mutter führte den Haushalt, indem sie als Küchenhilfe für andere arbeitete. Ich war das einzige Kind meiner Eltern. Ich war ein hervorragender Schüler. Da meine Eltern aber nicht für meine Ausbildung aufkommen konnten, dachten sie daran, mich in ein Kloster zu schicken, denn die Klosterleitung finanzierte die Ausbildung von Jungen wie mir, um sie zu Priestern zu machen. So wurde ich, wie andere Jungen auch, an sie gebunden. Sie gaben mir eine gute Ausbildung. Ich machte meinen Doktortitel in Theologie. Als meine Ausbildung abgeschlossen war, fand meine Einweihungsfeier als Priester statt. So wurde ich Priester und Professor für Theologie", sagte der Priester.

Julie fand die Version des Priesters über seine Vergangenheit glaubhaft. Aber sie bemerkte, dass er nichts über sein eigenes Interesse, Priester zu werden, gesagt hatte. Sie war sich sicher, dass es sich dabei nicht um eine absichtliche Unterdrückung handelte.

"Ich verstehe also, dass Sie den Beruf aufgrund des äußeren Drucks der Umstände und nicht aus eigenem Antrieb gewählt haben." Julies Frage war wohlüberlegt.

"Was die Frage der Berufswahl betrifft, so stand ich nie am Scheideweg, um mich für einen Weg zu entscheiden, wie es bei Leuten der Fall ist, die eine Chance hatten. Ich hatte keine andere Wahl, als ins Kloster zu gehen, um zu überleben. Meine Entscheidung für das Priestertum war wie das Festhalten am ersten und letzten Strohhalm, den ich vor mir sah, bevor ich ertrank", antwortete der Priester.

"Aber obwohl Sie das Priestertum aufgrund der Umstände gewählt haben, wie geht es Ihnen jetzt in Ihrem Beruf als Priester?" fragte Julie.

"Als Priester leiste ich gute Arbeit. Die Ausbildung im Kloster hat mich gelehrt, wie man religiöse Riten vollzieht. Mit meinem Doktorat in Theologie bin ich dann Professor geworden, so dass ich das Gefühl habe, als Priester und als Professor für Theologie erfolgreich zu sein", antwortete der Priester.

"Haben Sie das Gefühl, dass das Priesterdasein etwas Besonderes ist, das Sie von allen anderen Berufen abhebt? fragte Julie.

"Als Priester werde ich von den Gläubigen respektiert. Ich bin bei ihnen sehr gefragt, um ihre religiösen Bedürfnisse zu erfüllen", antwortete der Priester.

"Haben Sie einen persönlichen Bezug zu Ihrem Beruf als Priester?" fragte Julie, als ob sie ihn in die Enge treiben wollte.

"Ich verstehe Sie nicht. Bitte erklären Sie mir das", schlug der Priester vor.

Julie war nachdenklich. Bis jetzt hatte sie von dem Priester nicht das bekommen, was sie eigentlich wollte, also überlegte sie sich folgende Erklärung: "Wenn Sie sich persönlich für den Beruf des Priesters bewerben, müssen Sie doch voll und ganz an alle religiösen Konzepte glauben, oder nicht?" fragte Julie.

"Aber man kann auch nicht an Gott und die verschiedenen religiösen Konzepte glauben und trotzdem ein guter Priester sein, indem man die religiösen Riten auf professionelle Weise durchführt", erklärte der Priester. "Auf ähnliche Weise kann man auch ein guter Professor sein."

Diese Antwort war für Julie in mehr als nur einer Hinsicht von Bedeutung. Sie fühlte sich hocherfreut, als sie sah, dass sich ihre Vermutung über den Priester bewahrheitete. Ihre Erkenntnisse über den menschlichen Geist und seine Funktionsweise hatten sich bisher als richtig erwiesen. Jetzt wusste sie, dass sie eine Person befragt hatte, deren Antworten für ihre Forschung von Bedeutung waren.

"Sie meinen also, dass der Glaube an Gott und religiöse Konzepte nicht notwendig ist, damit ein Priester seine Aufgaben gut erfüllen kann? Und Sie meinen, ein Theologe muss nicht an das glauben, was er seinen Studenten beibringt?" fragte Julie.

"Um ein guter Theologe zu sein, sind meiner Meinung nach folgende Voraussetzungen erforderlich: Kenntnis der religiösen Riten; ein soziales Temperament; und dann Beredsamkeit, wenn es um religiöse Reden geht, wie Sonntagspredigten oder religiöse Versammlungen, zu denen die Gläubigen kommen, um ihren Geist zu läutern, indem sie Gottes Gebote für gutes Verhalten hören; dann Bescheidenheit, Sanftmut und ein frommes Verhalten in Wort und Tat, das den Gläubigen größten Respekt abnötigt. Um Theologieprofessor zu werden, ist nur ein ausreichendes Wissen in diesem Fach erforderlich. Die Theologie ist wie jedes andere Fach der intellektuellen Forschung", sagte der Priester. "All dies sind Masken, hinter denen sich ein Nicht-Gläubiger verstecken kann, während er sich als überzeugter Gläubiger ausgibt, als erfolgreicher Priester, der an religiöse Konzepte wie Gott und die Seele glaubt, der an das glaubt, was Gott predigt. Dieses Kunststück ist ein Täuschungsmanöver, denn wenn es kein Bekenntnis gibt, wird es niemand erfahren. Vortäuschen ist also leicht möglich. Aber die Gläubigen ahnen nicht, dass "nicht alles Gold ist, was glänzt".

Der Priester fuhr fort: "Ein Mensch kann aus eigenem Antrieb Priester werden. Aber das ist keine Garantie dafür, dass er ein wahrer Priester bleiben wird. Er kann. Aber es besteht auch die Möglichkeit, dass er seine Ansichten in einem späteren Lebensabschnitt ändert. In solchen Fällen entscheiden sich manche, aus dem Priesteramt auszusteigen, während andere weitermachen, auch wenn sie ihren Glauben an Gott und die Seele verloren haben. Für sie ist der Grund, zu bleiben, die Angst vor der Stigmatisierung. Diejenigen aber, die das Priestertum aus eigenem Antrieb ergriffen haben, können bis zum Tod an ihrem Glauben festhalten, als ob es sich um ein selbst auferlegtes Gelübde handelte. Sie sind Priester im wahren Sinne des Wortes. Aber wie viele von ihnen fallen in die letzte Kategorie?" gab der Priester zu.

Julie hörte dem Priester schweigend zu. Aber als er geendet hatte, fand Julie darin keine Antwort auf ihre Frage. "Pater, was Sie gesagt haben, ist eine Verallgemeinerung dessen, wie der menschliche Geist funktioniert. Aber Sie haben mir keine Antwort auf den Punkt gegeben, den ich von Ihnen wollte", sagte Julie.

"Wenn ich mich nicht so klar ausgedrückt habe, wie Sie es wollten, dann bitten Sie mich um eine Klarstellung", sagte der Priester.

"Sie haben mir von den verschiedenen Kategorien von Menschen erzählt, die sich für das Priesteramt entscheiden. Zu welcher Kategorie gehören Sie also?" fragte Julie.

"Es versteht sich von selbst, zu welcher Kategorie ich gehöre, dank der Umstände, in denen ich mich befand und die mich dazu zwangen, mich für das Priestertum zu entscheiden. Ich habe Ihnen also ausführlich darüber berichtet", antwortete der Priester.

Julie dachte, dass ihre Frage vielleicht eine Unverschämtheit war, weil der Priester so knapp antwortete. Sie bedauerte, dass sie nicht zwischen den Zeilen gelesen hatte. Es war ein vorübergehender

Fehler ihrerseits. Es widerstrebte ihr, eine direkte Frage zu stellen, aber sie konnte nicht anders, denn sie wollte wissen, was der Priester wirklich sagte.

"Pater, was Sie gesagt haben, ist richtig. Ich hätte meine eigenen Schlüsse ziehen müssen. Aber eines: Warum sollte ich meine eigenen Schlussfolgerungen riskieren, wenn ich die Bestätigung direkt aus dem Mund des Pferdes bekommen kann? Ich will die Wahrheit. Ich wollte Ihnen also keine direkte Frage zu Ihren eigenen Ansichten stellen. Aber ich lege großen Wert darauf, dass ich mir in meinen Schlussfolgerungen sicher bin. Seien Sie also bitte nicht verlegen, wenn ich bohrende Fragen stelle", entschuldigte sich Julie.

Der Pfarrer wollte eigentlich, dass Julie ihre eigenen Schlussfolgerungen zog, und er wollte testen, inwieweit sie damit richtig lag. "Du bist eine Forscherin. Forscher finden die Wahrheit nicht direkt aus dem Mund des Pferdes, sondern indem sie Beweise aus allen verfügbaren Informationen ableiten", erwiderte er.

Julie hatte der Antwort des Priesters keine Logik entgegenzusetzen. Sie dachte eine Zeit lang nach. Dann wagte sie es: "Herr Pfarrer, aus Ihrer Analyse der Motive schließe ich, dass Sie zur ersten Kategorie gehören, die den Priesterberuf ergriffen hat", schlug Julie vor.

"Sie haben Recht!", antwortete der Priester.

Seine Antwort machte Julie glücklich, denn alle ihre Zweifel an seinem wahren Ich wurden bestätigt. Aber ein Zweifel blieb in ihrem Kopf bestehen: "Ich weiß nicht, woher die Widersprüche in unserem Gespräch kommen, auf die ich Sie vorhin hingewiesen habe", sagte Julie, als ob sie eine Erklärung von dem Priester bräuchte.

Er wusste, was sie meinte, und hatte eine Erklärung parat. "Haben Sie beobachtet, wie die Gläubigen über die Gnade Gottes sprechen? Wenn etwas Gutes geschieht, sagen sie: "Das war Gottes Gnade". Und wenn etwas Schlechtes passiert, sagen sie: "Diese schlechte Erfahrung kann nicht durch Gottes Gnade geschehen sein". Alles, was mit Gott und Spiritualität zu tun hat, basiert auf Glauben und kontextuellen Erklärungen, und so sind Widersprüche an der Tagesordnung. Was ich damit sagen will, ist, dass eine Erklärung in einem Kontext in einem anderen nicht passt, soweit es um religiöse Erklärungen geht. Es gibt keine einheitliche Erklärung, die auf alle Situationen anwendbar ist, denn religiöse Konzepte werden durch die Interpretationen der Gläubigen erklärt. Aus diesem Grund sprechen Gläubige wortreich und endlos über religiöse Konzepte. Vielleicht ist die Bibel das einzige Buch, das endlos interpretiert werden kann, vor allem die Evangelien. Sie bieten den Katechisten genügend Stoff zum Gedeihen. Sie gebären so viele menschliche Götter. Auslegungen und Erklärungen, die sich auf einen bestimmten Begriff, ein Ereignis oder eine Erfahrung beziehen, können sich oft widersprechen. Deshalb konnte man in meinen Aussagen so leicht Widersprüche finden", führte er weiter aus.

"Können Sie mir sagen, was das Nonplusultra der göttlichen Liebe ist?" stellte Julie ihre einfache Frage, das Hauptthema ihrer Nachforschungen. Sie wollte ihre Nachforschungen mit ihrem Vater und dem Priester abschließen.

"Liebe in jeder Form hat zwei Teile", antwortete der Priester, "einen geistigen und einen körperlichen. Nur wenn diese beiden miteinander verbunden sind, kann man von vollendeter Liebe sprechen."

Julie fand, dass sowohl ihr Vater als auch der Priester dieselbe Meinung vertraten. Die Begegnung mit dem Priester und ihrem Vater erwies sich als sehr wichtig für ihre Forschung. Nun hatte sie also ihre Experimente mit ihrem Vater und dem Priester erfolgreich abgeschlossen. Nun war es an der Zeit, zu ihrer Mutter zurückzukehren. Sie verabschiedete sich von ihrem Vater und kehrte mit seinem Segen und dem des Priesters für den Erfolg ihrer Mission zu ihrer Mutter zurück. Zu Hause angekommen, blieb sie einen Monat lang bei ihrer Mutter.

Kapitel 31

Eines Tages machte sich Julie mit Erlaubnis ihrer Mutter auf den Weg zu den Ausläufern des Himalaya, wo der Barde seine Einsiedelei eingerichtet hatte, um ihn zu treffen und Erleuchtung zu finden. Eine einwöchige Reise führte sie zu den Ausläufern des Himalaya-Gebirges. Sie wurde von den Stammesangehörigen, die in der Nähe in ihren kleinen Hütten lebten, begrüßt. Zunächst waren sie misstrauisch, was den Zweck ihres Besuchs betraf. So sahen die Stammesangehörigen diejenigen an, die den Barden besuchten.

"Wer bist du?" fragte Palan, der Stammeshäuptling, sie und warf ihr einen zweifelnden Blick zu.

"Ich bin Julie aus Lissabon. Ich bin Psychologin und habe von dem Barden und seinen Superkräften gehört.

Ich studiere zur Zeit und möchte den Barden treffen, um mit ihm darüber zu sprechen", sagte Julie.

Die Stammesangehörigen hatten schon viele Menschen gesehen, die den Barden treffen wollten, um Erleuchtung zu finden. Aber sie erlaubten ihnen nur, den Barden zu treffen, nachdem sie herausgefunden hatten, ob der Zweck ihres Besuchs echt war. Palan brachte sie nun zum Barden und ließ die beiden allein.

Nachdem sie die ersten Höflichkeiten ausgetauscht hatten, sagte der Barde: "Du hast mir den Grund deines Besuchs genannt. Diejenigen, die zu mir kommen, befassen sich alle mit feinstofflichen Angelegenheiten, und du bist keine Ausnahme. Solche Angelegenheiten sind normalerweise abstrus und schwer zu verstehen. Aber ich werde die Dinge für Sie einfach machen. Ich möchte, dass du davon profitierst, nachdem du dir die Mühe gemacht hast, hierher zu kommen."

"Danke, deshalb habe ich mir die Mühe gemacht", antwortete Julie.

"Wissen ist wie Wasser, das in einem hohen Stausee gespeichert ist. Was geschieht natürlich mit dem Wasser, wenn der Stausee geöffnet wird?" fragte der Barde.

"Es fließt in Richtung der unteren Ebenen ab", antwortete Julie.

"Du hast recht. Was kannst du also aus deiner Antwort schließen?" fragte der Barde erneut.

Julie hatte nicht mit einer weiteren Frage von ihm gerechnet. Sie war leicht verwirrt und verlegen. Ihr wurde klar, dass sie auf keinen Fall eine falsche Antwort geben durfte.

"Ich glaube, deine Frage ist ein Symbol für etwas", sagte Julie. "Ja, du hast recht. Das ist meine Art", antwortete der Barde.

"Es könnte etwas über dich und diejenigen sein, die zu dir kommen, um Erleuchtung zu finden", sagte Julie, was den Barden spüren ließ, dass sie der richtigen Antwort nahe war.

"Du hast recht. Und dann?" fragte der Barde erneut.

Das gab Julie Zuversicht und eine Ahnung, dass sie sich der richtigen Antwort näherte. "Ihr seid das Reservoir, und diejenigen, die zu euch kommen, um Erleuchtung zu finden, sind die unteren Ebenen, um die herum das Wasser unweigerlich fließt", antwortete Julie.

"Du hast Recht", antwortete der Barde erneut und lächelte. Er fuhr fort: "Ich werde einige Kurse über deine Zweifel geben. Aber es wird eine Art Interaktion zwischen uns sein. Wenn ich fertig bin, werden Sie klar verstehen, wonach Sie suchen und wie ich Ihr Problem lösen kann. Das ist bei allen der Fall, die mit verschiedenen Problemen zu mir kommen. Sie gehen mit einem Herzen voller Erleuchtung. Glauben Sie mir, ich habe noch nie bei jemandem versagt, der sich mit der Bitte um Erleuchtung an mich gewandt hat. Ich werde auch Sie nicht enttäuschen", erklärte der Barde.

Julie war in einer behelfsmäßigen Hütte in der Nähe der des Barden untergebracht. Die Stammesangehörigen, die in der Nähe lebten und den Barden sehr schätzten, brachten ihr Essen aus wilden Wurzeln und Früchten.

Ihre erste richtige Begegnung mit dem Barden war eine Einführungsbegegnung. Es wurde nichts Wesentliches über Julies Auftrag besprochen; zumindest dachte Julie das, aber der Barde sah das anders. Die erste Lektion war sehr strategisch und bedeutsam für ihn. Es war ein Test, um die Persönlichkeit der Erleuchtungssuchenden besser kennen zu lernen. Ohne diesen Test konnte der Barde mit seinen Lehren nicht weiterkommen. Dieses Wissen über seine Klienten erleichterte ihm die Arbeit, Verwirrung und Illusionen in ihren Köpfen zu stiften. Auf diese Weise testete er, wie anfällig sie für seine überlegene Willenskraft waren. Seine Strategie war, dass ein verwirrter Geist immer gefügig wurde. Am Ende seiner ersten Lektion konnte er ihren Verstand sehr gut einschätzen. Wenn er erst einmal Verwirrung und Illusionen in ihren Köpfen gestiftet hatte, wurden sie ihm alle gefügig. Und das taten sie bis zum Ende seines Unterrichts. Als sie gingen, waren sie alle glücklich und zufrieden. Ohne es zu wissen, befand sich auch Julie nach ihrer ersten Unterrichtsstunde in diesem Zustand.

Die zweite Lektion wurde etwas individueller. "Ich bin hier, um über die Liebe, ob göttlich oder weltlich, ihren Anfang, ihren Verlauf und ihre Vollendung aufgeklärt zu werden. Wie werden Sie sie definieren?" Julie stellte ihre erste Frage in dem Bestreben, den Barden zu einer ernsthaften Diskussion über ihre Frage anzuregen.

"Liebe lässt sich nicht definieren", sagte der Barde. "Sie ist eine Erfahrung, ein Gefühl, eine Emotion, die in dir ist. Es ist dein eigenes Element. Sie ist ein typischer Teil von dir. Um Liebe zu definieren, musst du dich selbst definieren."

"Mein eigenes Element?" fragte Julie.

Der Barde schien für einen Moment in seinen Gedanken zu versinken. "Ja, Liebe kann als das eigene Element definiert werden", sagte er und schaute sie an. Der Barde war ruhig und gelassen, als er dies sagte. Lange Meditation hatte ihn weise gemacht.

"Erzählen Sie mir von der Beziehung zwischen Liebe und göttlicher Liebe und ihrer Wirkung auf den menschlichen Geist", fragte Julie.

"Liebe in all ihren Formen ist göttlich", sagte der Barde. "Sie macht den Geist glücklich, indem sie ihm ein Gefühl der gegenseitigen Zugehörigkeit einflößt, ein Gefühl der Zusammengehörigkeit, indem sie das Gefühl der Verschmelzung der Seelen zu einer einzigen entfacht. Sie bringt den Menschen in Frieden mit der Welt. Gott kann die Liebe in ihren verschiedenen Formen als von der Göttlichkeit ausgehend betrachten, denn Gott ist die Quelle der Liebe in jeder Form. Gottes Schöpfungen werden aus seiner Liebe zu seinen Schöpfungen geboren. Liebe und Kreativität sind zwei geheiligte Begriffe Gottes. Sie bestätigen sich gegenseitig. Die Existenz des einen bedeutet unweigerlich auch die Existenz des anderen. Es ist ein Teil von Gott. Es ist der Weg, den Gott uns gezeigt hat, um die menschliche Rasse zu erhalten.

Der Barde selbst besaß eine so überzeugende Persönlichkeit, dass er von denjenigen, die sich zu ihm hingezogen fühlten, um über die Liebe Gottes aufgeklärt zu werden, den Status eines Klerikers erhielt, und sie sprachen ihn ganz selbstverständlich als "den Göttlichen" an.

"Wie kann man die göttliche Liebe vollenden?" fragte Julie.

"Die göttliche Liebe ist ein Gefühl, aber um die göttliche Liebe zu vollenden, muss sie erfahren werden", sagte der Barde.

Die Antwort machte Julie glücklich. "Aber ist Gottes Liebe nicht vollendet?" fragte sie.

"Ja, er frönte seinem schöpferischen Werk, je nach seinem Drang. Es war eine Sucht für ihn, ein Schaffensdrang, dem er sich nicht entziehen konnte. So schuf er die Menschheit und das ganze Universum. So erlebte Gott die Vollendung der göttlichen Liebe", antwortete der Barde.

Dann verstummte der Barde, als ob er über etwas nachdenken würde. Julie sah ihn aufmerksam an und wartete. Dann, als hätte er einen Weg gefunden, in ihrem Gespräch voranzukommen, sagte er zu Julie: "Da du einen aufgewühlten Geist hast, der zwischen deinen geistigen und weltlichen Gedanken hin und her schwankt, muss ich deinen Geist in Trance versetzen, um ihn stabil und aufnahmefähig zu machen. Das ist die Art und Weise, wie ich den Geist derer behandle, die zu mir kommen, um Erleuchtung zu erlangen."

Als Julie zustimmte, war er erleichtert. Er wusste, dass er bei jedem, der zu ihm kam, um Erleuchtung zu erhalten, eindeutig erfolgreich war. Also führte er sie in die Einzelheiten des Konzepts der Göttlichkeit ein.

Nach der Version ihrer Mutter, dass die Liebe von Gott ausgeht, konnte sie nicht anders, als zu glauben, dass Gott die Menschheit geschaffen und uns mit verschiedenen Gefühlen ausgestattet hat. Aber die Emotionen erfüllten sich nur, wenn sie auf ihre eigene Art und Weise ausgelebt werden konnten. So lautete Julies Theorie. Sie äußerte ihre Ansicht gegenüber dem Barden und wartete auf seine Antwort.

"Jede Emotion hat einen anderen Weg zu ihrer Vollendung, zu ihrem Ziel. Ein Mensch, der trauert, schreit seinen Kummer heraus. Ein wütender Mensch kann seine Wut herausschreien oder zu körperlichen Angriffen übergehen. Ein glücklicher Mensch kann sich die Seele aus dem Leib lachen. Ein erfolgreicher Mensch freut sich über seinen Erfolg, indem er sich auf verschiedene Weise körperlich ausdrückt. All dies sind die verschiedenen Arten, unterschiedliche Emotionen zu zeigen. Wenn man all diese Gefühlszustände genau beobachtet, kann man ihre Bewältigung durch entsprechende körperliche Aktivitäten nachvollziehen. Der körperliche Aspekt jeder Emotion ist ihre Vollendung: der Schrei, das wütende Geschrei, der körperliche Angriff und so weiter", erklärte der Barde.

Als Julie die Erklärung des Barden hörte, war sie glücklich und begeistert, dass die Ansicht des Barden und ihre eigene Vorstellung von der Vollendung der göttlichen Liebe übereinstimmten. Aber Julie bemerkte, dass der Barde dazu neigte, Dinge beiläufig zu betrachten und manchmal vom Thema abzuschweifen. Sie wollte also eine Bestätigung, dass ihre Ansichten übereinstimmten, und sie wollte den Barden davon abhalten, vom Thema abzuweichen.

Also stellte sie eine gezielte Frage: "Was ist das höchste Gefühl der Liebe? Ich meine die göttliche, ätherische oder andere Arten."

Es war das erste Mal, dass der Barde mit dieser direkten Frage konfrontiert wurde und er musste antworten. "Dazu komme ich gleich. Da du speziell danach suchst, kann ich dir keine flüchtige Erklärung geben", sagte er.

"Ja, ich will auch keine oberflächliche Antwort von dir", erwiderte Julie.

"Das weiß ich. Ich bin mir dessen voll bewusst. Ich kann Ihre Gedanken lesen, in denen ein unstillbarer Durst pulsiert. Ich weiß, dass du dich mit einer lebenswichtigen Frage herumquälst, mit ihren Feinheiten, ihren Auswirkungen auf deinen forschenden, scharfsinnigen Verstand, der dich jeden Moment auf die Ergebnisse neugierig macht", antwortete der Barde.

"Ja, deine Einschätzung ist richtig. Ich bin immer so, denn ich bin mit einem scharfsinnigen Verstand gesegnet. Ich kann nicht ruhen, bis ich es weiß. Das ist die Natur meines Geistes, meine eigene unnachahmliche Art, nach dem Unbekannten zu suchen", stimmte Julie zu.

Der Barde bemerkte, dass sie einen unermüdlichen Drang und eine Ausdauer hatte, ihr Ziel zu erreichen. Aber er war unerschüttert. Er war sich sicher, dass er sie zur Ruhe bringen konnte, indem er Antworten auf ihre wichtigen Fragen fand. Nachdem er sich von der Philosophie, seinem einstigen Broterwerb, verabschiedet hatte, war er kühn genug gewesen, seinen Beruf aufzugeben und sich mit einer unheimlichen Lässigkeit, wie es kein anderer je gewagt hätte, den Fächern Lyrik, Poesie und Psychologie zuzuwenden. Sein Auftritt zeugte von seinem eigenen Vertrauen, seiner eigenen Zuversicht und seiner bemerkenswerten Souveränität.

"Eines Tages werde ich deinen wissbegierigen Geist zur Ruhe bringen. Ich weiß, dass Sie wegen der endgültigen Antwort zu mir gekommen sind", antwortete der Barde.

"Ich spüre, dass die Verzögerung meinen Verstand belastet", sagte Julie, ein wenig besorgt.

"Nein, du musst dein Gehirn nicht anstrengen, aber deine Sinne schärfen. Dann wird die Natur deine Zweifel und Fragen beantworten", antwortete der Barde mit ruhiger Klugheit.

Je mehr Tage vergingen, desto stärker wurde Julies Wunsch, die endgültige Antwort auf ihre Suche zu finden. Sie hatte das Gefühl, dass der Barde sie in Schach halten wollte, indem er die Antwort so lange wie möglich hinauszögerte. Ihr Gefühl war richtig. Er wollte ihre Gesellschaft so lange wie möglich. Normalerweise wollte der Barde die Dinge mit denen, die zu ihm kamen, schnell hinter sich bringen. Aber im Fall von Julie wollte er es hinauszögern, da er eine besondere Beziehung zu ihr empfand.

Julie wollte unbedingt die Antwort auf ihre Fragen wissen, aber sie wusste, dass sie den Barden nicht drängen konnte. Sie befürchtete, dass eine solche Handlung ihrerseits ihn stören würde. Jede Nacht träumte sie von dem Barden. Ihr Geist war die Bühne für so viele Dramen, in denen der Barde die Hauptrolle spielte. Einmal träumte sie, dass der Barde, der gewöhnlich in schlichte safrangelbe Gewänder gekleidet war, in voller Pracht erschien und sie zu lehren begann, was Liebe ist, was ätherische, göttliche Liebe ist. Doch der Barde löste sich auf, bevor er ihr die Antworten auf ihre Fragen geben konnte.

"Wann wirst du meine Fragen beantworten?" fragte Julie den Barden schließlich.

"Dafür ist es noch nicht an der Zeit", antwortete der Barde.

"Wie lange wird es dann dauern, bis die richtige Zeit gekommen ist?" fragte sie erneut.

"So lange wie es dauert", antwortete der Barde.

Julie wusste, dass die Antwort des Barden dasselbe war wie "Es ist noch nicht an der Zeit dafür".

"Sag mir, was ist der Unterschied zwischen Liebe und Lust", fragte sie. Ihre Frage war bedeutsam. Eigentlich wollte sie den Barden dazu zwingen, die Frage passiv zu beantworten, denn sie wusste, dass seine Antwort die Antwort auf ihre letzte Frage sein würde.

"Liebe ist ein sehr missverstandenes Konzept. Wenn die Leute von Liebe sprechen, meinen sie ihren ätherischen, platonischen Aspekt; dass sie eine Emotion, ein Gefühl ist. Das ist nicht die vollständige Definition der Liebe, aber es ist ein Anfang und ein Verlauf. Es gibt keine Andeutung ihrer Vollendung, ihres Höhepunkts, ihrer Endgültigkeit. Aber das ist die Bedeutung des anderen Aspekts der Liebe: die Kombination dieser beiden Aspekte der Liebe, um ihren Höhepunkt, ihre Vollendung zu erreichen. Verliebt zu sein schließt die Lust nicht aus. Die Liebe ist ein Gefühl, und die Lust ist ihre Erfahrung. Die Liebe ist der ursprüngliche Teil des Gefühls, und die Lust ist seine Vollendung", erklärte der Barde.

"Es gibt also keine Trennwand zwischen der Liebe und der Lust, ihrem körperlichen Ende. Die Lust ist das letzte Stadium, in dem die Liebe einen automatischen, mystischen Übergang in ihre Vollendung erfährt. Der Übergang ist ein phänomenaler, esoterischer", fasst Julie zusammen und hofft, dass sie den Ausführungen des Barden folgen kann.

Seine Antwort war die lang erwartete Antwort auf ihre wichtigste Frage. Julie war sehr überrascht, als sie erkannte, dass alle ihre Vorstellungen von der ultimativen göttlichen Liebe genau dem entsprachen, was der Barde ihr offenbart hatte. Die Lehren des Barden waren das Erwachen einer Erleuchtung in ihr, denn ihr innerer Geist wurde in eine höhere Sphäre aktiviert, in der sie die Realität in der Mystik erkennen konnte und in der sie endlich die Antworten auf die letzten Fragen herausfinden konnte. Die Begegnung mit dem Barden war ein Erfolg für ihre Forschungen geworden. Aber es war auch der Erfolg des Barden in seiner kalkulierten Strategie, sein endgültiger Erfolg.

Julie wusste nicht, dass sie in eine Trance verfiel. Es war das Ergebnis der Strategie des Barden, sie völlig unter seine Kontrolle zu bringen. Sie starrte den Barden an, unfähig, ihren Blick von seinem Gesicht abzuwenden. Der Barde beobachtete die Veränderungen in ihr. Er wusste, dass sie langsam in eine Art illusionäre Trance verfiel und ihr eigenständiges Denken verlor. In diesem Zustand waren ihre Nachforschungen über die letzten Fragen und ihr logisches Denken völlig außer Kraft gesetzt. Ihr Geist begann, auf einem seltsamen, unbekannten Weg zu reisen, der vom Barden geleitet wurde. Zu diesem Zeitpunkt war der Barde für sie bereits zu einer mystischen Persönlichkeit geworden. Das war die Strategie des Barden und sein Erfolg. Auf diese Weise machte er diejenigen gefügig, die zu ihm kamen, um Erleuchtung zu finden. Julie sah ein unwiderstehliches, seltsames Leuchten der Erleuchtung auf dem Gesicht des Barden. Das ließ sie glauben, dass er das exakte Abbild des Universums in seiner ganzen Pracht war, so als hätte er seine ganze Pracht und seinen ganzen Glanz in seine Psyche aufgenommen, wobei das Leuchten auf seinem Gesicht die Reflexion von all dem war. Für Julie war dies eine seltsame, zarte, mystische Erfahrung. Sie spürte, dass die übliche beherrschende Zurückhaltung des Barden eine unvorstellbare Nüchternheit eines liebenden Herzens angenommen hatte. Und Julies normalerweise fragendes Gemüt hatte sich dementsprechend in ein unterwürfiges verwandelt. Sie war vollkommen gläubig geworden. Erstaunt und schockiert nahm Julie all diese Veränderungen wahr. Aber der Barde wusste, dass das, was tatsächlich geschah, das Ergebnis der Veränderungen war, die in Julies Geist stattfanden und von seiner ultimativen Macht hervorgerufen wurden.

An diesem Punkt bemerkte der Barde: "Die Liebe in all ihren verschiedenen Formen ist mystisch. Die göttliche Liebe ist nur eine ihrer vielfältigen Formen. Die göttliche Liebe ist göttlich. Aber sie braucht alle Faktoren, die dem Begriff der Liebe im Allgemeinen gemeinsam sind. Und was zeigt das?" fragte er.

"Es scheint, dass es bei der Erschaffung des Universums durch Gott einen Übergang der Liebe von der geistigen zur körperlichen Liebe gab", antwortete Julie zögernd und tastete sich in ihrer Unwissenheit vor, um es herauszufinden.

"Nein. So einfach ist das nicht. Deine Antwort ist unglaublich dumm. So hättest du nicht auf meine Frage antworten sollen. Sie hat eine tiefere Bedeutung, als es den Anschein hat. Deine Antwort ist oberflächlich. So oberflächlich. Als Sie sagten: "Es scheint, dass es einen Übergang der Liebe vom Geistigen zum Körperlichen gab", haben Sie ein entscheidendes Glied im Prozess des Übergangs übersehen. Und was war das? Überlegen Sie es sich", sagte der Barde.

Julie befand sich in einem Dilemma. Sie forschte vergeblich in ihrem Gedächtnis. Der Barde beobachtete sie, was sie noch mehr verwirrte, denn sie wollte keine Antwort geben, die ihre Verwirrung zeigen würde.

Der Barde spürte, dass sie verwirrt war, und anstatt Zeit zu verschwenden, gab er ihr einen Hinweis, der sie weiterbrachte: "Du hast mich schon einmal um eine Klarstellung bezüglich des fehlenden Gliedes gebeten. Jetzt denk darüber nach", schlug der Barde vor.

Julie versuchte ihr Bestes, aber die Antwort war schwer zu finden. Sie erschien ihr schwer fassbar. Also bat sie den Barden, ihr zu antworten, und er übernahm die Aufgabe.

"Die göttliche Liebe, oder eigentlich jede Art von Liebe, sollte einen Ursprung haben, dann ihren Verlauf, ihre Mittel, ihre Dauer und dann ihre Endgültigkeit. Die vorletzten Stadien sind ihre geistigen Aspekte, die die treibende Kraft für ihre Vollendung sind. Der materialisierende Punkt der Liebe ist die Lust. Lust ist der veränderte Zustand der Liebe. Sie ist der Drang, sich fortzupflanzen. Sie ist die Endgültigkeit. Die Liebe reift zur Lust. Und dies ist der Punkt der Vollendung. Die Lust ist das unbegreifliche, zwingende, unmittelbar bevorstehende mystische Stadium der Kreativität. Ein mystischer Übergang vom Gefühl zur Erfahrung. Sie sind ein und dasselbe. Das ist bei allen Arten von Liebe so. Die göttliche Liebe ist da keine Ausnahme. Die Liebe Gottes gipfelte in seiner Lust an der Schöpfung. Jede Liebe, die dieses Stadium nicht erreicht, ist eine, die nicht vollendet ist", stellte der Barde klar.

Baby Kattackal 253

Als der Barde dies gesagt hatte, berührten seine Hände ihren Kopf und streichelten ihn sanft. Er berührte ihr Gesicht und zog mit seinem Zeigefinger bestimmte Linien. Er sagte ihr, dass das, was er schrieb, das war, was er ihr gerade erklärt hatte: das Geheimnis hinter Gottes Kreativität.

In diesem Moment hatte sie das Gefühl, dass der Barde ein heiliges Aussehen hatte. Es war das Ergebnis der Illusion, in der sie sich befand, in ihrer Trance, in der sie all ihr logisches Denken und ihre psychologische Gelehrsamkeit vergessen zu haben schien, die auf seltsame Weise nur durch die göttlichen Gedanken ihrer Mutter ersetzt wurden. In ihrer Trance konnte sie sich nur noch daran erinnern, dass sie sich auf einer Mission befand, um die Vollendung der göttlichen Liebe herauszufinden. Das Leuchten auf dem Gesicht der Bardin wurde heller. Sie erinnerte sich daran, dass ihre Mutter ihr den christlichen Glauben an die unbefleckte Empfängnis beigebracht hatte, der besagte, dass die Seele der Jungfrau Maria vom Moment ihrer Empfängnis an frei von der Erbsünde war. Julie spürte nun, dass sie denselben Akt der Weihe, der Einverleibung, erlebte, der die heilige Maria von ihrer Erbsünde befreit hatte. Sie befand sich weiterhin in Trance und war nicht in der Lage, realistisch zu denken. Sie bewegte sich wie ein Drachen im Flug in einer anderen Welt mit einer neuen Identität. Sie spürte, dass sie dieselbe Situation noch einmal erlebte, die alle ihre Sünden und die ihrer Vorfahren wegwaschen würde. Sie erinnerte sich daran, was ihre Mutter einmal über ihre Erfahrung mit Gott im Traum gesagt hatte.

"Und schließlich berührte er mich und streichelte mich am ganzen Körper und ich war anders. Ich war nicht mehr dieselbe. Ich fühlte ein ungewohntes Kribbeln und dann war ich entspannt." Als ihre Mutter dies zuvor gesagt hatte, war Julie erst im Anfangsstadium ihrer Forschung. Jetzt erkannte sie, dass das, was ihre Mutter gesagt hatte, auch die Antwort auf ihre letzte Frage war.

Julie brauchte keine weiteren Fragen mehr zu stellen. Sie verstand, dass der Barde ihr die ersten Lektionen über das beigebracht hatte, wonach sie ihr ganzes Leben lang auf der Suche gewesen war. Sie erinnerte sich an die Worte des Barden in seiner einleitenden Lektion: "Wenn du nicht verstehst, was ich dir sage oder tue, sei einfach still. Mich in Frage zu stellen ist die Verneinung Gottes." In ihrem illusorischen Zustand hielt sie den Mund. Aber sie spürte, dass der Barde ihr auch die letzten Lektionen beibrachte: wie man die ätherische Liebe in eine Erfahrung, in eine Realität, in ihre Vollendung umsetzt. Sie spürte eine Vibration in ihrem ganzen Körper, aber sie schwieg immer noch, weil sie den Worten des Barden folgte und glaubte, dass er ihr endlich die ultimative göttliche Liebe offenbarte!

Sie fühlte sich überglücklich, himmelhoch jauchzend! Als der Barde geendet hatte, fühlte sie sich zufrieden und entspannt. Der geistige Zustand des Barden war der eines Gottes am Sabbat, nach seinen sechs Tagen schöpferischer Arbeit. Julie erinnerte sich an die Antwort des Barden auf ihre Frage: "Liebe ist das ursprüngliche Gefühl, und Lust ist seine Vollendung." Sie wusste, dass der Barde sie endlich gelehrt hatte, dass Gottes Liebe nicht etwas Unkörperliches war, wie ihre Mutter sie gelehrt hatte, sondern letztlich der Übergang vom Unkörperlichen zum Körperlichen, ein Übergang von der göttlichen Liebe zur göttlichen Lust!

Über den Autor

Baby Kattackal

Der Autor Baby Kattackal (Pseudonym) hat drei Kurzgeschichten geschrieben, The Mother Of All Battles, A Dream Come True and the Untold Story und ein Gedicht The Moments - alle veröffentlicht in der Women's Era aus Delhi. Er hat 23 Gedichte geschrieben, die im Indian Periodical, Delhi, veröffentlicht wurden. Für die Tageszeitung New Indian Express verfasste er zahlreiche Beiträge und Briefe, die von Zeit zu Zeit veröffentlicht wurden. Der New Indian Express hat vor einiger Zeit einen Artikel "All About God and Human Desires" über ihn mit einem Foto von ihm veröffentlicht. Außerdem ist er ein Sänger, ein Ölmaler von Landschaften, und pfeift wunderschön Lieder. Er war auch ein guter Tennisspieler.

www.ingramcontent.com/pod-product-compliance
Lightning Source LLC
LaVergne TN
LVHW091632070526
838199LV00044B/1038